KB098244

당신이라는 안경제

당신이 만드는 안정제

김동영 / 김병수 지음

지난여름
나는
계속
아팠습니다

김동영

지난여름 나는 계속 아팠습니다. 그 아픔은 실체가 있는 것이 아니었습니다. 뼈가 부러지거나 살이 찢어져 붉은 피가 보이는 상처가 아니었습니다. 그렇다고 숫자와 그래프로 증명되는 것도 아닌, 보이지 않는 고통이었습니다. 호소할 수 없는 고통만큼 괴로운 것은 그것이 나를 고독하게 만든다는 사실이었습니다. 마치 내가 세상에 홀로 남겨진 기분이 들었습니다.

지금까지 만나왔던 그 어떤 여자친구들보다 더 오랜 시간 날 지켜봐온 그에게 연락을 했습니다. 그는 내가 기댈 수 있는 마지막 벽이었고 내 고통을 서류로 증명해줄 유일한 증인이었습니다. 하지만 나는 알고 있습니다. 그가 처방해주는 몇 알의 약과 위로하듯 해주는 몇 마디 말이 지금 내가 받는 이 고통에서 날 벗어나게 해주지 못하리라는 것을. 하지만 매번 속 아넘어가듯 나는 아플 때면 하나의 종교처럼 그에게 매달리고 매달렸습니다. 낮과 밤을 가리지 않고 문자를 보내고 전화를 하고 그를 찾아가고 그리고 그가 처방해줄 약을 삼키며 이 실체가 없는 고통에서 벗어나기를 바랐습니다.

하지만 언젠가 알게 되었습니다. 그가 처방해준 약들도, 그가 해주는 말들도, 결국 날 부활하게 만들 수 없다는 사실을. 그렇기에 나는 시간이 흐를수록 더 실망하고 주눅이 들었습니다. 조금만 세게 건드리면 터지기 쉬운 포탄처럼 나는 점점 예민해져갔습니다.

그가 언젠가 내게 말한 적이 있습니다. "끝이 없는 고통은 없다." 나는 그 말을 믿고 싶었습니다. 하지만 정작 또다시 아무런 징후 없이 병이 도지면 나는 그를 말만 그럴싸하게 하는 여느 의사들과 같다고 생각했습니다. 그리고 묻고 싶었습니다. "당신도 나처럼 아파본 적이 있나요? 그래서 하고 싶은 일을 하지 못한 적이 있습니까?" 고통은 나를 황폐하게 만들었습니다.

세상이 미웠습니다. 내가 누리지 못한 것들이 부러웠고, 하지 못하는 것을 동경했습니다. 지난여름 그를 찾아가서 눈물을 흘리며 남들처럼 살고 싶다고 하소연한 적이 있습니다. 노천 호프집에 앉아 맥주를 마시고, 친구들과 웃고 떠들고, 좋아하는 사람과 손을 잡고 북적이는 곳에 가고, 천국같이 찬란한 빛으로 가득한 클럽에서 춤도 추고, 지금처럼 한기에 떨지 않고 반팔과 반바지를 입고 거리를 걷고 싶다고. 그런 사람들을 볼 때마다 나는 그들과 나 사이에 보이지 않는 아주 두꺼운 유리벽을 느낀다고. 정말로 나는 그런 사소한 일상을 원하고 있습니다.

마치 도스토옙스키의 『지하생활자의 수기』에 나오는 주인공처럼 온몸을 누더기 천으로 두른 채 어두운 곳에 숨어사는 사람이 아닌, 우리가 말하는 보통 사람처럼 말입니다. 하지만 나는 그럴 수 없습니다.

　만약 이 말을 당신이 듣는다면 내가 너무 나약하다고 말할지도 모르겠지만 나는 실제로 그러한 삶을 살고 있습니다. 사실 나는 친구들도 많고 하는 일도 많습니다. 그리고 다른 사람들에게 과분한 사랑도 받습니다. 그는 내게 어디서 그런 에너지가 나와서 그 많은 일들을 하고 그 많은 사람들과 관계를 맺느냐며 신기해한 적이 있습니다.

　나는 그 질문에 이렇게 대답하고 싶습니다. 그렇게라도 하지 않으면 내가 이 세상에서 쓸모없는 인간이 된 것처럼 느껴져서 지금보다 더 괴롭기 때문이라고 말입니다. 나는 당신이 준 약을 매일 삼키며 이 모든 일을 합니다. 그러다 그 약도 내 고통을 잠재우지 못하면 나는 당신에게 달려갑니다.

　여태까지 그래왔던 것처럼……

　나는 당신에게 많은 것을 바라지 않습니다.

　하지만 난 당신에게 절대적으로 의지합니다.

　당신이 내게 해주는 말과 처방해준 약,

　그리고 오랫동안 내 이야기를 들어왔고 나에 대해서 잘 알고 있다는 사실에 나는 당신을 믿고 따릅니다.

환자와 의사는 적당한 거리를 가지고 있어야 합니다.

특히 정신과 의사와 환자는 더욱 그렇습니다.

하지만 우리는 이제 그동안 진료실에서 나누지 못했던 이야기들을 하려 합니다.

나는 이렇게 생각합니다.

이것이 당신과 내가 함께 찾아가는, 내 병에 대한 또다른 치료법이라고…….

김병수

⟶ 어쩌면
당신의 삶이
부러웠는지
모릅니다

당신은 날 부러워했지만 난 당신처럼 살고 싶었습니다. 당신이 해가 뜨기도 전 부지런히 일어나 만원 출근 열차에서 시달리며 직장으로 향할 때 난 느지막이 일어나 모두 직장으로 학교로 떠나버린 텅 빈 거리를 바라보며 게으른 내 자신을 백 번천 번 미워했습니다.

— 김동영, 『나만 위로할 것』(달)

어쩌면 동영씨의 삶이 부러웠는지도 모릅니다(동영씨가 내삶을 부러워하지는 않았겠지만). 일찍 정해진 삶이란 안정적이기는 해도 조금 지루하거든요. 다른 고민 없이 정해진 대로 잘따라 움직이기만 하면 달리 고민할 일도 없지만, 무엇엔가 자기 몸을 묶어놓고 살면 자유롭지 못하고 재미도 없기 마련이니까요. 출근해서 앉아 있을 책상이 있으면 안심이 되기도 하지만, 한낮의 햇빛을 내 마음대로 마음껏 볼 수 없기 때문에마냥 행복할 수만은 없는 삶이기도 합니다.

동영씨와의 인연에 대해 쓴다는 것은, 내게 무척 두려운 일

9

입니다. 완벽한 의사는 세상에 없고, 정신과에서 정답이란 존재하지 않지만, 그래도 동영씨가 겪어야 했던 마음의 고통들이 세상에 드러난다는 것은, 어쩌면 나의 무능함을 드러내는 것이기도 하니까요. 게다가 훌륭하고 고매한 정신과 의사라면 응당 타인과 자기 사이를 멀지도 그렇다고 가깝지도 않게 심리적으로 적당한 거리를 유지할 수 있어야 할 텐데, 나는 그렇게 완벽해질 자신이 없습니다. 이것을 누군가가 지적한다면, 마음이 무척 아플 듯합니다.

학회에 참석하기 위해 홍콩에 잠시 들렀습니다. 첫날은 식사를 제공해주지 않아서, 멀리 떨어지지 않은 곳에서 홀로 점심을 먹었습니다. 노천카페 같은 곳이었습니다. 일부러 길가 사람들을 보고 앉았습니다. 혼자 앉아 있으니 앞자리가 비어 음식 너머로 사람들 오가는 모습이 보였습니다. 갑자기 비가 내리는데도 사람들은 뛰지 않더군요. 우산을 든 사람은 얼마 되지도 않았고요. 쏟아지는 비와 빗속을 걸어가는 사람들을 그냥 물끄러미 바라보고 있자니, 그 광경이 오히려 아름답게 느껴지더군요. 비를 맞고 지나는 사람들이 처량해 보이거나, 젖은 옷을 어떻게 말릴까를 고민하게 되지도 않았습니다. 마침 옆에 있던 큰 파라솔이 쓰러져서 지나던 사람이 다칠 뻔했지만, 다치지 않아서 다행이라는 생각보다 웃음이 나더군요. 예상치 못한 일이 생겼는데도 오히려 재미가 느껴졌습니다.

이렇게 여유를 갖고 볼 수 있었던 것은, 어쩌면 내가 그냥 관찰하는 사람이기 때문이었을 겁니다. 여행자의 마음에도 관찰자가 가지는 이런 여유로운 마음이 있지 않을까, 하고 생각하게 되었습니다. 비를 맞고 지나가던 사람의 가족이었다면 걱정을 했겠지요. 쓰러지는 파라솔을 보고 웃는 것이 아니라, 함부로 파라솔을 둔 가게 주인에게 화가 났을 겁니다. 그렇지만 나는 관찰자이고, 그의 삶에 깊이 들어가지 않아도 되니 편하게 세상을 볼 수 있었습니다. 내 감정 에너지를 소진하지 않고 그냥 보기만 하면 되었으니까요. 관찰자로 살 수 있으면 이렇게 편할 수도 있겠구나, 하는 생각이 들었습니다.

누군가의 삶 속으로 들어가지 않은 채 바라보기만 할 수 있다면 내 마음은 훨씬 수월할 거예요. 마음 쓸 일도 더 줄어들 테고, 속상한 일이 있어도 그러려니 하며 평정심을 유지하기도 쉬울 것 같습니다. 하지만, 그렇게 되면, 진짜를 놓치게 될 것 같아요. 삶의 진실에 가까이 다가가지 못할 것 같고요. 멀리서 바라보면 편하지만 진짜 마음에는 닿을 수 없겠지요.

이방인처럼 살아보고 싶었습니다. 모든 것으로부터 거리를 두고, 참여하지 않은 채 그냥 관찰만 할 수 있는 이방인처럼 말이죠. 아마 내가 너무 지쳤기 때문일 수도 있을 겁니다. 나 아닌 타인의 삶에 감정을 쏟아부을 일이 정신과 의사를 하면서 부쩍 많아졌습니다. 그냥 편하게 약만 쓰는 의사를 했다면 이렇게까지 소진되지는 않았을지도 모르겠습니다. 책임지지도 못할 다른 사람의 인생에 마음의 렌즈를 초점 맞추는 일에는 많은 체력이 필요하다는 것을 절감하고 있습니다. 요즘은 지쳐서 이 일도 오래 못하겠다 생각할 때가 많아졌습니다. 그래서 더 동영씨의 삶을 부러워하는 것일지도 모르겠습니다.

외래에서 동영씨를 만나 상담을 하거나, 갑자기 공황이 심해졌다고 하면서 문자가 날아올 때, 아이슬란드에서 글을 쓰고 있는데 약이 떨어져 불안하다고 했을 때(그곳에 체류하던 말미에는 화산 폭발도 있었다랬지요), 그리고 동영씨가 자신의 새책이 나올 때마다 자신이 원하는 것을 책 표지 안쪽에 짧은 글로 적어 보내주었을 때, 그럴 때마다 마음속에 떠올랐던 생각들이 있었습니다. 그건 동영씨의 삶에 대한 상상일 수도 있고, 동영씨를 통해 되돌아보게 된 내 삶에 대한 것이기도 했습니다. 언젠가 읽었던 후지와라 신야의 글에서 "물론입니다. 오히려 제가 기쁘네요. 의사라는 자들은 다른 사람의 이야기에만 계속 귀를 기울일 뿐, 자기 자신의 이야기는 남들에게 할 기회가 없습니다. 그런 의미에서 오히려 제가 고맙죠"라고 했던 것처럼, 내가 만난 누군가의 삶을 통해 나의 이야기를 풀어놓고 싶은 마음이 들기도 했습니다. 의사가 아닌 '나'라는 사람의 이야기로 인해 아주 작게라도 선한 영향을 그에게 전해줄 수 있지 않을까, 라고 생각했습니다.

어쩌면 동영씨가 바라는 것과 의사인 내가 해줄 수 있었던 것이 서로 다르지 않았을까, 하는 생각도 듭니다. 동영씨는 나에게 어떤 기대를 했을까, 그리고 나는 그의 삶에 어떤 도움을 줄 수 있을까, 하고 되돌아보게 되었습니다. 혹시 서로 다른 곳을 바라보고 있었던 것은 아닐까 싶기도 합니다. 동영씨는 자신의 삶에서 고통이 완전히 없어지기를 간절히 바랐었죠. 하지만, 저는 그렇게 되기는 어렵다고, 아니 불가능하다고 생각해요. 내가 그의 고통을 모두 날려버릴 수 있을 것이라고 (믿지는 않아도) 기대하겠지만, 나는 그렇게 할 수도 없거니와 그런 기대는 애당초 갖지 않았으면 좋겠어요.

예전에 내가 쓴 책을 동영씨에게 보내주면서 안쪽에 "끝이 없는 고통은 없습니다"라고 썼던 것 같아요. 그랬더니 동영씨는 나에게 물었지요. "끝이 나는 것, 맞죠?"라고. 내가 믿고 있는 분명한 사실은, 고통의 순간은 반드시 사라지게 된다는 것입니다. 절대로 계속되는 법은 없습니다. 마음이 아픈 사람들이 절망하는 것은, 끝없이 고통스럽기 때문이 아닙니다. 어느 순간 마음이 다시 아플 것이라는 숙명을 인정할 수밖에 없기 때문에 그런 것이지요. 동영씨는 자신의 삶에서 고통을 모두 몰아내버릴 수 있기를 희원하고 있는 것처럼 느껴져요. 그렇게 될 수 없다는 것을 스스로도 알면서, 그걸 간절히 바라듯이 물었지요. 동영씨가 원하는 것과 내가 할 수 있는 것이 서로 교차할 수 없었던 것이지요.

동영씨의 인생에서 행복해진다는 것은 무엇을 의미하는지도 궁금해지네요. 그러고 보니 동영씨가 생각하는 행복에 대해서는 직접 들어본 적이 없네요. 나는 간간이 (동영씨가 기억하지는 못할 수도 있지만) 내가 생각하는 행복에 대해 말했던 것 같습니다. 나는 모든 행복은 '그럼에도 불구하고' 찾아오는 것이라고 믿어요. 불안하고 우울하다고 해서 행복해지지 않는 것이 아니라, 우울해서 죽을 것 같아도 행복할 수 있다고 믿습니다. 우울하지 않고 불안하지 않아야만 행복해질 수 있는 것이 아니라, 죽을 만큼 우울하고 불안해도 행복할 수 있다고 생각해요. 행복해질 수 있는 기준자와 불안을 가늠하는 기준자는, 서로 다른 방향으로 겹치지 않게 움직여요. 약으로, 누군가의 위로로, 약간 덜 불안해진다고 해서 행복의 가늠자가 더 행복한 쪽으로 기울어지지 않는 법이거든요. 이렇게 적다보니, 동영씨가 생각하는 행복의 기준자와 내가 생각하는 그것이 서로 다른 눈금 체계를 가진 것 같다는 생각도 듭니다.

감동이라는 건 이상한 표현입니다만. 어떤 면에서는 마음의 병을 앓는 환자가 보통 사람들보다 훨씬 더 인간적이라고 해야 할지. 그 내면의 순수함이라든지 풍부한 감수성에 오히려 제가 감동하는 경우가 생기곤 합니다. 그것이 또한 정신과 의사로서 마음의 자양분이 되곤 하지요.

— 후지와라 신야, 『돌아보면 언제나 네가 있었다』 (푸른숲)

때로는 "저렇게 약한 마음으로 어떻게 살까!" 하는 안타까운 마음이 들었던 때도 있었고, 순수하다고 해야 할지, 약하다고 해야 할지, 그냥 듣기 좋게 감수성이 풍부하다고 해야 할지 모르겠지만…… 감정이라는 빛을 갈라내는 프리즘이 쉽게 깨지는 유리로 만들어진 것 같아 불안하게 여겨질 때가 많았습니다. 그런데 이런 약하다는 느낌말고도 내가 동영씨에게 감동받았던 순간들이 있어요. 어쩌면 동경하는 마음이 들었던 순간일 수도 있겠군요. 그런 마음들을 다시 일깨워보고 싶어요. 그리고 어쩌면 내가 감동적이라고 느꼈던 그 접점의 순간이 동영씨가 스스로를 치유해나갈 수 있는 힘이 담겨 있는 지점일 겁니다. 그걸 다시 불러내보고 싶어요. 동영씨와, 동영씨를 닮은 누군가를 위해서 말이죠.

차례

어느 날
내게
찾아온
그것

김동영

그날 비가 왔었는지 아니면 구름이 하늘을 덮고 있었는지 지금에 와선 잘 기억나질 않는다. 어쩌면 미국 남부 지방 특유의 날씨처럼 건조하고 햇살이 강하게 내리쬐어서 대지를 덥히고 있었는지도 모른다. 창은 너무 작았고 세월의 흔적에 누렇게 바랜 커튼이 처져 있었기에 나는 그날 날씨가 어땠는지 알 수가 없었다. 며칠째 바다 깊은 곳에 침몰한 배 같은 방에 누워 있었다. 그렇다고 잠을 잔 것도 아니었다. 며칠째 몸이 좋지 않았다. 80미터 상공에서 안전띠 없이 하강하는 것처럼 심장이 입 밖으로 튀어나올 것 같았고, 목구멍을 타고 거미들이 기어올라오는 기분이었다. 나는 식은땀으로 베갯잇을 적시며 누워 있었다.

난 내가 왜 이런지 알 수가 없었다. 공동주방으로 가서 간단한 인스턴트 음식을 만들어 먹는 일조차 힘겨웠다. 이미 물기라곤 없는 생수통 그리고 감기약과 소화제가 침대 바닥에 아무렇게나 널브러져 있었다. 난 내가 감기몸살에 걸렸거나 급체를 했을 거라고 스스로 진단했다. 그래서 약을 먹었지만 조금

20

도 나아지지 않았다. '병원에 가야 할까?' '보험도 없는데. 비쌀 거야.' '감기몸살, 급체가 아니라면 도대체 내가 왜 이런 거지?' '아직 가야 할 길이 많이 남았는데…….' 힘겹게 이런 생각을 하며 며칠째 분투중이었다. 이곳에는 하루에 한 번이라도 들여 다보며 날 걱정해주는 가족이나 친구들도 없었고, 심지어 사 람들은 내가 이곳에 머물고 있는지도 몰랐다.

그렇다. 나는 솔트레이크시티의 이름 모를 호스텔에 머물 고 있었고, 갑자기 고장난 차처럼 미국 한가운데서 퍼져버렸다.

무거웠다. 갑자기 뻗어버린 내 상태를 스스로 살피고 원인을 찾으려 했지만 정말 내가 왜 이 지경이 되었는지 알 수 없었다. 갈 길은 많이 남았는데 생각지도 못한 곳에서 발이 묶여 마음 은 조급했다. 여행에서 시간은 곧 돈이었다. 조금이라도 지체하 면 그만한 대가와 불편을 치러야 했다. 그렇지만 여기서 조금 도 앞으로 나아갈 수 없었다. 방문 밖 화장실이라도 가려면 삼 십 분에서 길게는 두 시간이 필요했다. 침대 밖은 맹수가 우글 거리는 정글이었고, 천장에 달린 전등과 벽시계 그리고 창문으 로 간간이 들어오는 햇살과 심지어는 뜨거운 공기까지도 날카 로운 칼날로 변해 날 겨누고 있었다. 도저히 나갈 엄두가 나지 않았다.

그 상태로 얼마나 시간이 흘렀는지 알 수가 없었다. 사흘째 여기 머문 이래로 밖에 나오지 않고 누워만 있는 내가 걱정이 되었는지 호스텔 주인 스텔라가 날 찾아왔다.

"어디 아픈 거야?"

"특별히 아픈 곳은 없는데. 움직일 수가 없어요."

마음과 상관없이 미세하게 떨리는 목소리로 나는 그녀에게 겨우 대답했다.

그녀는 곁으로 다가와 내 이마를 만져보며 열이 있는지 확인했다.

"열은 없는데…… 너무 무리해서 여행을 한 건 아닐까?"

"글쎄요. 그럴 수도 있겠네요."

스텔라의 말을 듣고 내가 지금까지 지나온 고된 길들을 회상해봤다. 확실히 무리긴 했다. 돈을 아낀다고 하루 아홉 시간이 넘도록 잘 먹지도 못하고 육 개월 가까이 운전을 해왔으니까. 무리는 무리였다. 하지만 그 여정이 고되긴 했어도 어딘가로 무작정 달리고 있다는 사실에 나는 충분히 즐거웠고 만족했다.

하지만 난 지금 대가를 치르듯 여기에 꼼짝없이 누워 있어야 했다. 스텔라는 잠시 나갔다가 유리잔에 뭔가 가지고 왔다.

"이걸 마셔봐. 어쩌면 도움이 될지 모르겠어. 오이를 간 건데 소화에도 좋고 더위 먹었을 때 마시면 괜찮아질 거야."

나는 그녀가 내민 초록색 액체를 목으로 들이켰다. 미끌미끌하지만 수분기 가득한 그것이 목으로 넘어와 단비처럼 메마른 마음을 적셨다. 시원함을 느꼈다. 그리고 그녀가 날 위해 손

수 만들어준 오이 주스 한 잔에 아주 잠시 이 낯선 땅에서 혼자가 아니라는 사실을 느꼈다.

그리고 하루 동안 내리 잤다. 꽤 깊은 잠이었다. 아무런 꿈도 꾸지 않았다. 그냥 겨울잠을 자는 곰처럼 잤다.

내가 다시 눈을 떴을 때 날 뒤덮고 있던 모든 것이 갑자기 찾아왔을 때처럼 작별 인사도 없이 사라져 있었다. 나는 힘없는 다리로 어렵게 작은 창문으로 가서 커튼을 열었다. 창밖에는 끝도 없는 대지가 보였고 그 위로 뜨거운 태양이 떠올라 있었다. 난 신발도 신지 않고 방에서 좀비처럼 걸어나왔다. 집을 개조한 호스텔에는 아무런 인기척이 없었다. 오로지 나만 있었고 천장에 달린 선풍기가 돌고 있었다. 공동주방과 연결되어 있는 뒤뜰로 나갔다. 챙이 처진 뒤뜰에 놓인 나무의자에 멍하니 앉아 시간이 얼마나 지났는지 생각해봤지만 잘 알 수가 없었다. 확실한 건 오랫동안 나는 알 수 없는 이유로 아팠다는 거다. 하지만 지금 그 고통은 사라졌고 나는 조금 홀가분해졌고 다시 컨디션을 찾았다. 그동안 날 겨누고 있던 모든 날카로운 칼날들이 더이상 느껴지지 않았다. 또 목안의 거미들도 같이 사라졌다. 하지만 아직까지 확신할 순 없었다. 내가 여전히 아픈 건지 아니면 이세 회복해서 다시 부활한 건지…… 어쩌면 그녀가 전해준 그 한 잔의 주스가 날 치료했을지도 모른다는 생각이 들었다.

그때 스텔라가 내게 다가왔다.

"이제 어때? 몸이 괜찮아졌어?"

나는 고개를 끄덕이며 "당신이 만들어준 주스가 날 괜찮게 만든 거 같네요"라고 말했다. 그녀는 웃으면서 "그럴 줄 알았어. 그 오이 주스는 우리 할머니께서 내가 아플 때마다 만들어주신 마법의 치료약이거든. 나도 몸이 좋지 않을 때면 항상 마셔. 지금도……."

나는 고맙다고 말했다. 그녀는 부엌으로 들어가 다시 그 마법의 주스를 내게 가져다줬다.

"마셔. 지금보다 더 괜찮아질 거야."

나는 두 손으로 잔을 받아들고 아껴 먹듯 조금씩 오이 주스를 마셨다.

정말 마법 같은 것이었을까? 나는 온몸이 깨는 걸 느꼈다. 저리고 먹먹하던 머리도 내 몸과 함께 깨어나는 것만 같았다.

"우선 샤워부터 하는 게 어때? 그동안 씻지도 못해서 온몸이 땀범벅이잖아."

"맞아요. 샤워부터 해야겠어요."

"그리고 수염 깎는 것도 잊지 마. 지금 네 모습은 간밤에 유령이라도 본 사람 같아."

스텔라는 그렇게 말하고 웃어 보였다.

나도 따라 웃으며 마음대로 자란 수염을 만졌다. 꽤 길게 자라 있었다.

그다음 날 나는 다시 길을 나섰다.

스텔라는 좀더 쉬었다 가라고 했지만 나는 그럴 여유가 없었다. 아니 조금 겁이 났다. 다시 내 몸이 퍼지기 전에 가던 길을 어서 가고 싶었다. 그 알 수 없었던 병도 날 따라오지 못하게 하루빨리 도망가고 싶었다.

김병수

└→ 어느 날
그가
찾아왔다

마음에 고통이 찾아오면, 사람들은 세상 속에 버려진 것처럼 느끼게 된다. 곁에서 누군가가 이마에 손을 얹어주고, 이것 한 번 마셔봐, 하고 치료약을 건네기도 하지만 그래도 외롭다고 느낀다. 심지어, 세상 사람들에게 둘러싸여 있어도 이런 고통을 받는 사람은 나밖에 없는 것 같고, 나만 그들과 다른 별에서 온 사람처럼 느껴진다. 나는 영원히 그들과 같은 종류의 사람이 될 수 없을 것 같다고, 이미 금이 가버려서 그것이 아문다고 해도 흉터가 남아 영원히 다른 부류의 사람이 되었다고 생각한다. 사람들 속에 섞여 있어도 자신만 빨간색 옷을 입고 있어서 '아픈 사람'으로 쉽게 눈에 띌 것 같은 약한 마음이 그를 지배해버린다. 영원히 그들과 같아질 수 없을 것 같은 느낌. 그래서, 누구도 나를 사랑해주지 않을 것 같은 생각이 굵은 펜으로 꾹꾹 눌러쓰듯, 마음에 새겨진다.

간혹, 초록색의 액체처럼─그것이 오이 주스이든 파프리카 주스이든, 상관없다─마법의 약이 나를 구원해주는 순간을 경험하기도 한다. 어느 순간 씻은듯이 몸이 개운해지기도 한다.

한참 동안 제대로 빨지 않았던 겨울 담요 두 장이 온몸을 덮고 있는 것 같다가 햇볕에 내어두었던 홑이불이 몸을 감싸듯 갑자기 편안해지기도 한다. 그런 컨디션이라면 하루를 거뜬히 버텨내고 무엇이든 할 수 있을 것 같아진다. 고통이 그의 곁에 없었던 듯이, 반짝하고 다시 불이 켜진다.

　사람들은 알지 못한다. 그가 아팠는지, 며칠 동안 침대에 누워 있었는지, 그리고 얼마나 외롭게 버티고 있었는지. 단지 그의 곁에는 고통밖에 없었고, 그를 구원해주거나 아니 구원까지는 아니더라도 "열이 있나?" 하고 이마를 짚어줄 사람조차 없이, 고통으로 몸을 감싼 채 혼자 밤을 지새웠다는 것을 이 세상 누구도 알지 못한다. 그 시간들을, 그 사람이 아닌 다른 사람은 알지 못한다. '낙하산 없이 추락하는 기분이나 입속에 거미가 우글거리는 느낌'은 아무리 말로 해도, 다른 사람이 그 괴로움을 온전히 이해해줄 수는 없다. 그도 그걸 잘 알고 있었다. 그러면서도 이 세상의 단 한 명이라도 자신의 고통을 온전히 이해해주기를 바라며 또다른 누군가를 찾게 된다.

　그도 그랬다. "위장이 좋지 않다. 두통이 있다. 마음이 안정되지 않는다. 지쳐 있다"며 젊은 나이에 이곳저곳 좋지 않은 곳이 많아 병원을 전전한다고 했고, 최근에는 몸 전체를 들여다보기 위해서 건강검진도 받았다고 했다. 그런데도 뚜렷한 병명은 찾지 못했고, 답답해하는 말투와 '당신이라고 별수 있겠느냐'는 의심 어린 눈빛을 안고 진료실로 들어왔다. 그리고 그는 말했다. "내시경을 해도 정상이라고 하는데, 나는 속도 좋지 않고, 할 일은 많은데 몸이 좋지 않아서 제대로 할 수가 없어요. 마음이 불안하고 안정이 되지 않을 때도 있어요." 이렇게 아픈데 병명을 알려주거나 제대로 된 치료도 해주지 않는 의사들에 대한 불신이 그의 말투에서 읽혔다. 그리고 과거 기억을 떠올리며 정신과에 대해서도 덧붙여 말했다.

"저는 군복무를 정신과 입원 병동 '오더리' 일로 대체 근무를 했어요. 그때 보았던 환자들 모습 때문에 정신과에 대한 기억이 좋지 않아요. 그때 의사가 치료하면 정신병동에 있는 환자들이 나을 수 있기는 한 건가, 하는 생각이 들었어요. 환자들 상태가 좋지 않아서 잘 나을 것 같지 않아 보였고요. 그들을 보면서, 저도 모르게 두려움이 느껴졌어요. 환자들이 자주 먹던 아티반이라는 약을 저는 절대로 먹고 싶지 않습니다. 그 약을 먹으면, 나도 그 사람들처럼 되지 않을까 해서요."

그는 많이 아파하면서도 선뜻 도와달라는 이야기는 하지 않았다. '내가 아프기는 하지만, 약하고 힘들어하는 모습으로 (그것이 의사라 하더라도) 다른 사람에게 비춰지고 싶지는 않다'고 몸으로 말하고 있었다. 지금까지 다른 의사들이 자신을 치료해주겠다며 처방했던 약들이 기대에 미치지 못했다는 이야기와 함께, '당신도 제대로 치료해줄 수 없는 것 아니냐'는 듯 엉덩이는 의자의 앞쪽에 걸치고 허리는 등받이 뒤로 젖히고 앉아 있었다. 아프지만, 아프지 않게 보이고 싶었던 것이다. 괴로워도 누군가에게 먼저 매달리기는 싫었던 거다. 누구도 자신의 아픔을 알지 못해서 외롭기도 했지만, 그 외로움이 몸으로 드러나는 게 끔찍하게 싫었던 것 같다.

그는 그저 고통이 처음 찾아왔을 때처럼, 그냥 사라져주기를 간절히 바라고 있었다. 고통으로부터 힘껏 도망치고 싶어했다. "그 알 수 없었던 병이 날 따라오지 않게 하루빨리 도망가고 싶어"하고 있었다.

당신이라는
안정제

김동영

오늘도 현기증이 날 만큼 뜨거운 태양이 빛나고 있었다. 대나무로 지어진 방갈로 창문으로 정글에서 뜨거운 바람이 불어와 제멋대로 눌린 머리카락을 스쳐지나갔다. 작은 하천가에서 강아지 한 마리가 짖는 소리가 들렸다. 그것말고는 아무 일도 일어나지 않았고 아무 소리도 들리지 않았다. 이 마을은 늘 이렇게 조용하기만 했다. 마치 숟가락까지 챙겨 주민 모두가 이주한, 수몰되기 전 마을처럼.

정확히 기억하지는 못하지만 난 족히 나흘은 이렇게 누워만 있었다. 밥도 먹지 않고 화장실도 가지 않았다. 그저 무기력하게 누워서 시간만 보내고 있었다. 난 내가 아픈지 아니면 그저 게으른 건지 알 수 없었다. 배도 고프지 않았고 화장실도 가고 싶지 않았다. 그저 울렁거리는 심장과 눈물로 범벅이 된 눈으로 멍하니 정글을 바라보고 있었다.

태국 북부의 빠이. 이곳에 머문 지 두 달이 지나고 있었다. 그리고 얼마나 더 이곳에 머물지 나는 몰랐다. 오지 않는 구조

대를 기다리는 조난자처럼 나는 그곳에서 뭔가를 기다리고 있었다. 그 무엇인가가 무엇인지 나는 잘 알고 있었다. 그것은 평온함이었을 것이다. 이렇게 이야기하고 보니 너무 부처님 같은 말 같지만 그것이 사실이었다.

다른 도시로 떠나지 못하는 이유는 내가 이 작은 마을에서 아무런 징후도 없이 하루아침에 주저앉아버렸기 때문이었다. 그렇기에 난 예전 같은 컨디션을 찾아야만 (아무도 강요한 적 없는) 이 여정을 이어가든 아니면 집으로 돌아갈 수 있을 것이다.

여유 있게 준비한다 했는데 기나긴 여정에 가지고 온 약은 이미 떨어졌다. 약이 없다 해도 이곳에서는 괜찮을 줄 알았다. 언제나 그랬듯이 말이다. 하지만 이번만큼은 아니었다. 나는 약 없이 하루하루를 버텨내고 있었다. 뭘 어떻게 해야 할지 몰랐다. 그저 저 위의 누군가에게 기도를 하고 또 했다. 하지만 대답은 오지 않았다. 어쩌면 나의 신과 나는 너무 멀리 떨어져 있거나 신이 내 기도를 듣기에 너무 바빴는지 모른다.

신 대신 여기 머문 이후로 알게 된 친구들이 가끔 와서 나의 상태를 챙겼다. 나에게 어떤 도움을 줄 것인지 그들끼리 이야기를 나눴지만 뾰족한 방법은 없어 보였다. 시간이 갈수록 내 몸은 더 약해져갔고, 밖에 있는 시간보다 방갈로 안에 누워 있는 시간이 더 길어졌다. 시간이 흐를수록 무엇을 할 수 있을지에 대한 용기를 잃어갔다. 그리고 이 세상에서 사라지고 싶었다. 난 이 시간이 내 인생 최대 위기의 순간이라 생각했다. 하지만 끝이 어떻게 될지 상상조차 할 수 없었다.

징그럽게 큰 보름달이 뜬 밤, 그녀에게서 전화가 왔다. 여느 날 같으면 전화를 받지 않을 테지만 운명처럼 난 전화를 받았다. 우주같이 광활하고 까마득한 어둠 속에서 그녀의 목소리가 작게 반짝였다.

내가 한때 좋아했지만 그 마음을 붙잡지 못해 떠나 보낸 사람. 늘 미안한 마음이 더 컸던 사람.

그녀는 나의 안부를 물었다. 난 애써 태연한 척 "별일이야 있겠어"라고 대답했다.

"자고 있었어?"라고 다시 그녀가 물었다.

나는 목소리를 가다듬으며 "아니, 그냥 앉아 있었어. 여긴 밤이야"라고 답했다.

"여기도 밤이야. 태국에 있다는 이야기는 전해 들었어. 잘 지내?" 그녀가 묻는다.

"어디든 똑같아. 태국이든 서울이든. 난…… 잘 지내."

난 그렇게 말했지만 그녀는 내 목소리에서 어떤 떨림을 느꼈는지 다시 물었다.

"어디 아픈 건 아니지? 목소리가 안 좋게 들리는데."

"사실 그다지 좋지는 않아. 약이 떨어졌거든. 하지만 곧 괜찮아지겠지"라고 확신 없는 대답을 했다.

설명하지 않았지만 그녀는 '그다지 좋지 않다'는 말이 정확하게 무슨 의미인 줄 알고 있었다. 우리는 한참을 말이 없었다. 저마다 '그다지 좋지 않다'에 대해 생각했을 것이다.

먼저 입을 뗀 사람은 나였다.

"늘 그렇잖아. 좋았다, 안 좋았다. 이제는 그러려니 해."

"돌아오는 게 어때? 이미 충분히 떠나 있었잖아. 거기서 무엇을 하는지 모르겠지만. 왜 자기가 좋지 않다는 걸 알면서 거기에 있는 거지?"

그녀의 말은 모두 사실이다. 나는 내가 왜 이곳에 있는지 알수가 없었다. 여행을 하는 것도, 대단한 책을 쓰는 것도, 그렇다고 요양을 하는 것도 아닌데 말이다. 내가 여기에 머물 타당한이유는 그 어디에도 없었다. 그저 난 여기에 머물기만 할 뿐이었다. 나의 불안과 함께 말이다.

아무런 변명거리도 만들지 못했다. 그녀는 "이제 돌아와. 그리고 치료받아. 그러면 항상 그렇듯 괜찮아질 거야"라고 날 회유했다.

"그래야 할지도 몰라"라고 나는 그녀의 말을 인정했다.

"분명 몸이 또 엉망이 되었을 거야." 그녀는 날 나무랐다.

확실히 내 몸은 엉망인 상태다. 마치 화석 같은 모습일 것이다.

"보고 싶어. 내가 돌봐줄 테니. 돌아와."

'보고 싶다' 그리고 '돌봐주겠다'라는 말에 나는 온기를 느꼈다. 물론 이곳은 아주 더운 나라지만 그녀의 이 두 마디 말보다 날 위로해주고 따뜻하게 해주는 건 없었다. 울컥 목이 메고 눈물이 나려는 걸 억지로 한숨으로 뱉어냈다.

잔인하게 말한다면 나는 그녀의 호의를 버리고 다른 여자에게 갔었다. 물론 그 관계가 오래간 건 아니었다. 그렇다고 그 선택을 후회하는 건 아니었다. 나름 내 청춘의 역사에 남을 만한 연애였으니까. 다시 혼자가 된 지금 그녀에게 돌아가고 싶지는 않았다. 염치 문제가 아니었다. 분명 그녀가 괜찮은 여자라는 건 사실이지만 나는 그러고 싶지 않았다. 만약 내가 그녀에게 다시 돌아간다 해도 언젠가는 다시 그녀를 떠나버릴 거라는 걸 나는 너무 잘 알고 있기에 그럴 수가 없었다.

"위안이 된다. 하지만 나 어떻게든 해볼게. 그리고 난 다시 언제나 그랬던 것처럼 곧 부활할 거야"라고 말했다. 그녀는 아무런 대답이 없었다.

한참의 시간이 흐른 뒤 그녀는 내게 말했다.

"당신이 느끼는 문제 그리고 불안이 어디서부터 오는 건지 나는 모르겠지만 곧 사라지길 바라. 그리고 도움이 필요하면 언제든지 전화해."

전화를 끊고 나서 나는 어렵게 몸을 일으켜 침대에 처진 모기장을 걷고 발코니로 나와 어두운 정글을 바라봤다. 거기에는 단 한줄기의 빛도 없었다. 다만 하늘에는 많은 별이 빛나고 있었고 나는 붉은 보름달이 만들어낸 달그림자 안에 있었다.

그때 난 오랜만에 평온함을 느꼈다. 가끔 이럴 때가 있다. 아무리 잘 드는 약을 먹는 것보다 누군가의 애정 어린 말 한마디나 따스한 손길이 부자연스럽게 부들거리는 내 마음을 진정시키는 때가.

난 그녀를 생각했다.
바보처럼 날 좋아해주기만 한 그녀.
내 편이 되어주는 그녀.
그리고
그날 밤 난 본의 아니게 그녀를 이용했다.

└→ 나라는
안정제

말을 생각한다. "다음에 오실 때는 지금보다 조금 더 편안해져
있을 거예요" "지금은 많이 괴롭겠지만 그리 심각한 문제는 아
니니 마음놓으세요" 하는 말이 항우울제가 되어 뇌 속에서 세
로토닌 농도를 조금이라도 올려놓았으면, 하고 바란다. 비록 사
람마다 듣고 싶은 말은 따로 있겠지만, 내가 한 말이 살아가는
데 조금이라도 힘이 되기를 바란다. 도파민이 팍팍 뿜어져나와
활력이 다시 솟아나기를 바라기도 한다.

그런데, 짐작하듯 말이란 의도와 다르게 움직일 때가 종종
(아니 자주) 있다. "도와드리겠다"는 말이 누군가에게는 강력한
안정제이지만, 다른 누군가에게는 '마음이 약해져서 도움을
받아야 하는 비참한 상황을 증명하는' 말처럼 느껴져 더 우울
하게 만든다. 도움을 받아야 한다는 것을 "내가 비정상이라는
뜻인 거죠?"라며 자기를 의심하게 만들기도 한다.

때로는 "돌봐주겠다"라는 메시지가 안정제처럼 의존성을 낳
지는 않을까 하는 염려 때문에 최대한 아껴 쓰기도 한다. 당장
은 편하지만 자주 쓰면 내성이 생기고, 나중에는 그것이 없으

36

면 더 불안해지지 않을까 해서다. 효능이 강한 안정제는 언제나 의존의 위험성도 큰 법이니까. "괜찮아질 겁니다." "걱정하지 마세요." "저를 믿으세요." "힘들 때마다 도와드리겠습니다." "염려하지 말고, 치료만 착실히 받으세요." 시간이 흐를수록 그가 더 단단해지기를 바란다면 이런 말들은 아껴 쓰는 것이 더 좋을 때도 있다. (그렇다고, 지금 당장 불안으로 쓰러지려 하는데 안정제를 아껴둘 수는 없듯이, 위로의 말도 필요할 때는 꼭 써야 하겠지만.)

더 궁금한 것도 있다. 뇌에 제대로 흔적도 남기지 못한 채 걸러지는 말은 도대체 어떤 것일까? 나를 떠났지만 상대의 가슴에는 닿지도 못한 채 사라져버리는 말은 어떤 것일까? 사실, 이게 더 궁금하다. 그리고 그 말이 상대의 가슴에는 아무런 흔적도 남기지 못했는데, 나는 왜 그 말을 해야 했을까? 내용이 문제였을까? 타이밍이 잘못되었을까? 이런 것들도 속속들이 알고 싶다.

어쩌면, 귀와 뇌를 사로잡는 말은 어떤 색깔을 띠고 있는지가 제일 궁금한 것일지도 모르겠다. 이런 궁금증은 A라는 환자에게는 B라는 안정제가 맞을지 아니면 C가 맞을지, D라는 우울증 약을 써야 하나, E가 더 좋지 않을까, 하는 직업적 호기심과 크게 다르지 않을 것 같다.

이런 궁금증은 직업 의사로서 더 잘 기능하기를 바라는 욕심에서 비롯된 것이기도 하다. 그러나 조금 더 곰곰이 따져보면 '지치고 힘들 때, 내 자신이 듣고 싶은 말은 무엇일까?' 하고 자연인으로서 내가 원하는 것, 나약한 보통 인간으로서 내가 열망하는 것을 정확히 알고 싶은 마음에서 비롯된 것 같기도 하다. 전문가 코스프레를 하고, 지식 소매업으로 밥벌이를 하고 있는 나에게도, 누군가의 위로는 살아가기 위한 필수. 이왕이면 내게 잘 맞는 음식을 먹고 싶은 것처럼, 허전하게 비워진 내 마음을 꼭 맞게 채워놓는 사랑의 말을 듣고 싶은 것일지도 모르고. 머리를 꽁꽁 숨긴 채 깊은 곳에 억지로 욱여넣어둔 내 나약함이 튀어나오려고 할 때, 재빨리 그것의 숨을 죽여놓고 싶을 때, 누군가에게 듣고 싶은 말이 무엇인지 알고 싶은 바람과도 무관하지 않다.

눈꺼풀이 내려오고, 가슴은 답답하고, 온몸이 무너져내릴 듯 사소한 의욕조차 날아가버렸을 때, 그래서 지금 여기서 나만 쏙 빠져나와버리고 싶은 마음이 들 때마다 사랑하는 누군가가 "보고 싶다. 많이 힘들지. 내가 돌봐줄게"라고 말해주기만을 얼마나 간절히 바랐던가. 현실의 수많은 일들로 마음이 얼룩지고 흐려졌을 때 "시간이 지나면 더러운 것들은 가라앉고, 다시 깨끗해질 거야"라고 빛을 그려주는 말을 얼마나 간절히 듣고 싶었던가. 내 마음에서도 똑같은 것을 원하고 있다는 것을, 나도 느낀다.

멀리 보고 강해져야 한다고 말하지만, 이게 말처럼 쉽지 않다. 나이가 들어도 성숙해지지 않는다고 자신을 탓할 필요 없다. 인간은 어차피 모두 불량품이다. 나이가 든다고 불량이 고쳐지는 법도 없다. 그래도, 우리는 그럭저럭 잘 살아가게 마련이다.

그는
나에게

김동영

그는 78장의 타로 카드에서 내 운명을 봐주는 점술가

그는 냄비에서 황금을 만들어내는 연금술사

그는 내가 착한지 나쁜지 아는 산타클로스

그는 평화를 가져다주는 비둘기

그는 내 통곡의 벽

그는 대답 없는 갈대밭

그는 나의 독재자

그는 길을 잃지 않게 이끌어주는 나침반이며

그리고 그는 나의 사악한 천사

그가 나와 같은 중력을 받고 있다는 사실만으로도 나는 안도한다.

그렇다고 우리가 친구나 서로 가까운 존재는 아니다.

우리 관계에 개인적인 감정이 섞이는 건 좋지 않기 때문이다.

물론 서로에 대해 잘 알지만 우리는 처음 만났을 때처럼 데면데면하게 지낸다.

어떤 경우에서도 우리는 친해져서는 안 된다.

사적인 감정이 생기면 우리의 균형은 깨져버릴 것이다.

서로를 이해하려고 해서도 안 된다.

절대적으로 보이는 그대로만 평가해야 한다.

그것이 우리 관계의 방식이다.

그는 먼저 말하는 타입은 아니었다. 어쩌면 직업적인 조건 때문에 그런지 모르겠지만 그는 내게 질문만 했고 나의 대답 속에서 또다른 질문들을 만들어내는 재주를 가지고 있었다. 그렇기에 늘 우리의 대화는 한자리에서 빙빙 돌기만 한다. 가끔 그와 나누는 대화가 짜증나고 나를 화나게 만들지만 난 그와 대화를 나누는 시간을 믿을 수밖에 없다. 우리 사이에 의심이 생긴다면 분명 먼길을 다시 돌아가야 한다는 걸 나는 잘 알고 있기 때문이다.

한 달에 한 번 혹은 이 주에 한 번, 우리는 칠 년을 만났다. 짧지 않은 시간 동안 그는 나보다 나에 대해 더 잘 알게 되었다. 가족 관계부터 그동안 내게 무슨 일이 있었는지, 내가 싫어하는 것과 좋아하는 것, 어떤 행동을 했을 때 어떤 반응이 오는지 그리고 혼자만의 비밀로 간직하고 싶은 이야기까지 그는 모두 알고 있다. 하지만 나는 그에 대해 아는 게 거의 없다. 취미가 뭔지, 가족 관계는 어떻게 되는지, 심지어…… 나이조차 모른다.

어느 날 내가 예전의 나로 돌아간다면, 그때는 작은 창조차 없는 그의 방이 아닌 햇살 잘 드는 카페 테라스에 앉아 낮술 한잔을 하고 싶다. 그리고 친구가 되어보고 싶다.

그와.

이미
나는
그 방법을
알고 있다

김동영

그의 말처럼 '영원한 고통은 없는 법'이다. 세상 무엇도 영원할 만큼 끈기가 있지 않을 테니까. 그리고 나 역시도 평생 이렇게 살 수는 없을 테니까. 그가 해준 조언과 내가 읽은 책들에서 그리고 그동안의 경험을 통해 내가 가진 고통을 완전히 녹여버리는 방법을 나는 알고 있다.

규칙적인 생활
가벼운 운동
담배 끊기
매일 해를 삼십 분 이상 보기
건강한 식단

이것만 지켜도 나의 병들은 큰 호전을 보일 것이다. 사소해 보이는 것들이지만 이것을 모두 지키는 건 내게 부척 힘든 일이다.

매일매일 똑같은 시간에 일어나서 식사를 하고 잠자리에 드는 일은 삼십여 년 동안 제멋대로 살아온 내게 너무도 어려운 일이다. 나는 늦게 일어나고, 가끔은 잠을 자지 않고 밤새우는 걸 좋아하고, 배가 고프지 않을 땐 끼니를 건너뛰고, 배가 고플 때 미친듯이 먹는 것이 좋다. 운동은 내가 제일 싫어하는 것들 중 제일 우선순위에 있다. 난 모든 스포츠를 싫어한다. 오히려 미워한다. 특히 땀을 흘리는 것이 싫다.

담배. 언젠가는 끊겠지만 지금은 아니다. 햇볕을 쬐는 일은 좋아하긴 하지만 태양 알레르기가 있는 난 태양 아래 있으면 눈이 부셔 눈물범벅이 되고 피부가 따끔거린다. 그리고 건강한 식단. 나는 인간이 먹는 행위를 최고의 낭비라고 생각한다. 내게는 맛있는 음식이란 없고 먹고 싶은 욕구도 없다. 무엇보다 난 배가 부르면 사나워진다.

이런 이유에서 난 저것들을 실천할 수가 없다. 그렇다면 다른 방법은 없을까?

물론 있다.

결혼해서 가정을 꾸리고 내 아이를 가지면 괜찮아진다고도 한다. 가정이라는 안정의 울타리와 부모로서 책임이 내 병의 견고한 벽을 박살낼 수 있다고 들었다. 하지만 아직 내게 가정을 꾸리는 일은 너무도 낯설다. 내 몸 하나도 책임지지 못해 이리저리 휩쓸리는 내가 가정을 꾸린다니. 자신이 없다.

마지막은 그나마 쉬운 일이다. 이기적으로 살 것.

이건 그가 내게 말해준 치료법 중 하나다. 철저히 이기주의자가 되어 세상을 살아가는 거다. 남들을 배려하지 않고 내 마음 내키는 대로 행동하고 오로지 나만 생각하는 방법이다. 완벽하게 이기적인 건 아니지만 사실 난 이기적인 면이 많다. 하지만 난 소심하기에 그걸 제대로 표현하지 못하고 대부분 안으로 삭이는 편이었다. 따지고 보면 간단한 방법이다. 수술을 하거나 재활을 받거나 혹은 그동안의 태도를 바꿔야 하는 건 아니니까. 하지만 저렇게 하지 못할 이유가 내게는 수만 가지가 있다. 모든 것이 타당한 변명거리다.

그렇다고 평생 약을 복용하면서 부작용을 가지고 살아가고 싶지는 않다. 언젠가는 변해야 하고 저 모든 것들을 실천해야 한다는 걸 안다. 하지만 그러기에 나는 아직 의지력이 약하고 게으르다. 적당한 때가 온다면 모든 걸 하나하나 실천할 수 있을 거라고 믿는다. 그러길 바란다. 아니 그래야만 한다. 그래야 결국 나는 내 고통을 내버려두고 가던 길을 갈 수 있을 것이다.

김병수

사람은 행성처럼, 모두 각자의 고유한 주기를 갖고 특정한 궤도를 그리며 움직입니다. 어떤 사람은 천왕성, 어떤 사람은 수성, 또 어떤 사람은 콰오아, 세드나, 에리스, 트레스-4······이죠. 우리가 지구의 자전 주기를 변화시킬 수 없듯, 사람의 고유한 궤도를 바꿔놓으려는 것은 무모하고 불가능한 도전입니다. 억지로 지구를 서에서 동으로 돌리려고 애써봐야 (불가능한 것은 두말할 나위도 없고) 괜한 힘만 축낼 뿐입니다. 그나마 미친놈 소리 듣지 않으면 다행이고요. 한 사람이 다른 누군가를 변화시키려는 것은 지구를 천천히 혹은 더 빨리 돌게 하려 애쓰는 것과 다를 바 없습니다. 행성은 다른 혜성과 만나 충돌을 일으키기 전까지는 절대로 자기 궤도에서 이탈하지 않습니다. 사람도 마찬가지. 사랑처럼 불똥이 쏟아지는 충돌 없이 사람은 변하지 않습니다.

그런데 다른 사람의 마음을, 그 사람을 변화시키겠다고 마구 달려드는 상황을 흔히 봅니다. 그러고는 자신 있게 말합니다. "내가 그 사람을 변화시켰다!"라고. "내가 알아듣게 논리적

46

으로 잘 설명했다. 그 정도 이야기했으면 충분히 알아듣고 실천할 거야"라며 자신만만해합니다. 하지만 말로 사람이 바뀌는 법은 없습니다. "아니던데…… 내가 말하니까, 금방 바뀌던데" 이렇게 말하는 사람도 있을 겁니다. 하지만 이건 순진한 착각에 불과합니다.

자기 자신에게 어떤 행동이 도움이 되는지, 이건 굳이 누군가 말로 하지 않아도 제 스스로 이미 다 알고 있는 경우가 대부분입니다. 무엇을 하면 안 되는지, 그것이 얼마나 해로운지에 대해 다른 그 누구보다 자신이 제일 잘 압니다. 굳이 말로 하지 않아도, 이미 다 알고 있습니다. 그런데 여기다 한두 마디 더 보태는 것이 무슨 소용이 있겠습니까.

사람은 끊임없이 갈등합니다. A를 할까, B를 할까. 담배를 끊으면 건강에 좋고, 돈도 절약되고, 무엇보다 퀴퀴한 냄새도 줄어들 테니 이래저래 좋다는 건 담배를 피우는 사람 스스로 잘 압니다. 하지만 담배를 끊지 못하는 사람의 마음속에는 또다른 생각이 흘러가게 마련입니다. 인지행동치료 전문가들은 A와 B 사이에서 갈팡질팡하며 행동으로 실천하지 못하는 사람에게 A라는 결정의 이익과 손실, 그리고 B라는 결정을 했을 때 따라오는 이익과 손실을 나란히 써보면 도움이 된다고 조언하기도 합니다. 하지만 현실에서 이런 접근은 실효성이 떨어집니다. 결심과 드러나는 행동의 변화가 없다는 것은 이미 자신

47

의 마음속에서 'A라고 결정하든 B라고 결정 내리든 그 이익과 손실이 50대 50이야'라고 여기고 있다는 뜻이니까요. 그런데 그것을 굳이 종이에 옮겨 적으라고 하는 것은, 50대 50이라는 것을 또다시 확인하는 것에 불과합니다.

이기적으로 살기 혹은 결혼하기도 마찬가지일 거예요. 이기적으로 살면 좋은 점도 있지만, 그렇게 할 수 없는 데는 다 그만한 이유가 있을 겁니다. 결혼하면 좋기도 하겠지만 성가신 일도 많을 거라는 것을 이미 잘 알고 있을 테니, 계속해서 주저하며 시간만 속절없이 흘러가겠죠. 모든 결심과 실천에 이유와 이성적 판단은 그리 중요하지 않습니다. 이유와 생각, 논리와 이성의 문제가 아니라, 이건 전적으로 "그래 지금 시작하자"고 결심하고 행동할 수 있는 용기가 있느냐 없느냐의 문제일 뿐입니다.

상담이라는 이름으로 제가 누군가를 향해 말을 던지는 행위는, 어쩌면 무모한 도전 같은 것일지도 모릅니다. 우주에 있는 별에 닿겠다며 하염없이 하늘로 폭죽을 쏘아대는 것과 크게 다를 것 같지도 않습니다. 그런데도 왜 하고 있냐고요? 말이 담고 있는 진실보다는, 말을 통해 전달되는 관심과 애정으로 그 사람의 마음속에서 아주 작은 불꽃이라도 일어나기를 바라는 마음 때문입니다. 별과 별의 충돌 같은 사랑은 아니지만, 아주 작은 애정이라도 전해지기를 바라는, 그런 마음인 것이지요. 이것이 나 아닌 다른 누군가를 향해 제가 할 수 있는 유일한 일이니까요.

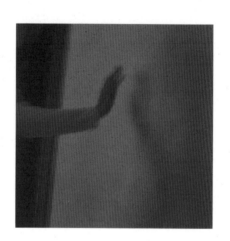

농담도
통하지
않는

김동영

불안과 우울은 농담을 모른다. 친구들과의 술자리도, 매주 방영되는 버라이어티 쇼도 그리고 저질스러운 말도 그것들을 웃게 만들지 못한다. 그것은 가슴부터 시작되고 가슴에서 끝이 난다. 그렇다고 눈에 보이는 상처를 남기는 것도 아니다. 하지만 불안과 우울이 지나간 자리에는 풀 한 포기 자라지 않고 황량해지는 것처럼 모든 게 생기를 잃는다.

나도 이제 농담을 모른다. 마음을 크게 다쳐 몸 한 부분이 찢겨나간 것처럼 나는 농담을 잃었고 웃음도 잊었다. 그리고 누군가의 말처럼 영혼도 잘려나갔을지 모르겠다. 그래서 나의 얼굴 근육은 웃음을 기억 못해 굳어버렸고, 내가 하는 말은 영혼 없이 허공을 맴돌기만 한다.

불안과 우울은 나와 친구가 되는 것을 허락하지 않고 그저 내 안에 조용히 똬리를 틀고 앉아 있다가 내가 약해지는 순간 사납게 공격을 한다. 우리는 절대 농담을 나눌 수 있는 친구가 될 수 없다.

불안과 우울은 규칙도 없다. 어디가 시작이고 어디가 끝인지 알 수가 없다. 그것들은 무차별적으로 그리고 산발적으로 일어난다. 규칙이라도 있다면 미리 대비를 하거나 피하기라도 하겠지만 규칙이 없기에 그저 주어진 운명처럼 모든 걸 받아들일 수밖에 없다.

내게도 이제 규칙은 없다. 좋은 날과 나쁜 날이 있을 뿐이다. 좋은 날은 안정의 날이고 나쁜 날은 불안과 우울의 날이다. 그런 날에는 계절과 상관없이 하늘은 회색빛이 되고 서늘한 바람이 내 가슴 안으로 파고든다. 만약 불안과 우울 그리고 나 사이에 규칙이 있다면 우리는 좀더 많은 것을 할 수 있을지 모른다. 정확한 시간 약속을 하고 취향을 공유할 수도 있다. 하지만 그것들은 규칙을 허락하지 않는다. 그저 그것들이 느낄 때만 나타나 날 흔들어놓는다. 그럼 난 바람에 흔들리는 가지처럼 떨리고 만다. 어쩌면 이것이 우리 사이의 규칙인지도 모른다.

불안과 우울은 말이 없다. 아무리 말을 걸고 그것들의 목소리를 들어보려 귀를 기울여도 침묵뿐이다. 그것들은 고요하고 사납게 내게 몰아쳤다 올 때처럼 조용히 물러가버린다. 만약 우리가 대화를 나눌 수 있다면 서로의 이야기를 들려주고 나한테 왜 그러는지 물어볼 수도 있을 것이다. 하지만 그것들은 말을 허락하지 않는다. 이것이 우리 사이의 침묵의 대화인지 모른다.

불안과 우울은 노래를 부르지 않는다. 만약 그것들이 노래를 부를 수 있다면 불안이 기타를 연주하고 우울이 건반을 연주해 우리는 좋은 팀이 될 수도 있을 것이다. 하지만 그것들은 노래를 부르지 않고 오로지 내 입에서 신음이 새어 나오게 한다. 그것은 한숨과도 같다. 어쩌면 이것이 불안과 우울 그리고 내가 만들어낸 노래인지 모른다.

김병수   ⌐→ 가볍고
                                                    사소한
                                                    농담처럼

　지금보다 조금 더 가벼운 사람이 되었으면 좋겠습니다.

　하루하루 살아가면서 점점 더 세상을 쉽게 여길 수 있으면 좋겠습니다.

　저를 둘러싼 모든 것들을 "그냥 별것 없어" 하고 간단히 넘겨버릴 수 있었으면 좋겠습니다.

　잊히는 것을 두려워하는 것이 아니라, 머릿속 생각들을 하나도 남김없이 지워버릴 수 있었으면 좋겠습니다.

　"감정도 시간이 지나면 어차피 사라질 것"이라며 손바닥 위의 먼지처럼 툭툭 날려버릴 수 있으면 좋겠습니다.

　제 안에서 솟아나는 욕망도 그냥 뚫고 지나갈 만큼 얇고 가벼운 사람이었으면 좋겠습니다.

　"저 인간 정말 싫어!" 하고 실컷 욕해주고 싶은 사람이 있더라도, 스치고 지나가는 바람처럼 대수롭지 않게 느낄 수 있었으면 정말 좋겠습니다.

　제 삶에서 일어나는 모든 일들이 마치 농담처럼 느껴지면 좋겠습니다.

57

흥분될 만큼 기쁜 일이 찾아와도, 내일이면 쉽게 사라져버릴 농담처럼 진지하게 받아들이지 않았으면 좋겠습니다.

삶에 찾아오는 슬픈 소식도 소소한 노래처럼 들렸으면 좋겠습니다.

올이 성긴 그물처럼, 저를 스쳐가는 하나하나를 모두 다 느낄 수는 있어도, 어느 것도 붙잡아두지 않았으면 좋겠습니다.

주머니가 하나도 달리지 않은 옷을 입은 것처럼, 그 어느 것도 담아둘 수 없는 마음을 가질 수 있다면 좋겠습니다.

그래서 나이가 들수록 저란 사람이 점점 더 작아지고, 점점 더 가벼워질 수 있으면 좋겠습니다. 어느 날 어쩔 수 없이 죽어야만 할 때, 아주 작은 불로도 제 모든 것을 태워 날려버릴 수 있도록 제 마음에 남겨진 것이 아주 적었으면 좋겠습니다.

김동영

기억이
없는 기억

다음이 없네.

기억이 없네.

과거가 없네.

우리가 했던 말들은 모두 사라졌고

너의 얼굴도 이젠 생각나지 않고

내가 봤던 풍경들도 모두 지워졌다.

이렇게 모든 걸 너무 쉽게 잊어버렸다.

어느 날…….

몇 해 전부터 머리가 나빠졌다. 총명했던 건 아니지만 보통의 기억력은 가지고 있었다. 나이가 들어서 그런지도 모르지만 꼭 나이 때문만은 아닌 것 같다. 아직은 창창한 나이가 아닌가. 단기 기억상실증 환자처럼 나는 모든 걸 금방 잊었다.

내가 한 말, 중요한 약속, 기억해야만 하는 숫자, 우리가 나누었던 대화, 몇 번을 읽었던 책의 내용, 눈물을 찔끔거리며 보고 들었던 영화와 음악들, 내가 공들여 썼던 글, 심지어는 담배를 피웠는지 안 피웠는지, 화장실은 다녀왔는지도 자주 잊어버리곤 한다. 모든 건 내 머리에 들어오면 탈색되어 빈 공백이 되어버린다. 마치 긴 잠에서 깨어나서 간밤의 꿈을 기억하지 못하는 것처럼.

어머니가 돌아가시던 날 장례식장에서 조문을 받으며 어머니를 절대 잊지 않겠다고 다짐했다. 사소한 무엇도 다 기억하겠다고 다짐했다. 그래서 모든 비밀번호를 어머니의 숫자로 바꿨다. 그것이 내가 어머니를 잊지 않는 방법이었다. 하지만 몇 해가 지나고 은행업무를 보다 비밀번호를 입력하는 창에서 자꾸 오류가 떴다. 비밀번호로 지정해둔 어머니의 숫자를 잊어버릴 거라고는 상상도 하지 못했다. 기계 이상 아니면 다른 것의 문제라고 생각했다.

하지만 나중에 알고 보니 내가 절대 잊지 않을 거라 확신했던 어머니의 숫자가 문제였다. 곰곰이 생각했다. 어머니의 숫자들에 대해서. 어머니의 생신, 결혼기념일 아니면 돌아가신 날. 무엇이 어머니의 숫자인지 더이상 기억할 수 없었다. 충격이었다. 어머니가 떠나신 지 얼마나 되었다고 나는 그걸 잊어버렸는지. 스스로 자책하고 스스로를 증오했다. 아직도 그 숫자를 알지 못한다.

이것이 나의 병과 상관있다고 생각해본 적은 한 번도 없었다. 하지만 기억력 감퇴라는 항목을 봤을 때 나는 놀랐다. 그저 내 머리가 나쁜 것이거나 덜렁대는 성격 탓을 했었는데, 그건 내 병과 복용하는 약에서 비롯된 증상이라고 한다. 사실 아무리 내가 머리가 나빠도 그렇게 많은 걸 까맣게 잊을 리 없다고 생각하기도 했었다.

반면에 아주 오래전 기억은 또렷하다. 그 기억들은 내가 아프기 전의 기억들이다. 아기였을 때 엄마가 내 볼에 해주던 키스의 감촉과 호주 사막의 달그림자 그리고 내가 백번은 더 들었을 노래 가사와 나와 함께 보냈던 친구들과 옛 여인들의 이름 그리고 그녀들의 옷차림을 난 생생하게 기억한다. 하지만 불과 얼마 전에 있던 일들은 전혀 기억이 나지 않는다. 마치 어린아이의 빠진 앞니처럼 기억이 비어 있다.

앞으로 나는 더 많은 이야기들을 들을 것이고 많은 순간들을 맞이할 것이다. 하지만 그것들을 지금처럼 기억하지 못한다면 생을 마감할 때 나는 얼마 되지 않은 기억만을 지닌 채 죽어갈 것이다. 사람이 늙어가는 걸 그나마 즐기고 견딜 수 있는 건 기억들 덕분이 아닌가? 죽을 때마저 아무것도 기억하지 못한다면 얼마나 슬플지 나는 알지 못한다.

두렵다. 만약 상황이 더 나빠져 내가 사랑하는 사람의 이름이나 내가 봤던 풍경들 그리고 간직하고 싶은 이야기를 모두 망각하는 것이.

나는 큰 걸 바라지 않는다. 지금이라도 내가 쉽게 잊은 것들을 기억할 수 있으면 좋겠다. 그래서 나이가 들어 이 모든 걸 기억해내고 그리워하고 싶을 뿐이다.

김병수

의대 공부는 순전히 외우고, 빨리 외우고, 통째로 외우고, 이해되지 않아도 무조건 외우고, 그렇게 외운 것들을 잊지 않고 남김없이 글과 말로 쏟아내는 일의 반복입니다. 제가 그리 훌륭한 의사가 아니라서 이렇게 단순하게 표현하는 것일 수도 있지만, 저처럼 평범한 의사라면 대부분 이 말에 동의할 겁니다.

저는 그리 대단한 기억력의 소유자가 아닙니다. 오히려 평범하다못해 기억력이 좋지 않은 편입니다. 더군다나 조금만 긴장하면 온전히 외워두었던 것조차도 내뱉지 못하기 일쑤였습니다. 저란 사람은 처음부터 기억력의 출발점이 한참 뒤처진데다가, 이제 나이까지 들어가니 점점 더 뒤로 밀려나고 있다는 것을 절감하고 있습니다.

이것도 재주인지 모르겠지만 (나쁜 기억력에도 불구하고) 귀로 들은 이야기는 잘 잊어버리지 않습니다. 남 이야기 듣는 직업을 가져서 그렇게 변한 것인지도 모르겠지만, 확실히 말로 들은 소리들은 오래오래 간직하는 편입니다. 더군다나 사람의 얼굴을 보면 예전 그 사람의 인상착의는 떠오르지 않아도 "이런저런 고생을 하면서 살았고" "누구누구 때문에 마음앓이를 많이 했다"는 내러티브는 자연스럽게 떠오릅니다. 저도 깜짝 놀랄 때가 있습니다. '내가 어떻게 그 사람의 이런 말까지 기억하고 있을까?' 하고 말입니다. 이런 이야기들은 그냥은 잘 떠오르지 않더라도, 그 이야기의 주인공을 다시 만나게 되면 끊어지지 않는 실처럼 풀려나옵니다.

이런 이야기들이 머릿속에 차곡차곡 쌓여 제 기억의 공간이 어느새 많이 축소된 것은 아닌가, 하는 생각이 들기도 합니다. 그래서 시간이 흐를수록 기억저장소에 담아둘 수 있는 용량이 점점 줄어든 것은 아닌지 모르겠습니다.

기억력이 떨어지는 데는 이런 이유도 있지 않을까요. 그냥 잊어버리고 싶은 것들이 많아진 것이죠. 아니, 잊혀지지는 않아도 떠올리고 싶지 않은 일과 사람들이 점점 늘어난 것일 수도 있고요. 기억하고 싶은 것만 간직하고 살아도 힘든 세상인데, 그렇게 해도 하루하루가 팍팍할 때가 많은데, 쓸데없이 공간만 차지하는 기억들이 뇌의 한쪽 구석에 자동적으로 밀려나버리는 것은 아닐까요? "아니야, 내게 굉장히 중요한 기억이야"라고 아무리 우겨도, 우리 마음의 기준에서 보면 별로 중요하지 않거나 필요 없는 것일 수도 있고, 그런 기억은 뇌의 자동조절 장치가 알아서 걸러내버리는 것일 수도 있을 테니까요.

절대로 잊지 않을 거라 믿었던 기억이 내 영혼에서 연기처럼 새어 나간 것 같아 깜짝 놀라기도 합니다. 이러다 나란 사람이 내가 모르는 또다른 내가 되어 있으면 어쩌나 걱정할 때도 있습니다. 아니야, 아니야, 그럴 리 없어…… 라고 믿고 싶지만 그래도 어쩔 수 없이 인정해야 할 때가 있습니다. 잊혀지지 말아야 하는 기억이지만, 잊혀져야만 하는 날이 오는 거라고. 잊혀졌다고 과거가 바뀌는 것은 아니라고. 잊혀졌다고 사랑했던 과거가 날아가는 것은 아니라고. 그렇게 인정할 수밖에 없는 순간이 나이가 들어갈수록 많아지더군요.

어찌 보면, 기억이란 의지대로 심었다 뽑았다 할 수 있는 것이 아닌 것 같습니다. 유학하던 아들이 갑자기 교통사고로 죽었다는 사연, 강원도로 자전거 여행을 떠났던 딸이 트럭에 부딪혀 작별인사도 없이 더이상 만날 수 없게 되었다는 사연, 사랑하는 사람이 자기 아닌 다른 사람을 더 사랑하니 떠나달라고 했던 그 말, 세상에서 가장 사랑하던 딸이 반대하는 결혼을 한 뒤 더이상 부모님을 만나고 싶지 않다고 했던 그 말……. 이런 기억은 잊고 싶어도 영원히 지워지지 않을 겁니다. 떠오르지 않았으면 하고 아무리 바라고 또 바라도, 날카로운 면도날처럼 뇌를 긁어놓듯 자꾸자꾸 떠오르기 마련입니다.

이건 잊지 말아야지, 하고 바랄수록 휘발성이 강해지는 것 또한 기억의 속성이겠지요. 그래서 우리는 연신 사진을 찍어대고, 녹음을 하고, 종이 위에 무언가를 적는 것이겠지요. 오래오래 기억하고 싶은 것일수록, 영원히 잊지 않고 지금 그 모습대로 머릿속에 간직하고 싶은 것일수록, 그것에 대한 애정이 클수록, 사라져버리지 않을까 하는 두려움도 커지는 법입니다. 그리고 이런 두려움은 기억을 오히려 방해하기도 하죠. 잡아두려 하면 할수록, 더 새어 나가버리기도 하고요.

저는 요즘, 이런 생각도 합니다. 강바닥을 긁어내야 수심이 깊어져 물이 더 많이 흐를 수 있는 것처럼, 내 기억의 바닥들도 누군가 확 하고 긁어내주었으면……. 문득문득 떠오르는 실수와 잘못, (지금은 다른 사람 눈에는 더이상 보이지 않겠지만) 내 기억의 눈으로는 선명하게 보이는 과거의 그 비천했던 행동들을 강바닥에 오래오래 쌓여 있는 흙을 긁어내듯 어디론가 치워버렸으면……. 그렇게 할 수 있다면, 바로 지금 이 순간의 경험들을 온전히 내 기억 속에 담아둘 수 있을 텐데, 하고 말입니다. 하지만 이것도 저의 부질없는 바람일 뿐이겠지요.

날
불안하게
만드는
것

김동영

퇴근길 큰 도로를 따라 흘러가는 자동차들의 행렬.

사려 깊은 봄날의 햇살.

장마철 빗물에 젖은 바짓단.

가을날 정오의 우울.

겨울날의 인정 없는 바람.

예전 즐겨 듣던 노래의 기타 전주.

손끝에 걸쳐 있는 담배.

누군가 내게 보낸 메시지의 알림음.

너무나 예쁜 사람들의 관심.

내 가슴 위로 조심스럽게 올려진 청진기.

곧 괜찮아질 거라는 말.

무작정 걸려오는 전화기의 소름 돋는 진동.

어두운 밤 그리고 상쾌하다못해 쨍한 아침.

옆집에서 건너오는 고등어구이 냄새.

뉴스를 가득 채운 세상 돌아가는 이야기.

갚아야 할 부채.

받아야 할 돈.

관계를 위해서 의례적으로 만나야 하는 사람들.

매일 마주보게 되는 생기 없는 내 얼굴.

단 한 줄도 눈에 들어오지 않는 책.

화장실에 떨어진 긴 머리카락.

여기저기 새 모이처럼 흩어져 있는 약들.

조심성 없이 떨어뜨린 포크와 스푼 소리.

누군가의 부고와 누군가의 생일.

듣고 싶지 않아도 들을 수밖에 없는 소식.

일만 벌여두고 처리하지 못하는 날 나무라는 관계자.

친구의 거절 못할 부탁.

엄마의 기일이 다가오는 계절.

매달 아빠를 찾아가는 일.

누나들에게 안부를 전하는 일.

잊는 법 없이 꼬박꼬박 들어가는 나이.

잠들지 못하고 서성이는 새벽 시간.

대책 없이 살이 찌는 이유.

세탁하고 널지 않은 빨래.

제 짝을 잃어버린 양말.

이제는 모른 척하고 싶은 사람들.

챙겨야 할 동생들.

공경해야 할 형들.

막상 가고 싶은 곳도 없는데 버릇처럼 체크하는 저가 항공사 티켓.

몇 번이나 떨어지는 내 방의 도어즈 포스터.

늘 떨리는 손끝.

세상이 마음에 들지 않지만 앞장서서 바꾸기에는 너무 게으르고 작은 나.

돌로 내리쳐서 부숴버리고 싶은 내 성욕.

아마 죽어서도 날 찾아올 식도염, 위염, 장염 그리고 치질.

서른여덟 시간 자고 일어나서 맞이하는 늦은 오후.

성공한 친구를 시기하는 비좁은 내 마음.

이제 곧 마흔인데 여전히 꿈이 뭐냐는 질문.

아무도 믿지 못하는 나의 진심.

365일 중 330일이 추운 이유.

부담만 가득한 술자리.

새로운 사람과 만나는 일.

내게 키스해달라고 두 눈을 감고 있는 당신의 얼굴.

김병수

⎿→ 실존과
　　취향의
　　경계

모든 것은 이름 붙이기 나름입니다. 불안처럼 어디다 갖다놔도 전부 말이 되는 단어도 없습니다. 불안한 사회, 불안한 가정, 불안한 마음, 불안한 미래, 불안한 세상, 불안한 먹거리, 불안한 잠자리, 불안한 관계, 불안한 청춘……. 이렇게 이름 붙여놓으면, 불안하지 않은 것들도 불안해져요. 때로는 싫은 것을 불안한 것이라 믿고 회피해버리기도 하죠. 싫은 것과 불안한 것은 엄연히 다른데도 말이지요. 불안은 실존의 문제이고, 싫은 것은 취향의 문제이니, 반드시 구분해야 하는데도 말입니다. 불안은 실존의 한 부분이니 벗어날 수 없지만, 취향의 문제는 선택할 수 있는 여지가 많은데도 싫은 것을 불안하다 해버리면 벗어나기 힘들어집니다.

예전에 즐겨 듣던 노래의 전주, 옆집에서 굽는 고등어구이 냄새, 상쾌하다못해 쨍한 아침……. 한꺼풀 더 벗겨보면 불안하게 만드는 또다른 이유가 나오기도 할 테지만, 그냥 이제는 싫어진 것이 아닐까요. 이전만큼 따뜻하게 느껴지지도 않고, 아름답게 느껴지지도 않고, 기분좋게 자극하지 못하는 이런 것들은 당신을 불안하게 만드는 것이 아니라, 이제는 당신 마음에서 멀어져버린 것이겠지요.

　모든 것이 다 불안이죠. 불안은 마음의 병이기도 하지만, 실제 세계의 반영이기도 합니다. 동시에 불안의 근원인 세계는, 불안을 (그나마 조금이라도) 없앨 수 있는 치유책이 숨겨져 있는 곳이기도 하지요. 인생은 고통이고, 과거는 돌아보면 볼수록 우울해지고, 미래는 걱정과 염려의 근원이고요. 쾌락과 고통은 항상 연결되어 있기 때문에, 쾌락으로 고통을 없앨 수도 없습니다. 심지어 불안이 아닌 것에도 우리는 불안이라는 이름을 붙이고, 불안을 만들어내기도 하지요. 안타까운 것은, 만족의 순간이 찾아왔을 때조차 그것이 언젠가는 사라지리라는 불안 때문에 제대로 즐기지 못하는 겁니다.
　'곧 괜찮아질 거'라는 말, 만난 적 없는 사람이 보내준 격려의 쪽지. 맞아요, 이런 말들이 오히려 더 불안하게 만들기도 하죠. 희망은 신기루 같다는 것을 이제는 뻔히 알게 되었으니까요. 괜찮아진다는 말도 효과가 오래가지 못하는 신기루 같은, 희망 주사 같은 거라는 것을 알게 되었으니까요.

　가끔 '나는 그 속 보이는 거짓말에 넘어가지 않을 테야'라며 미래의 희망을 부정해버리는 사람도 만납니다. 염세적이라고 할까요. 왜 그런 사람 있잖아요. 무슨 말만 하면 '죽으면 다

끝나는데 무슨 의미가 있나요. 그렇게 해봐야 무의미해요'라며 마치 인생의 깊은 통찰이라도 깨닫고, 그것을 몸소 실천하고 있는 듯 말하는 사람. 틀린 말은 아닙니다. 우리는 누구나 죽고, 죽고 나면 남는 것도 없고, 앞으로 어떻게 될지 아무도 모르는데, 희망이라는 마약에 이끌려 자기 삶의 주도권을 놓아버리고 싶지 않겠지요. 시니컬하게 비판하며 휩쓸리지 않는 것이 제대로 사는 것이라고 생각할 수도 있을 겁니다.

그런데, 인간은 신화 없이 살 수 없습니다. 거짓인지 알지만, 허구인지 알지만, 그래도 그 거짓과 허구가 없으면 지금 현재를 살기 힘듭니다. 신화 없이는 두렵고 고통스러운 현실의 삶에서 살기 힘듭니다. 실제로 있는지 없는지는 확인할 수 없어도 의미와 목적이 있다고 믿고 사는 편이 살기에는 훨씬 수월하지 않을까요? 믿음이 없는 것보다는, 믿음이 있다는 믿음을 갖고 사는 것이 마음 편하게 살기에는 훨씬 낫겠죠. 어차피 결론은 우리 모두 고생하다 죽는 것 아니냐고 생각하고 사는 것보다, 그래도 내 삶은 가치 있었다고 믿는 것이 죽을 때도 편하게 눈감게 해줍니다. 저는 죽을 때 '허무한 인생 허무하게 끝나는구나' 하며 눈감고 싶지는 않습니다. 그것이 설령 오해라도 좋으니, 그래 하느님 곁으로 가는구나, 하고 믿음 속에서 잠들고 싶어요. 저는 간절히 바라요. 거짓이라도 좋으니, 그렇게 믿고 싶어요.

당신 너무 나이브한 것 아니냐고 할 수도 있을 것 같습니다. 맞아요. 좀 나이브합니다. 그리고 좀더 나이브해지고 돌처럼 조금만 더 둔해지기를 바라기도 합니다. 영민하고 예민해도 좋겠지만, 조금 단순하게 생각하고 둔감해져도 괜찮다고 생각합니다.

세상을 향한 레이더의 민감도는 약간 떨어지는 것일수록 더 좋습니다. 레이더의 게인gain을 조금 낮춰둘 필요가 있어요. 비행기 레이더는 무조건 감도가 좋아야 합니다. 하지만 감도가 좋으면 좋을수록 아주 작은 물체조차 그 실체가 무엇인지 날을 세우고 봐야 하니, 한시도 편하게 마음놓고 있지는 못할 겁니다. 우리 몸도 레이더와 다르지 않습니다. 안테나를 크고 높게 세우면, 세상의 모든 것을 나만의 방식으로 가려낼 수 있겠지만, 그래서 뭐가 달라질까요?

당신이 찾아낸 것들은 정말 당신을 불안하게 만드는 것이 맞을까요? 혹시, 조그만 구름을 적의 비행기로 착각한 것은 아닐까요? 작은 새를 날아오는 포탄으로 오인한 것은 아닐까요?

근사한 병

김동영

공황장애 그리고 조울증에 걸렸다고 해서 내가 이상한 사람은 아니다. 이것들은 지극히 개인적인 병이다. 그저 혼자서 표시나지 않게 아프다. 그래서 사람을 유독 고독하게 만든다. 남들이 쉽게 누릴 수 있는 것들, 예를 들어 부드러운 밤 노천 술집에서 치킨과 맥주를 마시거나 큰 유리가 있는 카페에 앉아 느긋하게 커피 한잔을 마실 마음의 여유도 없다. 심지어 평생을 함께한 가족의 얼굴을 마주보기도 벅차다.

그런 때가 오면 상처받아 동굴로 숨어든 연약한 동물처럼 깊은 곳으로 파고들어 혼자 신음한다. 오로지 혼자여야만 조금이나마 안심할 수 있다. 항상 밝은 바깥세상을 동경하지만 그 빛 속으로 나아갈 엄두를 내지 못한다.

내 증상이 심해질 때면 친구들은 진심 어린 동정을 보내며 내가 혹시라도 살얼음처럼 깨져버리기라도 할까봐 조심스럽게 대한다. 그리고 나의 모든 것을 용서하며 이런 날 이해하려고 노력한다. 마치 제임스 본드의 살인면허처럼 병이라는 이름 아래서 모든 것이 허용된다. 또, 글을 쓰는 일을 하는 내가 그런 병에 걸린 것이 당연하다고 받아들인다.

가끔은 내가 내 병들을 즐기고 있다는 생각이 든다. 무좀이나 어딘가 뼈가 부러진 것보다 차라리 공황장애나 조울증이 더 있어 보여서일까? 사실 많은 예술가들이 나와 같은 병에 걸려 괴로워하면서 많은 작품들을 남겼다. 그 작품들은 지금 명작으로 평가받고 있다. 언제부턴가 나 역시도 내가 글을 쓰는 일을 할 수 있는 것이 내가 가진 병 때문인지도 모른다고 생각하기 시작했다.

사실 병을 통해 나는 글을 쓸 원동력을 얻는다. 한없이 가라앉아 바닥에 침잠해 있거나 세상에서 스스로를 고립시키는 일은 내게 많은 것을 다른 방식으로 생각할 수 있게 한다. 그렇게 쓰여진 글들은 건강한 사람들이 써내려간 글들보다 더 호소력이 있는지도 모른다. 마음의 고통을 아는 내가 쓴 글이 비록 어둡고 궁상스럽긴 하겠지만 누구나 공감할 만한 구석이 있는 게 어찌 보면 당연하다.

나는 미국 횡단과 아이슬란드에 대한 두 권의 여행책과 멀지 않은 미래를 배경으로 한 SF 장편소설을 썼다. 나쁘지 않은 평가를 받았고 과분할 만한 관심과 애정을 받았다. 내 입으로 말하기는 그렇지만 팔리기도 많이 팔렸다. 어쩌면 운이었는지도 모른다. 지금도 실력이라는 생각은 하지 않는다.

다른 작가들은 어떤지 모르겠지만 내게 글쓰기는 마냥 즐거운 일은 아니다. 오히려 고통의 연속이다. 그래서 책을 낼 때면 병원을 수없이 들락거리고 반半 광인이 된다. 글쓰는 일 자체의 문제보다 내 불안과 우울한 마음이 날 더욱 괴롭힌다. 그래도 쓰는 행위를 멈출 수가 없다. 무슨 대단한 글을 쓰는지 나는 확실할 순 없지만 내게는 너무 힘들고 벅찬 일이라 약을 주머니에 한가득 넣고 글을 써야 한다.

그래도 나는 글쓰는 일이 좋다. 책이라는 눈에 보이는 성과가 있고 책을 쓰고 나면 내가 이 세상에서 그나마 쓸모 있는 인간이 된 것 같아서 나는 멈출 수가 없다.

내가 내 병을 다른 사람들에게 숨기지 않고 드러내는 걸 부모님은 싫어하셨다. 혹시나 이 병을 통해 내가 주변으로부터 소외받거나 결혼하는 데 지장이 생기거나 제대로 된 직업을 갖지 못할지도 모른다고 늘 걱정하셨다. 그들 세대에게 이런 병은 광기 어린 정신병과 별반 다를 게 없다고 생각하셨기 때문이다. 하지만 나는 내 병에 대해서 말하는 것을 별로 꺼리지 않았다. 그것들이 분명 내 안에 있고 이제는 내 생활의 일부가 되었기 때문이다. 이제는 그것들을 이겨내려는 마음이 없다. 그저 달래면서 살아가고 싶을 뿐이다.

절망적이지만 이 병들은 완치가 없다. 평생 함께 살아가야 한다. 그렇기에 앞으로 얼마나 많이 아파해야 하는지 난 모른다. 지금 당장 아플 수도 있고 죽을 때까지 안 아플 수도 있다.

난 괜찮다. 이제는 아픈 나도 내 모습의 한 부분으로 인정하게 되었으니까. 그래도 이 병의 고통을 모르는 당신이 난 너무도 부럽다. 하지만 당신도 너무 자만하지 말 것. 이것들은 어느 날 열린 창으로 제멋대로 날아들어온 한 마리 참새처럼 날 엉망으로 만들었다. 그러니 당신에게도 그럴지 모른다.

겸상적혈구 빈혈증. 주로 아프리카계 인종에서 나타나는 혈액 질환이다. 부모 양쪽에게서 낫 모양의 퇴행성 적혈구 유전자를 물려받으면 이 병이 생긴다. 그런데 확률적으로는 부모 모두에서 이러한 특질을 물려받는 경우보다 부모 한쪽에서만 물려받는 경우가 더 많다. 쉽게 계산해봐도 25퍼센트대 50퍼센트의 확률. 그런데 재미있는 건, 부모 한쪽에서만 겸상적혈구 유전자를 물려받으면 겸상적혈구 빈혈증이 발생하지 않는다는 것이다. 오히려 이 유전자를 부모 한쪽으로부터 물려받은 사람은 아프리카에서 유행하는 말라리아에 대한 저항력을 갖게 된다. 그래서 아프리카에서는, 겸상적혈구 유전자를 하나만 가지고 있는 사람이 생존에 더 유리하다.

　어디 겸상적혈구 유전자만 그럴까. 따지고 보면 인간사의 모든 것이 비슷할 거다. 언뜻 보기에는 약점처럼 보여도, 뒤돌아보면 강력한 힘이 되기도 하는 특성이 있다. 위기인 줄 알았는데 기회더라는 흔해빠진 말을 굳이 다시 언급하지 않더라도, 세상에는 온전히 약점만 지닌 것은 없다.

에밀리 디킨슨, T. S 엘리엇, 스콧 피츠제럴드, 빅토르 위고, 막심 고리키, 존 키츠, 헤르만 헤세, 실비아 플라스, 유진 오닐, 어니스트 헤밍웨이, 톨스토이, 버지니아 울프, 존 러스킨, 에밀 졸라 등등. 이들은 모두 우울증이나 조울증과 같은 기분장애를 앓았던 작가들이다. (이외에도 무수히 많다.) 정신과 질환에도 불구하고 위대한 성취를 이뤄냈다고 이들을 더 대단하게 칭송할 수도 있지만, 다르게 보면 오히려 병 덕분에 후세에 길이 남을 작품을 남긴 것은 아닐까.

우울증과 조울증은 공감 능력, 현실감각, 창조성, 회복탄력성을 키워준다. 우울증을 겪은 경험을 바탕으로 타인의 아픔에 더 깊이 공명할 수 있게 된다. 온갖 장밋빛 전망으로 눈을 흐리게 만드는 상황에서도, 우울의 경험은 시대정신을 냉철하게 읽어내는 현실감각을 유지하게 도와준다. 조증의 에너지는 창조적인 아이디어를 쏟아낼 수 있는 힘으로 이어지고, 그 누구도 생각하지 못했던 문제를 풀 수 있게 해준다. 마음의 고통을 이겨낸 경험은 현실의 고통을 이겨낼 수 있는 회복탄력성이 되기도 한다.

나는 예술 혹은 창조를 열망하는 사람들의 특징이 궁금했다. 그래서 이런 사람들을 보면, 자세히 관찰하려고 애쓴다. 어떤 사람인지도 궁금하지만 어떻게 살아왔는지에 대한 호기심 때문이다. 내가 내린 결론 중에 하나는 창조적인 사람은 (병 때문이든 혹은 다른 문제 때문이든) 보통 사람보다 어려움을 더 많이 겪고, 그것을 더 많이 참아낸 사람이라는 것이다. 예술가에게 정신적 광기가 있느냐 그렇지 않느냐 하는 것은 중요하지 않다. 중요한 것은 힘든 인생을 살았어도, 극복하고 이겨내고 그 경험을 재창조하고 승화해낸 사람이 예술가라는 것. 시간을 묵묵히 견뎌온 사람만이 창조적일 수 있다는 사실이다. 묵묵히 견뎌내며 시간이 바꾸어놓는 세상을 관찰하는 사람이 진정한 예술가가 아닐까, 하고 나는 믿고 있다.

용기 없이는 창조적일 수 없다. 걱정과 염려를 극복하고, 하찮은 일상의 규범을 뛰어넘고, 공포를 짊어지고 가는 것은 창조적인 사람의 숙명이다. 열렬하게 연애에 빠져 사랑을 고백하거나 정신적 균형을 잃지 않은 채 자기 마음속 증오를 시인하는 것, 고독을 대수롭지 않게 여기고 혼자서 먼길을 가는 것, 아무도 하지 않은 생각을 머리에 담아두고 그것을 실행에 옮기는 데에는 모두 용기가 필요하다. 내면의 끊임없는 충동을 생활 속에 표현하는 것이나 자신의 나약함을 드러내고도 그것을 부끄러이 여기지 않기 위해서도 용기는 꼭 필요하다.

용기 있다고 해서, 두려움을 모르고 불안해하지 않으며 걱정과 근심으로부터 자유로운 사람이라는 뜻은 결코 아니다. 두려움과 용기는 서로를 죽이지 않는다. 용기가 커진다고 두려움이 없어지지 않는다. 두려움이 커진다고 용기가 식는 것도 아니다.

가장 큰 용기는 항상 가장 큰 두려움에서 나온다. 불안해하고 두려움에 질려 있다고 해서, 용기 없는 사람은 아니다.

*

실제로 정신과 질환을 앓고 있는 사람 대다수는 창조적이지 않다. 반대로 창조적인 사람이라고 해서 다 정신적인 광기를 품고 있는 것도 아니다. 창조적인 사람이 정신질환을 많이 앓는 것인지, 정신질환 때문에 세계를 바라보는 시각이 창조적이 된 것인지는 분명하지 않다. 정신질환을 앓는 사람이 창조적 분야에 더 큰 흥미를 갖고 있어서, 그쪽으로 몰려든 것일 수도 있다.

내게
너무도
완벽한
날

김동영

이른 아침에 눈을 뜬다. 머리가 상쾌하고 몸이 열기구처럼 가볍다. 당장이라도 뛰쳐나가 폐에 구멍이 날 때까지 뛰어다닐 수 있고 무슨 일이라도 다 할 수 있을 것만 같다. 엄지발가락부터 머리끝까지 올라오는 에너지.

오랜만에 배가 고프다. 밥맛이 좋다. 소화도 잘 되는 것 같다. 얼굴에 붓기가 빠져 잘생겨 보인다. 한껏 멋을 내고 카페로 가서 진한 커피를 한잔 한다. 지금까지 모든 게 좋다. 통 연락을 미뤘던 그녀에게 전화를 걸어 저녁 약속을 정한다.

혼자 광화문에 있는 극장에 간다. 이른 시간이라 극장은 한적하다. 근처에 있는 큰 서점에 가서 책을 몇 권 고른다. 그녀를 기다리며 책을 읽는다. 문장과 문장 사이가 좁다. 그래서 한눈에 모든 게 들어온다. 문득 하늘을 올려다본다. 여전히 구름한 점 없는 맑은 날이다. 깊은숨을 들이마시고 기지개를 켠다.

그녀를 만난다. 오늘따라 그녀의 라이더 가죽재킷과 얇은 분홍치마가 예뻐 보인다. 이른 저녁을 기분좋게 먹고 집 앞 편의점에서 캔맥주 몇 개를 사서 집으로 돌아온다. 같이 맥주를 마시며 몇 주 전에 사두고 듣지 못했던 The Tallest Man on Earth의 새 앨범을 듣는다.

취하지 않았지만 그녀에게 조금 눕자고 한다. 못 이기는 척 그녀는 나와 함께 내 침대로 간다. 그녀는 재킷을 벗고 내 품에 안긴다. 우리는 누가 먼저랄 것도 없이 입을 맞춘다. 그리고 시간이 우리 안으로 빨려들어간다.

눈을 떴을 때 그녀는 여전히 내 품안에서 잠들어 있다. 나는 조용히 일어나 거실로 나와 커피를 한잔 내려 마신다. 그리고 몇 시간 전에 나눴던 우리의 대화를 떠올린다. 그녀는 한동안 연락도 하지 못했던 나를 나무라지 않았다. 모든 걸 이해한다는 미소만 지었을 뿐이다.

그런 그녀가 무척 고마웠다. 연락을 하지 않았던 이유를 묻는다면 난 대답할 수 없을 것이다. 잠든 그녀를 깨운다. 아주 조심스럽게……. 우리는 잠시 침대에서 사소한 이야기들을 나눈다.

그녀는 출근을 위해 집으로 돌아간다. 나는 역까지 그녀를 배웅하러 나간다. 하늘에는 반쪽짜리 달이 떠 있다. 동네를 한 바퀴 돈다. 이곳에 온 지 일 년이 지났지만 동네를 돌아본 건 오늘밤이 처음이다. 불 켜진 창문들, 인적 없는 골목길의 길고 양이들 그리고 골목을 따라 부는 부드러운 바람. 난 모든 게 완벽하다고 생각했다. 그리고 이게 행복이라고 느꼈다.

　그리고……

　잠에서 깼다. 모든 것이 꿈이었다. 잠에서 깨자 온몸의 근육
들이 비명을 지르는 것처럼 아파왔다. (시발)

김병수

무슨 배짱인지, 이번 겨울에 독감예방주사를 맞지 않았었습니다. 외래에서 이런저런 사람들을 많이 만나는데, 종종 감기 환자도 있습니다. 그래도 내 면역력으로 이겨낼 수 있다는, 무슨 똥고집 같은 믿음이 있었습니다. 그러다 이번에 단단히 독감에 시달리게 되었습니다. 하루종일 오한으로 몸을 떨고, 찬바람이 조금만 스쳐도 뼛속까지 아파오는 고통을 느껴야 했지요. 사람도 만나고 강의도 해야 하는데 수시로 코를 풀어대는 내 모습. 내가 봐도 영 아니올시다, 였습니다. 그렇게 이 주 넘게 고생하고 나서야 조금 제 컨디션으로 돌아왔습니다.

이렇게 한번 바닥을 치고 나니, 나이가 들어갈수록 조금씩 조금씩 어딘가에 빈틈이 늘어가는 것을 알게 되었습니다. 계단을 오를 때도 예전 같지 않고, 운동을 평소보다 조금 많이 하면 영락없이 그다음 날은 허벅지 근육이 당겼습니다. 대학 다닐 때는, 밤새워 술을 마신 뒤에 새벽 해 뜨는 것을 보고 커피 한잔 마시며 여덟시 강의를 듣기도 했었는데……. 지금 내 체력을 보면, 그때의 나와 지금의 내가 같은 사람인지 믿기지 않습니다. 언제부턴가 모임이라고 나가도 열시만 넘으면 집으로 돌아가고 싶어졌습니다. 도대체 무슨 말들이 그렇게 많은지, 듣고 있으면 열시가 아니라 아홉시만 돼도 집에 들어가 혼자 있고 싶어졌습니다. 이것도 예전에는 그러지 않았거든요. 나라는 사람이 내가 알아채지 못한 사이, 너무 많이 달라져버린 것 같습니다. 이삼 년 전의 나는 지금의 나와는 완전히 다른 사람인 것처럼 느껴졌습니다. 내면의 에너지도, 세상에 섞여 있고자 하는 욕심도, 어느새 허공으로 사라져버린 것 같습니다.

제대로 세상 속에 파고들지도 못했는데 그곳에서 벗어나오고 싶어하는 내가 되어버렸습니다. 내 몸속의 에너지를 세상 속에 제대로 뿌려놓지도 못했던 것 같은데 어느새 한 풀 두 풀 꺾이기만 해버렸습니다. 거창한 연애도 어느새 내 인생에서는 사라져버렸고, 낭만도 멋도 이제는 예전처럼 가슴을 울리지 않습니다. 한 번도 완벽해보지 못했던 내 삶이 이제는 더이상 완벽할 수조차 없는 곳으로 빨려들어가고 있습니다. 그래서 나는 서글퍼졌습니다.

The Tallest Man on Earth의 새 앨범을 들어봤습니다. 좋더군요. 밤에 들으면 더 좋을 것 같았습니다. 그리고, 과거 앨범들도 유튜브에서 하나하나 찾아 들었습니다. 역시 좋더군요. 거친 목소리도 매력적이고. 가사를 읊조리듯이 부르는 느낌도 좋고. 눈을 슬며시 감으니, 나를 다른 공간으로 옮겨놓는 것처럼 느껴지기도 했고요. 〈The Dreamer〉를 들을 때는 간결한 반주가 가져다주는 느낌이 좋았습니다. 한동안 '아, 이거 신선한데' 하고 솔깃해지는 음악이 없었던(찾지 못했던) 것 같은데…… 좋더군요.

　우리는 알게 모르게 서로에게 끊임없이 영향을 주고받으며 살죠. 움직임을 느낄 수는 없어도, 한순간도 멈춰 있지 않은 지구의 판처럼 말이죠. 누군가 바닥을 헤매며 지독히 괴롭더라도, 살아 있다는 것은 마치 이 세상 구석구석 바람이 스며들듯이 또다른 누군가를 향해 기운을 전달하는 일이라고 생각해요.

　독감에서 완벽히 벗어나지는 못했어도, 음악을 듣고 있으니 몸이 조금은 가벼워지기도 하고, 그동안 내가 너무 닫혀 있었구나 하고 반성하기도 했어요. 누군가의 완벽하지 않은 삶이 어쩌면 나를 치유해준 것일지도 모르겠다 생각하니, 고마운 마음이 들더군요. 그렇게 보면, 우리는 알게 모르게 서로에게 좋은 영향을 주고받고 있으니, 스스로 생각하는 것보다는 꽤 괜찮은 삶을 살고 있는지도 모르겠습니다.

낭트의
자유로운
새

김동영

1차세계대전 프랑스 기마병처럼 멋들어지게 정리한 수염, 햇살에 반짝이는 눈동자와 미간을 장식하고 있는 피어싱 그리고 기사단을 연상시키는 붉은 망토 같은 옷을 걸치듯 입은 그를 만난 건 도시 한가운데 있는 버스터미널에서였다. 그를 만난 적은 없었지만 보자마자 말리가 소개해준 이라는 걸 단번에 알아차릴 수 있었다. 우선 외모가 말리가 묘사한 그대로였기 때문이었다. 솔직히 그가 내게 다가왔을 때 '넌 아니었으면 좋겠다'라고 소심하게 바랐지만 나의 바람은 철저하게 부서졌다. 그는 누가 봐도 100퍼센트 자유로운 영혼이었다. 외모부터 그를 감싸고 있는 아우라까지 모든 것이 자유를 갈망하고 있었다.

나는 그의 집에서 보름을 보냈다. 그렇다고 해서 그가 그의 도시를 많이 보여준 건 아니었다. 평범한 거리를 마을버스 노선처럼 걷고 또 걸었다. 그리고 우리는 모든 것들에 대해 이야기를 나눴다. 대부분 그가 이야기하고 나는 그의 말에 동의한다는 뜻으로 시계추처럼 정확하게 고개를 끄덕였을 뿐이다. 그의 이야기를 듣는 게 지겨워지면 해가 뜨기 전 이른 새벽에 각종 변명을 만들어 집을 나왔다. 난 그 시간을 사랑했다. 완벽하게 고요한 순간. 아무것도 생각할 필요도 없는 시간. 그렇게 걷다 집에 돌아오면 복잡한 내 마음이 베이킹 소다를 넣고 빨래한 하얀색 셔츠처럼 깨끗해지는 기분이었다.

그날도 여느 날과 다름없었다. 그와 나는 마을 중심에 있는 싸고 양이 많은 레스토랑에 갔다. 점심시간이라 그런지 레스토랑 안에는 사람들로 꽉 차 있었다. 각자의 음식을 주문하고 우리는 마주보고 앉아 뭔가에 대해 이야기를 나누고 있었다. 그러다 그의 표정이 한순간 창백하게 변했다. 그리고 땀을 흘리기 시작했다. 나는 이제까지 그런 모습을 본 적이 없어 괜찮냐고 계속해서 그에게 물었지만 아무 대답 없이 그의 몸은 침식하는 모래성처럼 서서히 테이블 위로 쓰러져갔다. 그러다 그가 내게 말했다.

"여기서 나가고 싶어."

우리는 도망치듯 카페를 나와 맞은편에 있는 작은 공원으로 갔다. 그를 벤치에 눕히고 물을 조금 먹이고 상태가 어떤지 물었다. 그의 몸은 여전히 좋지 않아 보였다. 그는 힘없는 목소리로 "괜찮아질 거야. 잠시 여기에 이렇게 있으면……"이라고 반복해서 말했다.

나는 그가 갑자기 왜 그런지 알 길이 없었다. 한참 동안 그를 눕혀두고 걱정스럽게 그를 바라봤다. 내가 어떻게 그를 도와줘야 할지 난 몰랐다. 그동안 내가 아픈 적은 있어도 누가 내 앞에서 이렇게 아픈 적은 없었기 때문에 난 당황했다.

조금 시간이 지나고 그는 아까보다 안정된 목소리로 "놀랐지? 나는 괜찮아. 잠시 파도가 몰아쳤을 뿐이야"라고 말했다. 조금은 안심이 되는 말이었다.

나는 그에게 물병을 건넸다. 그는 일어나 벤치에 등을 기대어 앉으며 물을 마셨다. 우린 얼마 동안 말이 없었다. 나는 무슨 말을 꺼내야 할지 몰랐고 그는 별로 말하고 싶지 않아 보였다. 그렇게 한동안 거기에 앉아 있다 천천히 걸어서 집으로 돌아왔다.

다음날 우리는 그가 말한 파도가 몰아치기 전으로 돌아가 평소처럼 행동했다. 나는 그에게 어제 무슨 일이 있었는지, 파도가 몰아쳤다는 뜻이 정확하게 뭔지 묻지 않았다. 그리고 그날 이후 그는 그 레스토랑에 가지 않았다. 그곳은 내가 머물면서 늘 가던 식당이었지만 말이다. 대신 우리는 다른 곳을 찾아갔다.

며칠이 지나고 다시 공원에 앉아 바게트 부스러기를 오리에게 던져주면서 그가 내게 말했다.

"나는 말이지. 머리에 문제가 있어. 아무런 징후도 없이 성

난 파도가 몰아쳐. 그리고 그 파도와 함께 예전 기억들이 같이 쓸려와. 그 기억들은 내가 다시는 생각해내고 싶지 않은 것들이야. 그때가 오면 나는 아무것도 할 수가 없어. 마치 발작하는 것처럼 말이지."

"그래서 그렇게 안 좋았던 거야? 시시때때로?"

나는 물었다.

한참 뜸을 들이더니 그는 "응. 아니 잘 몰라. 이게 병인지 뭔지…… 의사들이 병이라고 말했으니까 병이겠지? 나도 이런 병이 세상에 있는지 몰랐어"라고 이어 말했다.

나는 그의 얼굴을 빤히 들여다보며 "그럼 약을 먹어?" 하고 물었다.

그는 "예전에는 먹었는데 먹어도 좀처럼 나아질 기미가 안 보여서 이제는 안 먹고 그냥 지내. 하지만 예전보다 많이 좋아졌어. 예전에는 일주일에 닷새는 그랬는데. 지금은 아주 드물게 일어나"라고 말했다.

나는 마지막 바게트 조각을 우리 앞까지 온 오리에게 던져주면서 "다행이네. 좋아졌다니" 하고 말했다. 그는 "그리고 어떤 장소에서 지난번처럼 나한테 파도가 갑자기 몰아치면 웬만하면 같은 장소에는 가지 않아. 그래서 내가 여기까지 온 것인지도 모르지. 이 도시에도 그런 장소가 세 군데 있어. 물론 그곳에 다시 간다고 또 파도가 몰아칠 거란 법은 없지만 그래도 마음이 찜찜해서 안 가게 되더라"라며 고개를 끄덕였다.

내가 낭트를 떠나 다시 파리로 돌아가기 이틀 전 그는 먼저 자신의 이야기를 들려줬다. 2011년 이집트 카이로의 봄은 타오르는 노을처럼 유난히 붉었다고 한다. 하늘이고 도시고 사람들 모두에게.

도시 전체에 희뿌연 연기가 피어올랐고 사람들의 구호 소리와 경찰의 군화 소리와 호루라기 소리가 거리를 가득 메웠다. 어딜 가든 사람들이 무리 지어 자신들에게 일어나고 있는 일에 대해 목소리를 높여 토론하고 분노했다. 혼란 그 자체였다. 만약 그것이 봄이 온 것에 대한 축제였다면 좋았겠지만 불행하게도 그것은 축제가 아니라 아무도 붙잡을 수 없는 역사의 소용돌이였다.

혁명. 독재 정권에 대항하는 사람들. 그는 원하든 원치 않든 그 중심에 있었다. 그가 알고 있던 사람들이 혁명 기간 동안 린치를 당하거나 안전한 곳으로 떠났다. 그는 상황이 안 좋아지자 가족들을 친척이 살고 있는 쿠웨이트로 피난시키고 홀로 집을 지켰다.

인터넷과 전화가 끊기고 심지어 밤에는 전기도 들어오지 않게 되었다. 날이 갈수록 거리에서 총소리가 자주 들렸고 혁명을 틈타 치안이 더 악화되자 같은 건물에 살고 있는 사람들은 순번을 정해 매일 밤 총을 가지고 보초를 서기로 했다. 다른 곳도 상황은 마찬가지였다. 그것이 그들이 할 수 있는 최선의 수단이었을 것이다.

그가 보초를 서는 밤이 왔다. 그는 건물 정문에 급하게 만든 초소에 쭈그리고 앉아 까만 어둠 속에 가려진 길을 바라보고 있었다. 아무것도 보이지 않았다. 그저 까만 어둠과 정적만 있을 뿐이었다. 그때는 혁명도 잠들어 있는 시간이었다.

　그는 어둠 속에서 누군가 다가오는 소리를 들었다. 그 소리는 점점 가까워졌고 한 사람이 아닌 여러 사람이 움직이는 소리였다. 그는 그들이 누구인지 몰랐다. 정부군인지 혁명군인지 아니면 약탈 집단인지. 이 상황을 어떻게 대처해야 할지 그는 몰랐다. 겁을 줘야 하는지 아니면 이야기를 걸어야 하는지. 순간 불꽃이 튀었고 바람을 가르는 첫소리와 사람들의 아우성 그리고 코를 찌르는 화약 냄새가 사방에 진동했다. 그건 한참 동안이나 계속되었다. 정신을 차릴 수 없었다. 누가 먼저 이 상황을 시작했는지 알 수 없었다. 그가 할 수 있는 일이라고는 초소에 엎드려 있는 일뿐이었다. 그렇게 시작된 총격전은 다른 건물 그리고 정체를 알 수 없는 무리들까지 합류해 더 커졌다. 그는 거의 정신을 잃었다.

　그를 초소에서 깨운 건 같은 건물의 주민들이었다. 그가 정신을 가다듬고 주변을 둘러봤을 때 사방은 뿌연 연기로 가득했다. 그리고 여기저기 누워 있는 물체를 볼 수 있었다. 그때는 그게 뭔지 몰랐지만 나중에 알고 보니 그건 죽은 사람들의 몸뚱이였다.

그날 이후 그는 예전의 그가 아니었다. 그리고 더이상 이곳은 그가 살던 세계가 아니었다. 그는 자주 아프기 시작했다. 그건 육체적인 고통이 아니었다. 정확하게 정신적인 것이었다. 그는 뭔가를 잃고 껍질만 남은 유충 같았다. 아플 때면 그는 광인이 되었다. 결국 반년을 정신병원에서 보내고 다시 세상으로 나왔을 때 세상은 많이 변해 있었다. 혁명은 끝나 있었고 세상은 예전처럼 안정적으로 보였다. 하지만 그는 예전으로 돌아갈 수 없었다. 더이상 일을 할 수 없었고 사람들이 많은 곳에는 갈 수 없었다. 그는 또다시 반년을 집에만 머물렀다. 그러면서 그는 머리와 수염을 제멋대로 기르기 시작했고 손톱에 검은색 매니큐어를 칠하기 시작했다. 가족들과 친구들은 그가 그렇게 된 건 모두 그날 밤 일 때문이라고 생각했다. 하지만 아무도 그날 밤 그에게 무슨 일이 있었는지 정확하게 알 수 없었다. 막연히 상상만 할 뿐이었다.

결국 그는 자신이 나고 자란 이집트를 도망치듯 떠나 떠돌아다니기 시작했다. 더이상 이집트에 그가 있을 곳은 없다고 생각했다. 대신 그는 자유로워지기로 마음먹었고 이렇게 몇 년째 떠돌아다니다 낭트에 왔다고 했다.

이것이 그가 해준 이야기의 전부였다. 나는 그에게 그 밤 무슨 일이 있었는지 좀더 자세히 듣고 싶었다. 하지만 묻지는 않았다. 아마 그도 정확하게 설명할 수 없었을 것이다. 나 또한 그가 가진 병이 어떤 것인지 그에게 말은 하지 않았지만 잘 알고 있다. 또, 거친 파도가 갑자기 몰아친다는 것이 정확히 어떤 의미인지 알고 있다. 나 역시도 그와 같은 문제를 가지고 있고, 나는 거친 파도 대신 스위치가 켜지는 순간이 있으니까. 나의 병은 철저히 내 개인적인 문제에서 시작되었지만 그의 경우에는 큰 역사적인 사건 아니 외부적인 이유에서 비롯된 것이라 나는 그 크기가 어떨지 잘 상상이 되질 않는다. 아마도 내가 보통의 삶을 살면서 견디기 힘들어질 때 잠시 모르는 곳으로 여행을 다니는 것과 그가 자신의 삶을 완전히 떠나버린 것이 그 차이일지도 모른다.

난 그와 보름을 보냈다. 그 시간을 통해 다른 종류의 내 모습을 그에게서 봤다. 어쩌면 이런 나의 시선은 남들이 나를 보는 시선과 많이 다르지 않을 것이다. 분명 이 세상은 불안정하고 그 위에 살고 있는 우리들도 불안하다. 역사적인 큰 사건이든 아주 사소한 사건이든 어떤 계기를 통해 우리는 변할 수 있다. 그렇기 때문에 아무도 괜찮을 거라고 단정지을 수 없다.

단지 우리는 너무 연약할 뿐이다. 이 세계에서. 그리고 우리 인생에서.

이라크의 모래바람을 지금도 잊을 수 없다. 햇빛을 피하기 위해, 섭씨 40도를 오르는 온도에도 항상 긴팔 긴바지를 챙겨 입고 걸었다. 그러다 거친 모래알들이 얼굴을 때리면 '아이고 그냥 부대 막사에서 쉬고 있을걸, 왜 걸어다니고 있을까' 하고 후회를 했었다. 그래도, 틈만 나면, 이곳저곳을 찾아다녔더랬다.

나름 해외여행도 많이 했지만 누군가 나에게 다시 한번 가보고 싶은 곳이 어디냐고 물으면 빠지지 않는 곳이 이라크 나시리야다. 솔직히 나시리야 시내는 돌아다녀보지도 못했다. 정확히 말하자면, 그곳에 있는 탈릴 공군기지가 내가 경험했던 나시리야의 전부다. 그럼에도 다시 가고 싶은 여행지를 꼽으라고 하면, 이라크 나시리야라고 답한다.

십 년 전 처음 그곳을 찾은 것은, 여행이 아니었다. 그곳은 여행으로 갈 만한 장소가 아니다. 며칠에 한 번씩, 시내로 순찰 갔던 외국 군인들이 사고를 당하고 죽기도 했다는 이야기를 듣고 지냈던 곳이다. 어느 날 새벽, 요동치는 침대의 움직임에 옷도 제대로 챙겨 입지 못하고 커다란 콘크리트 속으로 몸을 숨기기도 했던 곳이, 이라크 나시리야다. 그래도, 꼭 다시 한번 그곳에 가고 싶다. 기회가 된다면.

처음 내가 경험한 사막은 텔레비전 속 이미지와는 너무 달랐다. 바닥에는 모래가 아니라 거칠고 마른 흙이 더 많았다. 그러다 폭풍 같은 바람이 불어오면, 어디서 나타났는지 그 바람속에 따가운 모래들이 항상 숨어 있었다. 그 바람을 맨살로 맞으면 바늘로 찌르는 듯 따가웠다. 더워도 옷을 꽁꽁 챙겨 입는 이유 중에 하나가 바로 그 모래바람의 고통을 피하기 위해서이기도 했다.

죽지는 않은 것 같은데 가지는 말라비틀어지고 덩굴처럼 자란 나무들이 듬성듬성 땅에 박혀 있었다. 가끔은 녹색 잎을 달고 있는 나무도 있었다. 내가 머물렀던 곳에도 푸른 잎이 달린 나무가 있었다. 진료실 창밖으로 보이던 그 나무가 대단하게 여겨졌다. '오히려 사람보다 더 낫네' 하고 그 나무를 존경하기도 했다. 창밖으로 거친 모래바람이 몰아쳐서 타타타 하고 창문을 두들기고, 사람들은 눈을 뜨고 걷기조차 힘든데, 그 나무는 자기 몸을 이리저리 휘어가며 꿋꿋하게 죽지 않고 그 자리를 버텨내고 살아남았으니 말이다.

왜 그곳이 아직도 기억에 선명하게 남아 있을까. 현실의 살벌함과는 다르게, 심심한 광경이 끊임없이 반복되었기 때문일 거다. 어딜 가도 흙이 날리는 누런 땅이 전부고, 간간이 보이는 일층짜리 건물과 천막들이 흩어져 있던 곳이었다. 근처에는 미군이 인공적으로 만들어놓은 호수가 있었다. 나는 그곳이 일산 호수공원이라도 되는 듯, 그 둘레를 뛰었다. 그리고 조금 더 걸어가면 큰 체육관이 있었다. 코스트코처럼 대형 쇼핑몰이 되어버린 체육관이었다. 일과가 끝나거나 주말이 되면 그곳으로 쇼핑을 가곤 했다. 그곳에서 샀던, 노라 존스의 CD. 지금도 노라 존스를 들을 때면, 그 체육관 쇼핑몰이 생각난다. 그리고 조금 더 걸어가면 친하게 지내던 한국계 미군이 근무하던 부대가 있었다. 또 이탈리아 부대, 네덜란드 부대, 포르투갈 부대도 있었다. 그곳들을 순례하듯 돌아다녔다.

이라크 나시리야에서 어떻게 살았는지, 십 년이 지난 지금도 하나하나 다시 떠올릴 수 있다. 두려움은 있었지만, 반복된 일상에 쉽게 익숙해졌다. 긴장해야 할 때도 많았지만, 그것도 일상이 되어버려 공포스럽지 않았다. 자유는 없었지만, 나름대로 자유를 찾아다녔다. 구속받는 생활이었지만, 그 속에서 재미를 찾곤 했다.

BBC 방송에서 흘러나오는 전쟁 이야기는 모두 다른 세상 일처럼 느껴질 때도 있었다. 이미 익숙해져버린 생활은, 그것의 실제와 상관없이 두렵게 느껴지지 않는 법. 전쟁터 이라크 나시리야에서의 내 생활이 그랬다.

십 년도 넘었지만 지금도 잊을 수 없는, 그곳에서 만난 두 사람이 있다. 나와 같은 나이였던 이탈리아 여군. 계급도 같고 하는 일도 비슷했다. 그녀는 심리학자이자 상담전문가. 이탈리아 토리노가 고향이라고 했다. 자신의 나라로 돌아가면 로마에서 근무해야 하는데, 로마는 거칠고 시끄럽다며 끔찍하게도 싫어했다. 대신, 고향 토리노로 돌아가 스키를 타며 살고 싶다고 했다.

　이탈리아군은 그곳에서 거친 일들을 많이 했다. 전사자도 드물지 않게 나왔다. 저녁에 순찰 돌다 폭탄이 터져 부상당한 이탈리아 군인들 소식을 자주 들었다. 그녀는 나보다 해야 할 일이 많았다. 여러 나라에서 온, 여러 명의 군의관이 함께 모일 때, 그녀는 이탈리아군에서 사고가 생겼고 그 사고를 겪은 이들을 만나봐야 한다면서 먼저 자리를 뜨곤 했다. 별다른 동요도 없이, 가벼운 인사를 나누고 그녀는 부대로 돌아갔다. 언제나 그랬다. 한결같은 모습. 죽어가고, 다리가 잘리고…… 깜깜한 밤에 불꽃들만 허공을 가르는 총격전을 치른 동료들의 이야기를 진심을 다해 들어주는 그녀가 대단해 보였다. 그녀를 보고 있으면, 내가 초라하게 느껴졌고 부끄러워지기까지 했다. 내가 하는 일은 왜 그렇게 작아 보이던지. 그녀가 존경스러웠다.

　그때 생각했다. '세상이 아무리 불안해도, 예측할 수 없는 현실 속에서도, 변함없이 자리를 지키는 그녀 같은 사람들이 있어서 이 세상은 쉽게 무너지지 않는 것이겠구나' 하고. '상상 속의 공포가 아니라, 눈앞에서 죽음을 맞이할 수도 있는 공포를 하루하루 겪으면서도 그 속으로 다시 달려갈 수 있는 것은, 흔들림 없이 자신을 지켜주는 누군가가 있다는 믿음 때문이겠구나' 하고. 그런 일을 하고 있는, 그 이탈리아 여자 군인이 부러웠다.

그리고 또 한 명의 이탈리아 사람. 그는 나보다 열 살 정도 많은 이탈리아 출신의 미군 정신과 의사였다. 그의 아내는 일본인이며 헤어디자이너라고 했다. 일본인 아내와 살면서도 그는 스시를 싫어했다. 날생선을 먹는 것을 혐오스럽게 여겼다. 그의 집은 휴스턴. 한국은 추워서 싫다고 했다. 한국의 겨울이 무슨 시베리아쯤 되는 것처럼 말했다.

미군들은 부대에서 자살도 자주 했다. 폭력 사고도 많았다. 그가 보여준 사진 한 장. 그 당시 엄청 비쌌던 소니 바이오 노트북 모니터를 칼이 관통한 사진이었다. 우울과 불안에 시달리던 미군 병사가 (그 비싼 소니) 노트북을 칼로 찔렀다고 했다. 사람을 찌르지 않은 게 다행이라며 아무렇지 않은 듯 그 사진을 내게 보여주었다.

그는 철저한 사람이었다. 항상 규칙에 엄격했다. 규정을 중요하게 여겼고, 시간을 정확히 지켰다. 그가 데리고 다니던 직속 부하 의무병이 컴퓨터 키보드 옆에 음료수 병을 나란히 놓은 채 일을 하는 걸 보고 질책하던 광경이 기억난다. "절대로 컴퓨터 키보드 옆에는 음료수나 물을 두지 마라. 규정에 그렇게 되어 있지 않느냐. 그렇게 하라고 배우지 않았느냐"며 목소리를 높여 다그쳤다. 내가 보기에는 별일 아닌 것에도, 그는 엄격했다. 한국 군의관들이 군병원 건물 안에서 (군화를 신지 않고) 슬리퍼를 신고 다니는 것은 문제가 있다며 못마땅해했다. 옳은 말이었다. 그는 친하게 지냈던 나에게 "너는 그러지 마라"고 훈계 아닌 훈계를 했었다.

나는 그 두 명의 이탈리아인을 좋아했다. 무슨 일이 일어날지 모르는 거친 세상에서도 한결같은 모습이 좋았다. 좀 재미없고 답답해 보였지만 그래도 나는 그들이 좋았다. 불안한 세상에서 누군가는 항상 제자리를 지켜야 한다. 끊임없이 흔들리고, 사건 사고가 끊이지 않는 세상을 살아가려면 누군가는 엄격해야 한다. 예측 불가능한 사건이 터지는 현실 속에서도 누군가는 예측 가능하게 머물러 있어야 한다. 자신을 둘러싼 규칙에 엄격한 사람이 제자리를 지키고 있을 때, 갈팡질팡하는 사람들이 현실에 발붙일 수 있는 법이다.

세상은 불안정하고, 그 위에 사는 우리들은 불안하고, 아무도 괜찮을 거라고 쉽게 말해줄 수 없는 시대를 살고 있지만, 변함없이 한자리를 지키며 살고 있는 누군가가 있기 때문에 세상은 조금 더 안전한 곳이 된다.

살벌한 전쟁터이자 단조로운 흙바닥. 예측할 수 없는 현실에서도, 예측 가능하게 움직이는 누군가가 있었던 곳. 나의 이라크는 이렇게 기억 속에 남아 있다.

그곳에 나는 꼭 한번 다시 가고 싶다.

미안해,
내가
이런
사람이라서

밝기만 한 아침 내가 꿈에서 깨어나지 못할 때 "상쾌한 아침이
야. 일어나!"라고 말하는 대신
　두꺼운 커튼으로 햇살을 가려주며 더 자라고 머리를 쓰다
듬어줬으면 좋겠어.

　내가 아무것도 먹지 못할 때 따뜻한 죽 한 그릇 끓여주는
대신
　"오늘은 나도 별로 입맛이 없네"라고 말하며 같이 굶어줬으
면 좋겠어.

　카페나 전시회에 같이 가는 대신
　공기도 무거운 병원 대기실에서 내 손을 잡고 끝을 알 수 없
는 순서를 함께 기다려줬으면 좋겠어.

　떨리고 땀에 젖은 내 손을 잡아주기보단
　부드러운 너의 가슴에 올려줬으면 좋겠어.

매일 아픈 내게 '힘내'라는 말보다
'괜찮아질 거야'라고 해줬으면 좋겠어.

내가 며칠째 씻지도 못했을 때
욕실로 데려가 미지근한 물로 부드럽게 씻겨줬으면 좋겠어.

약을 먹어도 잠들지 못하는 긴 밤
조용히 내 옆에 와서 아침이 밝아오는 걸 함께 기다려줬으
면 좋겠어.

내가 자다가 앞뒤가 맞지 않는 괴상한 잠꼬대를 해도
놀라지 않고 그저 꼭 껴안아줬으면 좋겠어.

만약에, 로 시작하는 나의 허황된 이야기를
따지지 말고 그저 미소를 지으며 들어줬으면 좋겠어.

그 흔한 외식조차 못하고 매일매일 집에서 같은 음식을 먹
어도
그럴 수밖에 없는 날 이해해줬으면 좋겠어.

가끔 내가 연락을 하지도 않고 받지도 않아도
너무 속상해하거나 화내지 않았으면 좋겠어.

내가 너의 생일이나 우리의 기념일을 챙기지 못해도
섭섭해하지 않았으면 좋겠어.

분명 우리가 나눴던 이야기를 내가 전혀 기억하지 못해도
관심이 없다고 생각하지 않았으면 좋겠어.

가끔 내가 세상이 끝날 것처럼 울어도
약하다고 흉보지 않았으면 좋겠어.

그리고 '너처럼 정신이 약한 사람과는 함께할 수 없어'라고
이별을 통보하는 대신
    차라리 '다른 사람을 사랑하게 되었어. 미안해'라고 말해줬
으면 좋겠어.

기다려줄 수 있겠어?
계속 거기 머물러 있어줄 수 있겠어?
내가 다시 날아오를 때까지.

그날이 오면 내가 너에게 받았던 모든 기다림과 모든 이해
를 그대로 너에게 돌려줄게.

겉으로는 마초처럼 하고 다녀도, 까놓고 보면 마마보이 같은 남자가 (예상보다) 많습니다. 끊임없이 엄마 같은 여자를 찾아 헤매는 남자도 있고요. 사회적으로 아무리 성공하고 큰소리 떵떵 치는 남자라도 힘들 때면 엄마(혹은 엄마 같은 사람)가 자기를 꼭 안아주기를 바라기 마련이고요. 여리고 약한 아이 같은 마음이 없는 것처럼 강한 척해도, 속으로 바라는 것은 똑같습니다. 나이가 들어도 이런 욕구는 변하지 않게 마련이고요. 오히려 "나 좀 안아줘" 하고 바라는 마음은 간절한데 "나잇값 못하고 왜 이래"라고 핀잔 들을까봐 겁이 나서 꽁꽁 숨기고 살게 되죠.

어쩌면 우리는 죽는 그 순간까지도 자신을 있는 그대로 받아들여줄 누군가를 갈망하고 있을지 모릅니다. 나를 받아들여달라는, 내가 부족하고 흠결이 많아도 있는 그대로 인정해달라는 욕망은 한순간도 숨을 죽이지 않고 마음속 한구석에서 꿈틀대기 마련입니다. 이것으로부터 자유로운 사람은 없을 겁니다. 그냥 솔직하게 "나 지금 불안하고 힘드니까, 당신이 날 좀 돌봐줘"라고 있는 그대로 부탁할 수 있는 사람은 오히려 더 건강한 사람일 수도 있어요. 내 안에 약한 마음을 있는 그대로 인정한 것이기도 하고, 거절당할까 두려워서 자기 욕망을 억지로 숨기거나 속이지도 않았으니까요. 내 마음속의 약한 마음, 부족한 것까지 품어달라는 욕심을 포장하거나 가리려고 하지 않았으니, 더 솔직하고 진실한 사람일 테고요.

잠자는 남자

김동영

서른여섯 시간을 내리 잤다. 지난주에는 스물일곱 시간을 잤다. 최고 기록은 마흔한 시간이다. 언제부터 이렇게 잠을 많이 자기 시작했는지 잘 기억나질 않는다. 그냥 어느 날부터 나는 말 그대로 미친듯이 아니 죽은듯이 자기 시작했다. 잠자는 시간도 문제지만 자는 곳도 문제였다.

카페, 도서관, 신호 대기 상태인 차 안, 지하철, 친구 집, 교회, 극장, 방바닥, 의자, 정말 가리지 않고 잔다. 아무런 징후도 없이 갑자기 잠이 들어버린다. 술을 많이 마셔서 필름이 끊기듯 그냥 딱 하고 잠이 들어버린다. 이렇게 자다보니 언제나 컨디션은 엉망이다. 하지만 잠이 들면 난 아무것도 하지 못한다. 화장실도 가지 않고 밥도 먹지 않는다. 이러다보니 내게서 연락이 하루 이상 끊기면 집 근처 사는 친구가 날 깨우러 온다. 역시나 나는 죽은듯이 자고 있다. 아마 그 친구가 깨워주지 않았다면 며칠 더 잤을지도 모를 일이다.

이것도 병일까 해서 그에게 상담을 하니 내가 먹는 약의 부작용 혹은 기면증이란다. 약의 부작용까지는 이해하겠는데 기

110

면증은 영화에서나 보던 거라 나름 충격적이었다. 하지만 이렇게 자는 날 보니 그럴 수도 있겠구나 하는 생각이 들었다. 이제 정말 별별 병을 다 가지게 되었다.

얼마 전까지는 수면장애로 오랫동안 고생해서 치료를 받았는데 이제는 잠이 안 오게 하는 치료까지 받게 되었다. 문제가 하나하나 늘어갈수록 나는 서글퍼진다. 건강하게 살아도 힘든 세상인데 손가락을 꼽아도 모자랄 병들까지 있으니 내 인생 제대로 좆된 거다.

중국 우루무치에서 베이징으로 가는 비행기 대기 시간은 세 시간이나 되었다. 우루무치 공항은 정말 등대 같은 곳이기에 아무것도 없었다. 그 흔한 면세점조차도……. 그래서 일찍 수속을 받고 탑승 라운지로 갔다. 이미 많은 사람들이 좁은 라운지에 진을 치고 있었다. 앉을 자리가 없어 한쪽 벽에 기대어 앉아서 눈 덮인 휑한 공항 청사 풍경을 바라봤다. 그 풍경을 보니 내가 집에서 진짜 멀리 떨어져 있구나 하는 생각이 들었다. 그리고 별생각 없이 무작정 시간을 보냈다.

갑자기 내 주변을 채우던 소음이 사라졌다는 걸 알고 주변을 둘러보니 이곳에는 나말고 아무도 없었다. 도대체 이게 무슨 일인가 싶어 서둘러 탑승구로 갔지만 거기에는 직원조차 없었다. 서둘러 시계를 보니 탑승시간이 무려 두 시간이나 지나 있었다. 나의 다섯 시간은 어디로 간 걸까. 당황한 나는 우선 직원을 찾았지만 이미 탑승구에 들어와버려 밖으로 나갈 수도 없이 갇혀버렸다. 그리고 몇 시간 후 청소부에게 발견되었고, 직원을 만나 길고 긴 이야기를 나눈 끝에 새 티켓을 구해 그다음 날 베이징으로 갈 수 있었다.

잠이 들었던 거다. 내가 인식하고 있지 못한 사이 배낭도 내팽개치고 공항 벽에 기대어 잠이 든 채 세 시간을 잃어버렸다. 라오스 지방 버스터미널에서도 같은 이유로 위험한 순간을 겪었고, 한국에서는 일 때문에 방문한 사무실에서 낭패를 보기도 했다.

두꺼비집이 내려가듯 갑자기 잠들기 시작하면서, 또다시 좋지 않은 일이 생기지 않을까? 나는 불안해지기 시작했다. 그후로 먼 곳을 여행하거나 누군가를 기다릴 때 아니면 일과 관련된 미팅이 있을 땐 반드시 낮잠을 충분히 자두거나 아니면 아주 진한 커피를 연거푸 두어 잔 마시기도 한다. 그리고 추하게 아무데서나 잠자는 모습을 남들에게 보이지 않기 위해 아예 항상 선글라스를 쓰고 다닌다.

고백하건대 이건 그렇게 오래된 이야기는 아니다. 여전히 나는 잠을 많이 자고 아무데서나 잠이 든다. 친구들은 그건 잠이 아니고 기절이라고 했다. 하지만 오는 잠을 내가 어찌할 수 있는 건 아니다. 물론 그 역시도 내게 특별한 대안을 제시하지 않고 있다. 그저 규칙적인 생활과 좋은 음식을 강조할 뿐. 사실 그의 말에 따른 적은 별로 없지만 그래도 나름 분투중이다.

그래도 잠을 많이 자니깐 피부는 확실히 좋아지긴 했다.

과다수면hypersomnia이라는 것이 있습니다. 시도 때도 없이 잠이 들고, 자도 자도 피곤하고, 별별 행동을 다 해도 쏟아지는 잠을 피할 수 없는 증상을 말합니다. 전날 밤에 충분히 잤는데도 계속 졸음이 몰려와서 일상생활에까지 지장이 생기는 경우를 말합니다. 일천한 저의 경험에 비춰보면, 비교적 건강하고 젊은 사람이 과다수면을 보이는 경우는 다음의 두 가지 이유가 가장 흔합니다.

첫번째는 비전형 우울증atypical depression의 증상으로 과다수면이 나타나는 겁니다. 원래 우울증은 잠을 못 자는 것이 일반적인데, 오히려 반대로 비전형 우울증에서는 잠을 너무 많이 자는 증상이 나타납니다. 두번째는 야간 수면의 질이 좋지 않은 경우입니다. 밤에 잔 것 같은데 실제로는 수면의 질이 좋지 않아서 자도 잔 것 같지 않은 상태인 것이지요. 그래서 낮 동안 보상 작용으로 과다수면이 나타나게 됩니다. 밤에 푹 잘 수 있게 되면 낮 동안의 과다수면 증상도 사라지게 됩니다. 수면의 질이 좋아지면 해결되는 것이지요. 낮에 졸려도 억지로라도 맨손체조를 하거나 산책을 하면서 깨어 있는 상태로 있어야 합니다. 처음에는 힘들어도 기상시간을 조금씩 앞당기면서 수면 패턴에 변화를 주면 낮에 활력을 되찾는 데 도움이 되기도 합니다.

그런데, 막상 환자들에게는 이렇게 하는 것이 말처럼 쉬운 일은 아닙니다. 과다수면에 시달리는 사람들은 "이런 단순한 방법으로 좋아지지 않는다!" 하면서 불만스러워합니다. 의사라는 사람이 기껏 하는 이야기가 이 정도 조언밖에 없느냐고 말하면서요.

저도 잠 때문에 생긴 어려움이 있는데요. 졸음 때문에 장거리 운전을 못합니다. 고속도로를 달리다 한 시간 정도 지나면 영락없이 잠이 쏟아집니다. 전날 밤에 잠을 못 잔 것도 아닙니다. 푹 자고 일어나 몸이 개운해도 마찬가지. 저도 아직까지 그 이유를 찾지는 못했습니다. 무슨 파블로프의 개처럼 고속도로(혹은 고속도로와 비슷한 환경의 도로)만 올라타면, 쏟아지는 잠을 주체하지 못합니다. 그래서 고속도로에서 제가 운전할 일이 있을 때면 저 자신이 불안합니다. 저를 믿지 못합니다. 옆에 같이 타고 가는 아내는 더 불안해합니다. 최근에는 아내가 더이상 참을 수 없었는지, 짜증을 내기 시작했습니다. "운전하기 싫어서 일부러 졸린 척하는 것 아니냐"고 괜한 오해까지 샀습니다. 맹세코 운전하기 싫어서 그런 것은 아닙니다.

그러다보니 요즘은 장거리로 여행을 가거나 지방에서 강의를 하게 되면, 무조건 KTX를 이용합니다. 제가 손수 운전하는 것은 한 시간 내외로 최대한 제한합니다. 은퇴하면 직접 운전하면서 여행하는 것을 꿈꾼 적도 있는데, 이것도 운전대만 오래 잡으면 졸게 되는 저의 나쁜 습관 때문에 포기하고 말았습니다.

불면증으로 오래 고생하신 분들은 제 고민을 듣고 "야, 별것도 아니잖아!"라고 하실 수도 있을 듯합니다. 불면증만큼 사람을 괴롭히는 질병도 드물고, 저처럼 밤에 자는 것은 아무런 문제도 없이 운전할 때만 졸린 것이라면 그게 뭐 대수냐 할 수도 있을 테니까요. 그래도, 제게는 고역인 것만큼은 분명합니다. 운전할 때마다 신경을 곤두세워야 하고, 멀리 가는 것은 아예 못하게 되었으니, 삶에서 느낄 수 있는 재미가 조금 줄어든 것도 사실이고요.

젊었을 때부터 불면증으로 고생해왔고, 훌륭하다는 명의도 만나고, 검사도 다 해봤지만 뚜렷한 해결책을 찾지 못하다가 최근에 약으로 수면이 조절되어서 살맛난다고 하신 환자가 있었습니다. 굉장히 합리적이고 꼼꼼하신 분이에요. 잠 때문에 너무 고생을 하셔서, 불면증 치료에 도움이 된다는 것은 안 해본 것이 없는 분이었어요. 심지어 할아버지 할머니 묫자리에 수맥까지 짚어봤다고 하더라고요. "선생님도 제 성격 아시잖아요. 제가 그런 수맥 따위나 믿을 사람이냐고요. 절대 아니거든요. 제가 잠 때문에 얼마나 고생했으면 그런 것까지 다 해봤겠어요"라고 하시더군요. 이렇게 고생하셨던 분이, 최근에는 비교적 잘 잡니다.

약이 좋아서였을까요? 저는 꼭 그렇지는 않다고 생각합니다. 이전에는 자보겠다고 그렇지 않아도 꼼꼼하던 성격의 분이 잠에 대해 더 예민하게 굴어서 불면증이 악화되었던 거지요. 예전에는 약 먹지 않고 자신의 힘으로 잠을 자보겠다고 너무 강하게 밀어붙여서 오히려 불면증이 악화되었던 것이거든요. 그런데 요즘은 "적당히 약 먹고 편하게 살래요. 조금 못 자도 괜찮다, 그래도 이만하면 다행이다, 라고 생각하며 만족하고 살아요"라고 합니다. 잠자려고 너무 애쓰지 않고, 불면증이 있는 자신을 너무 이상하게 생각하지도 않고, 조금 못 자거나 잠자는 것이 괴로워도 '그러려니' 하고 여기면서 지내다보니 오히려 편안해졌던 거죠.

너무 많이 자도 문제, 너무 적게 자도 문제, 실컷 자고 나서도 개운하지 않아서 문제, 시도 때도 없이 잠이 쏟아지는 것도 문제. 사람의 의지로 조절할 수 없는 것이 세상에 널렸지만, 잠도 그중 하나임이 분명합니다. 억지로 자려고 한다고 잠이 오는 것도 아니고, 자지 않겠다고 참아봐도 쏟아지는 잠을 물리치기 힘듭니다. 저는 '잠은 언제 찾아올지 모르는 손님'이라고 말하곤 합니다. 우리는 그저 기다리고 있을 뿐, 잠은 제 편할 때 왔다가 그냥 사라지는 것이니까요. 규칙적인 생활리듬을 유지하고 꾸준히 운동도 하고 햇볕도 쬐면서 잠이라는 손님이 찾아왔을 때 편안하게 머물다 가도록 준비해두는 것. 이게 우리가 할 수 있는 전부니까요.

공황의 첫날   **김동영**

아직 모른다. 얼마나 시간이 흘러야 하는지. 그리고 어떤 치료와 노력이 필요한지. 그 밤 이후 벌써 십 년이 다 되어간다. 하지만 믿고 싶다. 내가 다시 괜찮아지길⋯⋯. 그래서 늦기 전에 내 인생을 온전히 나의 것으로 되돌려 받고 싶다. 모든 순간이 기억에 남았으면 좋겠지만 애석하게도 그렇지는 않다. 하지만 가끔 어떤 순간은 아무리 시간이 흐르고 애써 지워버리려 해도 기억에 선명하게 각인된다. 그날 밤이 그랬다.

까만 밤이었다. 항상 지나는 올림픽대로는 자정을 넘은 시간이라 한산했다. 그저 마음만 급한 택시가 그 길을 질주하고 있을 뿐이었다. 나는 그때 음악을 들으며 운전을 하고 있었다. 그리고 올림픽 주경기장으로 빠지는 곡선 길을 지날 때 내 안에서 미세한 진동을 느꼈다. 그 진동은 점점 커져갔고 운전대를 잡고 있는 내 두 팔까지 진해졌다. 순간 현기증이 났다. 나는 급하게 차를 갓길에 세우고 바람을 쐬었다.

시간이 흐를수록 점점 두 손과 팔 그리고 가슴이 마비가 되었다. 그리고 이제까지 가져본 적 없는 공포가 찾아왔다. 온몸에서 식은땀이 났다. 너무 당황한 나머지 검지를 이빨로 물어 뜯어 피가 나오게 했다. 하지만 효과는 없었다. 그리고 이내 메스꺼움을 느껴 구토를 했다. 아무것도 나오지 않았다. 그저 거친 나의 호흡만이 새어 나올 뿐이었다. 얼마나 그렇게 있었는지 모른다.

그 밤 이후 난 망가져버렸다. 항상 아팠다. 모든 종류의 병원에 다녔고 거의 모든 검사를 했지만 원인을 발견하지 못한 채 시간만 보냈다. 그러는 도중 몇 번을 쓰러졌고 끊임없는 구토를 했다. 예전에는 아무 생각 없이 할 수 있었던 일들을 하지 못했다. 엘리베이터, 사람 많은 식당이나 카페, 공연장, 천장 높은 곳, 소리가 큰 극장, 걸려오는 전화, 걸어야 하는 전화, 시도때도 없이 오는 메시지, 날카로운 물건, 사람을 만나는 것, 타인의 시선, 새로운 만남, 음악 소리, 빽빽한 문장들, 시계 초침소리, 밤, 낮, 겨울, 새 계절들, 빨리 다니는 자동차, 인파로 가득찬 거리, 지켜야 할 약속, 아플지도 모른다는 걱정 그리고 내일…….

모든 것이 자극이었고 스트레스였다. 그것들이 날 철저하게 무너뜨렸다. 어디에도 도망갈 곳은 없었다. 오로지 담배와 고양이, 기약 없는 기도 그리고 엄마가 만들어준 콩나물국만이 나에게 안정과 휴식을 줄 뿐이었다. 그 누구도 내가 왜 이런지 그리고 앞으로 어떻게 해야 하는지 설명해주지 못했다. 하루하루가 지옥 같았고 미래가 암울할 뿐이었다.

아버지가 병원을 옮기시면서 나도 한강이 내려다보이는 병원에서 종합검진을 받았다. 종합검진은 나의 연례행사였다. 검사 결과에는 육체적으로 이상이 없다고 했지만 고통은 분명 있기에 정신과 치료를 의뢰했다. 그렇게 나는 그를 처음 만났다. 운명이 이 세상에 존재한다면 그를 만난 것이었을 것이다.

그렇다고 그가 당장 나를 다시 부활시켜주지는 못했다. 대신 그는 그동안 이유를 알 수 없는 고통이 왜 그랬는지, 앞으로 어떻게 해야 하는지를 가장 의학적으로 그리고 객관적으로 알려주었다. 그것만으로도 갈피를 잃었던 나의 인생을 다시 내 손으로 잡을 수 있을 것만 같았다.

└─→ 그날의
    의미

불안anxiety의 어원인 angere는 '숨막히다, 질식하다, 목을 조이다'라는 의미입니다. '숨이 막혀 질식할 것' 같은 느낌은 공황의 대표적인 증상 중 하나입니다. "그렇게 극심한 고통은 느껴본 적이 없어요. 정말 죽을 것 같았거든요. 아니, 정말 죽는 줄 알았습니다." 공황을 경험한 사람들은 자신이 겪었던 그 절박한 느낌을 죽음의 순간과 비교해 말하곤 합니다. 죽음의 순간이 어떤지 세상 누구도 알지 못하는데도, 공황을 겪은 사람은 죽음이 찾아왔던 것이 분명하다고 호소하듯 말합니다.

공황을 겪게 되면 그 증상을 어떤 방식으로든 이해하고 싶은 욕구가 생깁니다. 실체를 알지 못한다면 더 두려울 테니까요. 그것이 무엇인지 제대로 이해할 수 있다면 치료나 예방도 가능할 것이라고 믿기 때문이지요. 주위 사람에게 묻기도 하고, 인터넷을 뒤지기도 합니다. 병원을 찾기 전부터 어떻게 해서든 자신에게 찾아온 공황의 실체를 이해하려고 애를 씁니다. 뭔가 그럴듯한 설명을 듣고 싶어합니다. 그래야 안심할 수 있다는 절박한 심정으로 말이지요.

마음속 불안을 언어로 적확하게 표현할 수만 있어도, 위안이 됩니다. 혹은 다른 사람이 그 사람의 삶을 강타했던 불안을 '무엇무엇'이라고 언어로 규정해주면 혼란스러운 마음이 진정되기도 합니다.

그런데 공황을 겪은 사람에게 각각 모두 다른 이유, 모두 다른 원인, 모두 다른 설명이 존재합니다. 적어도 저는 그렇게 믿고 있습니다. 어떤 이는 과학적이고 생물학적인 설명을 원합니다. 어떤 이는 무의식과 같은 심리적 설명에 더 매력을 느끼는 것 같습니다. 어떤 이는 단지 그것이 죽을병인지 아닌지만 확실해져도 안심합니다. 어떤 이는 앞으로 이 병이 자신의 삶에 어떤 영향을 미칠지를 궁금해합니다. 죽음 같은 공포를 자기 곁에 두고 앞으로 어떻게 살아갈 수 있느냐고 하소연하면서요.

그래서 저는 의사라면 공황에 대한 이야기는 공황을 겪고 있는 사람들의 숫자만큼 다양하게 설명해낼 수 있어야 한다고 생각합니다. 세상 사람들이 모두 다른 것처럼, 공황을 설명해내는 틀도 모두 달라야 합니다. 단지 뇌 속 아미그달라의 과잉활성화니, 세로토닌 불균형이니 하는 설명만으로는 공황을 겪은 사람들의 두려움을 잠재울 수 없다고 믿고 있습니다.

그런데 어떤 환자들은 의식적으로 어떤 특정한 설명 방식을 선호하거나 배척하기도 합니다. 예를 들어, 어떤 환자에게 공황 증상은 죽음에 대한 공포와 맞물려 있는 경우가 있습니다. 그래서 죽음을 연상시키는 (그것이 의식적이 아니라서 인식하지는 못하더라도) 사건이나 상황에 맞닥뜨릴 때마다 공황 발작이 일어납니다. 또 어떤 환자에게 공황은 이별과 상실에 대한 절박한 반응이기도 합니다. 누군가를 떠나보내야 하는 것에 대한 (그것이 현실에서 당장 일어나는 일이 아님에도 불구하고) 과도한 불안이 공황으로 바뀌어 나타나기도 합니다.

또 어떤 사람은 자신의 인생을 불가피하게 흔들어놓아야 하는 상황에서 공황이 발생합니다. 지금껏 구축했던 삶에서 제 스스로 벗어날 수 없을 때 공황이 그 빌미를 제공해주는 것이지요. 자신에게 주어진 의무와 규범을 자기 스스로는 떨쳐버릴 수 없을 때, 그동안 눌러두었던 자유에 대한 열망이 공황으로 표출되는 것이지요. 공황의 힘을 빌려야만 삶의 규칙과 틀을 흔들 수 있기 때문이지요. "나는 지금껏 하던 대로 열심히 살아가려고 했지만, 이놈의 공황이 찾아와서 그럴 수 없었어"라고 하면서요. 의식적으로 공황을 원하는 사람은 아무도 없고, 그렇게 고통스러운 경험을 스스로 불러일으켰다고는 도저히 인정할 수 없겠지만 공황장애 환자들을 오랫동안 관찰하다보니 이런 사례가 많다는 것을 확신할 수 있습니다.

공황은 지진입니다. 삶의 기반을 통째로 뒤흔들어버리는 지진입니다. 땅바닥이 흔들려 가벼이 지어진 건물은 하염없이 무너져버릴 수밖에 없는 지진. 땅이 갈라져서 아무리 단단하게 두 발을 땅에 딛고 살던 사람이라도 어쩔 수 없이 꺼진 바닥 속으로 떨어져버리기도 하는 지진. 그래서 공황은 삶을 재구축해야만 하는 절박한 요구를 불러일으킵니다. 바삐바삐 쌓아올려 튼튼하지 못했던 삶의 태도는 무너뜨려버리라는 명령을 받는 것이기도 합니다. 삶의 속도와 겉으로 드러나는 성과만 좇다가 지쳐버려 더이상 맨틀 에너지를 내면으로 머금고 있을 수 없을 때, 쿵 하고 폭발해버리는 것입니다.

공황은 필연적인 요소와 우연적인 요소를 모두 갖습니다. 견고하지 않은 삶을 살아왔다면 그 대가를 필연적으로 치러내는 과정인 것이고, 규정된 삶을 성실하게 살아냈다 하더라도 피할 수 없는 사고처럼 찾아오기도 합니다. 그래서 공황은 그 어떤 설명도 충분한 설명이 될 수 없습니다. 그것을 이해하기 위해서는 인생이라는 큰 틀에서의 조망이 반드시 따라야 합니다. 과거와 미래를 흐르는 시간의 틀이 필요하고, 세포 하나하나에서부터 나라는 개체가 이 세상과 어떻게 연결되어 있는지 알아야 합니다. 그리고 나를 둘러싼 환경 속에서 나라는 사람이 존재하는 방식까지를 아우를 수 있어야 공황의 진짜 원인을 알게 되었다고 말할 수 있습니다.

자신이 겪은 공황의 의미를 진지하게 사유하지 않으려는 사람을 만났을 때, 저는 제일 안타깝습니다. 공황이 일어난 피상적인 이유만으로 공황이 던져준 흔들림의 흔적들을 손쉽게 덮어버리려고 하거나 아무 일도 없었던 듯이 안간힘을 쓰면서 숨기려고만 하는 사람들을 만날 때 그렇습니다. 반대로 자기 공포에 압도되어 그 실체를 제대로 들여다보려는 엄두조차 내지 못하는 사람을 만나도 그렇습니다. 괴롭다고 소리치며 불안 그 자체에만 매달려 큰 틀에서의 자기 삶을 바라보지 못하는 사람들을 보고 있으면 답답하기도 합니다. 불안을 느끼는 상황에서조차 '피곤하다, 지루하다, 혼란스럽다, 우울하다, 초조하다, 몸이 좋지 않다'라는 언어적 속임수로 자신을 속이는 환자를 보고 있어도 그렇습니다. 공황의 진짜 실체와 직면하게 되었을 때 느껴야만 하는 새로운 공포를 감당할 자신이 없기 때문일 거라고 이해해보려고 하지만, 이런 사람들을 볼 때마다 저는 안타깝기만 합니다. 그럴수록 그들은 더 큰 공포와 불안에 시달리게 될 테니까요.

공황을 극복하기 위해서는 그것의 실체와 의미를 제대로 인식하려는 노력이 중요합니다. 공황이 찾아온 이유를 더 큰 틀에서 이해할 수 있어야 합니다. 스스로를 방어하려고 해서는 안 됩니다. 공황의 진짜 의미를 제대로 알 수 있는 사람은, 오직 자기 자신밖에 없으니까요.

하늘을
날았다

김동영

휴일의 마지막 밤, 나는 하늘로 날아올랐다.

내 밑으로 박스 같은 건물들과 실타래처럼 구불구불 이어지는 도로들.

그리고 결국 바다로 흘러갈 강과 강을 가로지르는 다리 위로 나는 날았다.

바람처럼 날고 있는 나를 아무도 보지 못했다.

구름은 부드러웠고 바람은 상쾌하게 머리를 헝클어뜨렸다.

까만 하늘에 별은 크리스마스트리 조명처럼 깜빡였고

달은 내 책상 스탠드처럼 나의 도시를 밝혔다.

내게는 두 날개나 요술 망토도 없었지만 그렇게 나는 하늘을 날았다.

아무런 걱정도 없이 텅 빈 마음으로

그리고 아무런 고통도 없이.

그 밤 배경음악은 브래드 멜다우의 연주였다.

그의 피아노 음들이 바람처럼 내 몸을 스치고 지나갔고

이 도시의 모든 걸 느릿느릿 흘러가게 만들었다.

오로지 나만이 그 밤 까만 하늘을 날았다.
밤은 계속될 것만 같았고 시간이 그대로 멈춘 것 같았다.
순간 나는 알아차렸다.
홀가분하다는 게 무엇인지,
안 아프다는 게 무엇인지,
그리고 행복하다는 건 무엇인지.

밤은 영원하지 않고
달도 곧 그 자리를 태양에게 내줘야 한다는 걸 기억했을 때,
마침내 중력의 묵직한 손길을 느꼈다.
귓가에 울리던 음악 소리도 사라졌다.
그리고 땅으로 곤두박질쳤다.

그 밤 사람들은 알지 못할 것이다.
하늘에서 떨어진 게 유성인지 아니면 UFO인지.
누군가는 내가 떨어지는 걸 보고 소원을 빌었을지도 모른다.
아니면 내일자 신문에서 하늘로부터 떨어진 무언가에 대
한 기사를 발견할 수도 있다.

난 그 밤 바람보다 달보다 그리고 저 별보다 가벼웠다.
나는 정말 그날 밤 하늘을 날았다.

└→ 벗어나기
　　힘들더라도
　　끌려가서는
　　안 돼요

내가 당신을 (전부는 아니라도, 조금은, 그래도 조금은) 아니까, 그리고 당신을 믿으니까, 중력을 이기고 하늘로 날아오르지는 않았을 것이라 생각해요.

　하나도 아프지 않은 순간은, 우리의 뇌가 아직 발달하지 못해 기억조차 제대로 할 수 없는 갓난아기 시절을 제외하고는 다시 찾아오지 않을 거예요. 홀가분해지려고, 아프지 않으려고, 중력을 벗어나려고, 땅이 아니라 하늘을 날려고 꿈꾸지 않았으면 합니다. 간절히 원할수록 더 아프기만 할 거예요. 삶에 대한 기대는 내려놓으면 내려놓을수록 우리를 자유롭게 만들죠. 바람이 많으면 많을수록 땅에 더 단단히 묶여버리고 말죠. 바람의 무게만큼, 나를 묶고 있는 줄의 굵기도 더 굵고, 발목을 조여오는 힘도 더 클 거예요. 많이 아플 거예요. 벗어나려고 하면 살이 까지고 피가 나⋯⋯. 살과 뼈를 덜어내지 않는 한, 우리는 그 줄에서 벗어나지 못할 거예요. 내 몸의 일부가 사라지고 난 뒤 얻게 되는 자유라면, 나는 사양하렵니다.

까만 하늘에 별이 크리스마스트리 조명처럼 깜빡이고, 달이 스탠드처럼 도시를 밝힐 때, 나는 R.E.M의 〈nightswimming〉을 듣겠습니다. 다른 어떤 빛은 허락하지 않은 채 오직 달빛과 이 노래만 공간 속에 흐르도록 내버려두렵니다. 물이 온몸을 휘감아 흐르듯이, 이 노래가 나를 감싸도록 내버려두렵니다.

(혼자서) 수영하기 좋을 듯한 고요한 밤
그들이 이해할 거라고 생각하지는 않아요
예전과 같을 수는 없으니까요
얽매이는 것에 대한 두려움
아무렇게나 흘러가버리는 물
그들이 내 속살을 볼 수는 없겠죠
그들은 사라지고
모든 것이 제자리로 돌아오겠죠

서늘한 기분, 섬뜩한 느낌…… 아니, 그게 하늘을 날 것 같은 기분이고, 아무런 걱정 없이 고통도 사라지는 듯한 느낌이 들더라도, 그것이 나를 완전히 집어삼킬 듯한 것이라면 빠져들어서는 안 돼요. 그때는 그냥 가만히 있어야 합니다. 벗어나기 힘들더라도 끌려가서는 안 돼요. 모든 것이 일상으로 돌아오고 나면…… 현실에서 아무런 의미를 갖기 힘든 느낌이었다는 것을 그제야 알게 될 테니까요.

나쁘지 않은 삶을 살았다. 아니 오히려 행복했다고 말하는 것이 더 맞을지 모른다. 어릴 때부터 꿈이었던 라디오 작가일을 할 수 있었고 그 와중에 세 권의 책을 내어 베스트셀러 작가가 되었다. 날 아껴주는 친구들도 있었고 진심으로 사랑해주던 여자친구도 있었다. 원하는 건 조금 사치를 부려 할 수 있었고 마음만 먹으면 아이슬란드 레이캬비크부터 스페인 말라가까지 어디든 갈 수 있었다. 무엇보다 나는 친구들과 주변 사람들에게 나름 괜찮은 사람이었다.

이 모든 걸 어제 일처럼 정확하게 기억할 수 있다. 라디오 첫 원고를 써서 방송되던 날에는 프랑스 영화의 한 장면처럼 낙엽이 우수수 떨어졌다. 내 생의 첫번째 낭독회를 가득 메운 사람들의 애정 어린 표정. 그리고 다른 행성이라고 생각할 수밖에 없었던 아이슬란드의 풍경. 그때 나는 세상에서 가장 행복한 사람이었다.

그때 나는 나밖에 생각하지 않았다. 감정에 취해 주위를 둘러볼 생각도 하지 못했다. 가끔 이 시간이 끝날지 모른다는 불안감에 휩싸이곤 했지만 그건 아직 일어나지 않은 일이고 그런 날은 오지 않을 거라 생각했다.

어느 날 나는 변했다. 아니, 나를 뺀 모든 게 변했는지 모른다. 행복은 「무진기행」의 안개처럼 흔적도 없이 사라져버렸고, 내가 모르는 사이에 세상은 많이 변해 있었고, 내 친구들도 변해버린 것 같았다. 다시 예전으로 돌아가고 싶었다. 하지만 그러려면 내가 더 더 잘해야 한다는 걸 알았다. 하지만 이상한 건 내가 실수와 실패를 할수록 행복은 그걸 즐기는 듯했다. 마치 나를 시기하는 것처럼 말이다. 그럴 때일수록 나는 스스로를 괴롭히고 더 하라고 다그쳤다. 그러다 나는 뻗어버렸다. 행복은커녕 조금도 안정을 가지지 못했다. 그리고 지금 나는 행복이 뭔지 기억조차 못한다. 어쩌면 나의 행복은 금요일 밤 짧은 파티 같은 것인지도 모른다.

요즘 나는 SNS에서 다른 사람들의 삶을 훔쳐본다. 사진으로 본 그들의 삶은 모두 행복하고 근사해 보인다. 잡지에서나 봤을 비싸 보이는 카페와 레스토랑, 멋진 클럽, 어떤 맛일지 궁금한 음식들, 근사한 복근, 아름다운 가슴골, 영국풍 슈트, 포마드로 넘긴 머리, 춘천고속도로처럼 곱게 뚫린 그녀들의 다리, 아찔한 핫팬츠, 좋은 사람들과 함께하는 시간, 천사 같은 여친과 댄디한 남친, 수만 개의 비행기 창문과 거기로 내다보이는 초록빛 바다, 잡티 하나 없는 우윳빛깔 피부, 주님의 피처럼 고귀한 와인, 자동차 계기판, 천사처럼 보이는 강아지와 고양이, 어제 산 옷, 나만 빼고 모두 다녀온 린다 매카트니 사진전과 나만 못 본 〈비긴 어게인〉.

나도 사람들의 행복에 편승해보려 허세를 보태 내 삶을 치장해보지만 이상하게 나의 불행만은 완벽하게 숨겨지지가 않고 나를 졸졸 따라다니는 것 같다.

나는 행복해야 한다는 강박관념 같은 스트레스를 가지고 있다. 정작 나는 지금 행복해지는 방법도 잊어버렸다. 그건 학교에서도 학원에서도 가르쳐주지 않고 인터넷에도 나와 있지 않다. 어쩌면 행복은 세상이 사람들을 길들이기 위해 만들어낸 감정일지도 모른다. 또, 불행을 좀더 확실히 느끼기 위해 만들어둔 단어일 수도 있다.

그래도 난 매순간 행복해지길 원한다. 행복하지 못하다면 행복한 척이라도 해야 한다. 그러나 그런 척을 할수록 공허해지고 뭔가 잘못될까봐 더 불안해진다.

지금 나는 북유럽의 겨울날처럼 온종일 까만 밤이다. 난 행복해지고 싶다. 그것이 무엇인지 느끼고 싶다. 그리고 소리내어 말해보고 싶다.

'아…… 행복하다.'

*

　물론 누군가는 내가 이미 행복한 사람이라고 말할지도 모른다. 그리고 이런 투정을 하는 날 비난할 것이다. 하지만 행복은 상대적이고 지극히 주관적인 것이기에 내가 설사 행복하다 해도 지금보다 더 행복해지려는 게 그렇게 큰 잘못은 아니겠지?

편하다, 만족한다, 즐겁다, 기쁘다, 기분좋다, 짜릿하다, 흥분된
다, 기대된다, 설렌다, 뿌듯하다…… 이런 느낌을 하나 혹은 여
러 개 느낄 수 있을 때 대체로 '행복하다'고 여깁니다. (솔직히
저는 행복이라는 단어를 좋아하지 않지만) 저에게 행복할 때가 언
제냐고 묻는다면 '뿌듯한 느낌'이 들 때가 그렇다고 답하겠습
니다. 뿌듯함이란 스스로 뭔가를 해냈다는 느낌, 뭔가를 완성
했다는 느낌을 말합니다. 타이핑한 활자가 종이를 꽉 채웠을
때, 그리고 그것이 한 권의 책으로 완성되어 나왔을 때, 몇 년
씩 쌓인 데이터를 분석해서 A4용지 몇 장 분량 논문으로 완결
되었을 때, 꾸준히 운동해서 한 시간을 쉬지 않고 달려도 지치
지 않게 되었을 때, 흩어진 사실들을 모아 하나의 통찰로 엮어
낼 수 있었을 때, 종아리가 당겨도 산을 계속 올라 정상에 닿
았을 때, 무거운 배낭을 메고 오랜 시간 트레일을 걸어 목적지
에 도달했을 때 느끼는 뿌듯함이 좋습니다. (물론 가족이나 친
구와 함께 즐거운 시간을 보내는 것, 열심히 일하고 난 뒤 따뜻한 탕
속에서 몸을 녹일 때의 편안함도 좋아합니다.)

135

저는 제 삶이 행복을 추구하며 살아온 것이라고 말할 수는 없습니다. 그냥 이 '뿌듯한 느낌'을 좇아왔다고 하는 편이 더 정확합니다. 지금껏 그렇게 살아온 듯합니다. 이런 뿌듯함을 느꼈을 때를 내 나름의 행복이라고 정의한다면, 행복한 순간이 간혹 있었습니다. 하지만 대체로는 행복하지 않은 시간이 더 길었습니다. 그리고 이 글을 완성하지 못한 지금도 저는 행복하지 않은 상태입니다. 하지만 행복이 찾아올 것이라는 기대로 지금의 행복하지 않은 상태를 견뎌내고 있습니다.

저는 행복을 믿지 않습니다. 행복이란 실체가 없는 관념의 영역에 있는 것이라고 여깁니다. 행복은 거짓의 영역에 속하는 것이라 애초에 믿을 만한 것이 못 된다고도 생각합니다. 행복은 자기 자신과 남들을 잘 속이는 사람이 만들어낸 허상이며, 행복해야 한다는 말은 뭔가 다른 것을 얻고자 하는 꿍꿍이가 있는 사람들이 만들어낸 환상이 아닌가 의심합니다. 그래서 단순히 '행복이란 없다'라고 말하기도 합니다.

우리는 행복이 아니라 언제 좋은 느낌이 드는지 그것만 말할 수 있습니다. 그리고 우리는 그 느낌을 좇으며 살아가고 있는 것이라고 할 수 있습니다. 어쩌면 누군가는 편안한 느낌을 행복이라고 할 수도 있고, 어떤 사람은 통증이 사라지는 것을 행복이라고 할 수도 있고, 누군가는 불안하지 않아야 행복할 수 있다고 믿고, 누군가는 몸이 아프고 괴로워도 뭔가를 이루어냈다면 그게 행복이라고도 할 수 있겠죠.

행복이라는 모호한 관념어로 자신이 원하는 것을 흐리게 만들지는 말아야 합니다. "행복해지고 싶다"가 아니라, 자신이 원하는 느낌이 무엇인지에 대해 말해야 합니다. 그리고 그 느낌과 그 느낌을 가져다주는 상황을 간절히 원한다고 말해야 합니다. "나는 불행하다"라고 말하는 것이 아니라 "나는 지금 아프다"라고, "나는 행복하지 않다"가 아니라 "나는 지금 외롭다"라고 말해야 합니다.

삶은 대체로 힘들고, 대체로 불행합니다. 삶이 가져다주는 고통은 누구도 피해 가지 못합니다. 그 사람의 실체와 이면에 숨겨진 진짜 삶을 들여다보면 고통의 총량은 누구에게나 항상 일정한 법입니다. 이것은 짧지 않은 정신과 의사 생활에서 확고하게 깨닫게 된 사실(저는 사실이라고 믿고 있습니다)입니다.

시간이 흐르면 힘들었던 것이 조금씩 잦아들고, 불행은 서서히 흐려지고, 고통을 피하지는 못해도 벗어날 수 있게 됩니다. 굳이 애를 쓰지 않아도 아픔과 고통은 사라지게 되어 있습니다. 반드시 그렇게 되죠. 우리는 이런 사실을 믿고 기다려야 합니다.

불안의
규칙

김동영

모든 것에는 규칙이 있어야 한다. 해가 뜨고 그다음은 달이 떠오르고, 새가 앉았다 떠난 나뭇가지는 파르르 떨려야 하며, 시간이 지나면 새 계절이 오고 그리고 우리도 어김없이 나이를 먹어야 한다. 그리고 인터넷 쇼핑으로 주문한 것은 적어도 이틀 후에는 받아야 한다. 신과의 약속이거나 자연이 만들어낸 우연을 가장한 규칙이라도 상관없이 말이다.

하지만 불안에는 규칙이 없다. 그건 수학공식처럼 정의 내려지지 않는다. 언제 어디서라도 시작되고 어느새 사라져버린다. 종잡을 수가 없다. 만약 나를 둘러싼 불안에 대해 잘 알고 있다면 나는 그것에 대처하는 방법을 배울 수 있을지도 모른다. 하지만 별똥별처럼 갑자기 나타났다 사라지는 불안에 대해 알고 있는 것은 인간이 우주에 대해 아는 것보다 적다. 그렇기에 무방비 상태로 불안에게 당하고 만다.

하지만 불안이 와 있을 때 내가 어떤지에 대해 설명할 순 있다. 순간 스위치가 켜진다. 불안은 내 피를 따라 온몸에 퍼진다. 귀에서 사이렌 같은 알람 소리가 들리고 눈앞의 모든 게 뿌옇게 보이기 시작한다. 눈이 무릎까지 쌓인 것처럼 똑바로 걷기가 힘들어져 비틀거리며 한 걸음씩 걷게 된다. 입안은 사막처럼 말라 쩍쩍 갈라지고 근육들은 당겨진 활처럼 팽팽해지며 등과 이마와 콧등에는 땀이 맺힌다. 심호흡을 하고 싶지만 입을 벌리면 벌릴수록 공기는 모두 빠져나가 숨이 탁 하고 막혀버릴 것만 같다. 매일 지나던 골목에서도 길을 잃고 집에서도 길을 잃는다. 불안해서 죽지 않을 거라는 걸 알면서도 당장이라도 죽을 것만 같다. 누군가의 도움이 필요하지만 누가 날 도와줄 수 있는지 모른다.

누군가 나의 병에 대해 물을 때면 나는 '가혹하다'는 표현을 쓰곤 한다. 말 그대로 가혹하다. 시도 때도 없이 나타났다 사라져버리는 걸 반복한다. 처음에는 알지 못했다. 그저 속이 좋지 않거나 감기몸살에 걸려서 그런 줄 알았다. 그래서 감기약을 먹고 바늘로 손을 따고 소화제만 먹었다.

나중에 이것에 대해 알게 되었을 때 나는 더 혼란스러웠다. 어떻게 해야 할지 몰랐다. 그저 처방해준 한 움큼의 약을 삼키고 무차별적으로 일어나는 불안의 폭격을 피해 웅크리며 시간을 버텨내야 했고 지금도 그렇다. 그때와 지금에 달라진 것이 있다면 나이가 들어 적어도 불안에 어떻게 대처해야 하는지를 조금이나마 배웠다는 사실이다. 그래도 불안은 여전히 내게 규칙 없이 다가오는 사건이고, 초대하고 싶지 않은 손님이다.

그 손님이 찾아오면 나는 조용히 약통에서 응급약을 먹고 침대가 아닌 소파에 반쯤 기대 누워 방 안에 있는 책장에 꽂힌 책 제목을 하나하나 읽으면서 그 내용을 기억해내려고 한다. 아니면 예전에 들었던 음반의 제목이나 그 노래의 멜로디를 기억하려고 애쓰지만 약 때문인지 아니면 증상 때문인지 아무것도 생각나지 않는다. 그러다 슬그머니 잠이 든다. 이건 내 허락 없이 들어와 마음대로 자리를 차지하고 있는 손님을 모른 척하는, 나만의 좋은 방법이다.

물론 나만 세상의 모든 불안을 품고 있는 건 아니다. 우리 모두는 저마다의 방식으로 불안하고 그 불안을 달래며 살아가고 있다. 아주 오래전 우리가 가죽옷을 입고 모음만 가지고 의사소통을 했을 때부터 인간의 불안은 시작되었을 것이다. 하지만 불안의 역사에도 규칙 따윈 없기에 인간은 스스로가 만들어낸 불안 속에서 지금까지 살 수밖에 없는 것이다. 어쩌면 이것이 불안이 만들어낸 규칙인지도 모르겠다.

불안을 두려워하는 이유는, 그것의 예측 불가능성 때문입니다. 언제 어디서, 어떻게 찾아올지 예측할 수 없는 고통. 그것을 우리는 불안이라고 부릅니다. 요즘은 유행병처럼 사람들 입에서 오르내리는 공황장애의 본질도 예측 불가능한unexpected 공포가 찾아온다는 겁니다. 불안의 폭격을 한두 번 맞기 시작하면, 사람들은 움직일 수 없게 됩니다. 마치, 어떻게 해도 전기 충격에서 벗어날 수 없다는 것을 깨달은 개가 철장 밖으로 탈출하려는 희망마저 제 스스로 놓아버리는 상황과도 같다고 할까요. 이것이 불안의 종착역입니다.

불안이 그토록 괴로운 것은, 어떤 말로도 실체를 묘사할 수 없기 때문입니다. "불안하고 괴로워" 하면서 흐느껴도, 그것을 지켜보는 사람이 할 수 있는 일이란 그저 그 사람의 고통을 마음속으로 상상하는 것뿐입니다. 다른 사람의 마음에서 재구성된 불안은, 더이상 그 사람의 것과는 같지 않은 것이 되어버립니다. 그러니 불안에 대한 공감이란, (소설이나 시로는 가능할지

141

몰라도) 현실에서는 불가능한 것입니다.

불안에 공감해줄 수 있다고 주장하는 것은 어쩌면 거대한 사기극일지도 모릅니다. 불안을 온전히 공감한다는 것은 결코 있을 수 없는 일입니다. 불안은 반反공감적인 정서입니다. 불안이 괴로운 이유는 이렇게 절대로 공감받을 수 없는 숙명 그 자체를 안고 있기 때문입니다. 그런데도 우리는 타인의 고통에 공감했다고 쉽게 착각합니다. 색깔도 다르고 모양도 다르게 그려진 마음의 그림이 타인의 그것과 얼추 비슷할 것이라 쉽게 믿어버립니다.

그나마 위안이 되는 것도 있습니다. 마음이 아픈 사람은, 고통의 시간 후에 제 스스로 가야 할 길을 찾아내고야 만다는 것입니다. 다른 사람들이 흘려놓았던 공허한 위안의 말 때문이 아니라, 스스로 마음을 추스르는 법을 깨우쳐갑니다. 스스로 마음을 들여다보고 돌보는 법을 알아내고야 맙니다. 이것이 불안이라는 고통을 대가로 얻게 되는 소득이라면 소득이라고 할 수 있을 겁니다. (누군가는 이것을 고통 후에 찾아오는 성숙이라 표현하기도 하던데요. 이런 낯간지러운 표현을 당신에게는 차마 못 쓰겠습니다. 당신이 불안에 대해 어떻게 대처해야 하는지 조금이나마 배웠다면 불안으로 치른 희생이 헛되지 않았다, 정도로 말해주고 싶네요.)

어쩌면, 치료하는 의사는 필요치 않을지도 모릅니다. 고통을 견뎌내는 시간, 그 자체가 치유일 겁니다. 다만 불안에 시달리며 괴로워하면서도 스스로를 추스르는 법을 알아가고 변화해가고 있는 것을 목격하고 증언해줄 누군가가 필요할 뿐입니다. 제가 할 수 있는 일도 누군가의 삶을 있는 그대로 세밀하게 관찰해서 그들에게 돌려주는 역할 그 이상도 이하도 아니지 않을까요? 그러니 치료하는 사람이나 치유자라는 표현은 맞지 않는 것이겠지요. 뭔가를 더 하려고 애쓰는 것이 아니라, 한순간도 타인의 삶을 향해 주의력을 놓지 않는 것. 이것이 제가 할 일의 전부인 것 같다는 생각을 하게 됩니다.

식어버린
침대

김동영

어느 날 내 안에서 뭔가 사그라들었다. 그날 이후 내 세상은 모든 게 시들해졌다. 나는 아무리 채워도 채워지지 않는 빈 술잔이었다.

여자친구가 말했다.
"괜찮아. 이럴 때도 있는 거지."
"요즘 꽤 바쁘고 컨디션이 좋지 않았잖아."
"그래도 난 당신과 있는 것만으로도 좋아."
"오늘은 꼭 껴안고 자자."

물론 나도 그게 나쁘지 않고 나름대로 정당화시킬 수 있지만 내 몸은 더이상 이십대의 것이 아니었다. 시든 꽃처럼 먼지만 쌓여 있고 내 몸 깊은 곳에 끓어오르던 열정을 잃었다.
예전 세상은 우리의 온기로 포근하게 만들 수 있었다. 하지만 이제는 모든 것이 식어버리고 내 초라한 몸뚱이만 남았다. 마치 간밤에 켜둔 양초가 다 녹아 굳어버린 것처럼.

삼십대 중반의 남자에게 섹스는 여전히 중요한 것이었다. 세상의 전부는 아니지만 그건 본능을 넘어 살아가는 데 중요한 무엇인가를 선사했다. 이를 통해 교감하고 서로의 비밀을 나눴다. 그리고 꿈같은 영감을 선사하기도 했다. 하지만 나는 지금 섹스를 잃었다. 더불어 생기를 잃었고 하루아침에 노인이 되었다. 그리고 내 몸은 돌덩어리처럼 감각을 잃었다. 그녀가 애정 어린 손길로 쓰다듬고 날 사랑해주어도 내 몸은 아무것도 느낄 수 없었다. 더불어 감정도 딱딱하게 굳어갔다. 모든 것에 흥미를 잃었고 세상이 시답지 않았다. 그리고 어느 날 나는 내가 거세당했다는 걸 알았다.

비 오는 금요일, 그를 찾아갔다. 그는 내가 가진 병과 약의 부작용 때문이라고 했다. 내 병과 약은 내가 생각했던 것보다 강력했다. 병은 내 신경을 망가뜨렸고, 약은 내게 안정과 평온을 제공했지만 대신 섹스를 뽑아갔다. 물론 괜찮아질 거라며 날 안심시켰지만 나는 그의 말을 듣고 서글퍼졌다.

그동안 병 때문에 나는 많은 것들을 포기해야 했고 충분히 고통받았다고 생각했다. 하지만 그것은 더 많은 것을 내게 원하고 원했다. 난 다시 한번 좆된 거다.

파란 약이었다. 그가 내게 내준 약은. 그걸로 내 거세된 욕망과 감각을 일시적으로 찾을 수 있다고 했다. 새끼손톱보다 작았지만 단단했고 위협적으로 보이는 약이었다. 얼마 동안 이걸 먹어야 하는지 그도 나도 몰랐다. 아마 신조차도 모를 것이다. 내가 예전의 내 몸을 찾기 위해서는…….

지금 내게 섹스는 없다. 더불어 연결되어 있는 교감도 영감도 같이 사라졌다. 그래서 그런지 육체로 채워지지 않는 욕구를 감정적으로 해결하기 위해 나는 더욱 새로운 상대를 찾고 헤어지는 일을 반복했다. 그러면 그럴수록 나는 공허해지기만 했다. 결과적으로 그녀들에게 나는 한 마리의 개새끼가 되었다.

만약 예전처럼 그녀를 안으려면 나는 예열이 필요한 커피 머신처럼 삼십 분 전에 약을 복용해야 할 것이다. 대책 없는 긍정적인 마음으로, 아니 블랙유머로 이 상황을 받아들이려고 했지만 긍정과 유머는 그 어디에도 없었다. 그저 당혹스럽고 처참했을 뿐이다.

나는 멈춰버렸다. 파란 약은 아직도 약통 속에 있고 내 섹스와 욕망도 그 옆에 나란히 박제되었다. 언제가 될지 모른다. 내가 다시 섹스를 찾고 내 잃어버린 욕망까지 찾을 날이. 시간이 갈수록 모든 게 희미해져간다. 내가 소유했던 그녀들의 기억과 내가 떠벌리기만 했던 꿈같은 영감까지도.

난 힘을 잃었다.
그 힘은 몸의 힘만은 아니다.
내 마음의 힘.

내 영감의 힘.

내 사랑의 힘.

그리고 내 삶의 힘.

모든 게 하찮은 날, 파란색 알약을 손에 넣고 한참을 만지작 거린다. 마치 그 안에 예전 내가 있는 것처럼 말이다.

부부간의 잠자리나 섹스에 대해서 여자 환자와도 상담하게 될
때가 자주 있습니다. 물론 제가 성의학 전문가가 아닌지라 섹
스를 주된 문제로 해서 찾아오는 여자분은 적습니다. 하지만
걱정거리들을 하나하나 풀어나가다보면, 어느 순간 성적인 부
분에 대해서 구체적으로 물어봐야 하는 일이 자주 생깁니다.
이런저런 이야기를 듣다보면 (충분히 예상 가능한 사실이지만)
남자와 여자가 섹스에 대해 일치된 견해를 갖는다는 것은 현
실에서는 있을 수 없다는 것을 절감하게 됩니다.

   갱년기 증상으로 치료중이던 사십대 후반의 여자 환자가 했
던 말이 기억에 남습니다. "남편이 잘 되지 않는지 땀을 흘려가
며 내 위에서 끙끙대고 있더라고요. 남편이 측은해 보이고 안
쓰러워서 '그만하고 내려와'라고 했다가 한 달간을 말도 없이
냉전을 치렀어요."
   남편이 힘들어 보이니 배려해준다고 한 말이었는데 오히려
그게 화근이 되어 한 달 내내 말도 없이 냉랭하게 지냈다고 하

더군요. 중년이 되었지만 (여전히) 그녀는 남편에 대한 애정도 크고, 부부 사이도 좋다고 했습니다. 남편을 이해해주고 싶은 마음도 커 보였고요. 그런 그녀가 제게 묻더군요. "우리 남편이 너무 예민한 것 아닐까요? 저는 남편을 배려해주느라 했던 말인데, 별것 아닌 말 한마디 가지고 그렇게 화를 내다니……. 우리 남편 속이 좁은 거죠? 선생님이 봐도 그렇죠?" 남편을 사랑하고 배려해준다고 했지만, 섹스에 대해서만큼은 남편의 속마음으로 충분히 들어가지는 못한 것 같아 보였습니다.

남자의 물건이 제대로 서지 않는 사건은 단순한 충격이 아닙니다. 이건 죽음과도 같은 공포입니다. 세상은 우리를 가만히 내버려두지 않죠. 스트레스 받지 않고 살아가려고 해도, 그렇게 되지 않습니다. 이런 거친 세상에서 살아가려면 섹스와 섹스가 가져다주는 심리적 쾌감이 필요합니다. (그리고 인식하지는 못하겠지만) 섹스와 정서적 교감이 옥시토신을 분출해주기 때문에 견딜 수 있는 겁니다. 단순한 쾌감이나 욕구의 문제가 아닙니다. 생존을 위해 반드시 필요합니다. 스트레스가 넘쳐나는 세상에서 죽지 않고 버티려면, 함께 살고, 보살핌을 느끼고, 섹스를 하고, 그리고 이것을 통해 뇌에서 옥시토신이 풍부하게 분출되어야 합니다. 옥시토신은 (임신과 출산에 필수적인 호르몬이기도 하지만) 스트레스를 이겨내고 마음의 위안을 주는 호르몬이기도 합니다.

남자에게 섹스를 하지 않는다는 것, 아니 섹스를 할 수 없다는 것은 감정적으로 죽는 것과 같습니다. 상담중에 이런 이야기를 자주 듣습니다. "발기가 되지 않으니까, 이제 세상 다 산 것 같은 느낌이 들어요. 마치 늙은 것 같은 느낌이 들고요. 솔직히, 남자 인생에서 그게 빠지면 무슨 재미로 사나 하는 생각에 맥이 빠져요." 심지어, 섹스가 주는 쾌감의 힘으로 하루하루를 견딘다고 말하는 사람을 본 적도 있고요. 어쩌면 섹스가 사라지면 살아 있어도 살아 있다는 증명을 감각을 통해서는 얻을 수 없는 것과 마찬가지겠지요. "섹스가 잘 되지 않으니까, 그럴 때마다 내가 점점 죽어가는 것 같은 생각이 들어서 뒷골에 땀이 맺힙니다. 어떨 때는 이대로 살면 하나도 재미없겠다는 생각이 들면서 사는 게 무의미한 것 같아지기까지 해요"라는 말이 결코 과장된 이야기는 아닌 거죠.

이렇게 말하면 섹스를 너무 거창하게 표현한 것 아니냐고 좋지 않은 표정을 짓는 사람도 있겠지만…… 사실입니다. 남자의 물건이 제대로 서지 않는다는 건 불안이나 좌절이 아니라 생존의 위협과 같은 겁니다. 발기가 되고 섹스를 한다는 것은 "힘든 세상에서 내가 건강하게 살아갈 수 있는 샘물에 계속해서 몸을 담글 수 있다"는 생존 가능성을 확인시켜주는 것입니다.

섹스를 할 수 있다는 것은, 말이 아닌 또다른 방식으로 나 아닌 누군가와 대화를 나눌 수 있는 능력이 있다는 의미이기도 합니다. 남자에게 성기능을 잃어버린다는 것은 의사소통 능력을 잃어버리는 것이나 마찬가지입니다. 인생은 본질적으로 고독하지만, 성적인 관계를 통해서 누군가와 연결되어 있음을 느끼며 마음의 위안과 함께 살아가는 힘을 얻게 됩니다. 섹스를 통해 혼자가 아님을 몸으로 느낄 수 있는 것이지요. 사랑하는 사람과 몸을 맞대고 섹스를 하는 것은 자신의 존재를 타인과의 관계를 통해 확인하는 것입니다. 그러니 남자가 자신의 물건을 더이상 세울 수 없다는 것은, 사랑의 언어를 잃어버리고 절대 고독 속으로 떨어지는 것과 마찬가지입니다.

*

그에게 항우울제 때문에 생긴 일시적인 부작용이라 설명해도, 그리고 실질적인 능력에는 변함이 없을 것이라 말해주어도, '식어버린 침대'의 당사자에게는 아무런 위안이 되지 않을 겁니다. 파란색의 다른 무언가로 그것을 다시 '뜨겁게' 달구어낼 수 있다 해도, 그건 진짜가 아니라는 느낌 때문에 편하지 않을 겁니다. 아니, 가짜라는 느낌에 상대에게 미안함을 느낄 수도 있겠고요. 더구나 지금의 불능 상태에 대해 상대를 이해시키기 힘들고, 그렇게 하는 것 또한 자신을 더 비참하게 만드는 일이라, 그렇게 하고 싶지 않겠지요. 어쩌면 그가 더 견디기 힘들어하는 것은, 의사들도 이 문제에 대해 뾰족한 해법을 갖고 있지 않다는 사실 때문이기도 할 겁니다.

너도
그랬구나

네가 왜 그런 표정을 지으며 다니는지 내가 모를 거라 생각하지? 그동안 길게 기르던 머리카락을 어느 날 짧게 자른 이유를 왜 내가 모를 거라 생각하지? 그렇게 말랐던 네가 왜 갑자기 살이 쪘는지도 짐작 못할 거라고 생각하고, 너의 퀭한 눈과 창백해진 얼굴이 왜 그런지 모를 거라고 생각하지? 네 두 손이 미세하게 떨리는 사실도 내가 모를 거라고 생각했겠지만 나는 모든 걸 알아챌 수 있었어.

늦은 밤, 넌 나를 만나고 싶다고 했어. 그런데 넌 멀리 갈 수 없을 것 같다며 너희 집 앞까지 와줄 수 있겠느냐고 내게 물었지. 난 '물론'이라고 말하고 너의 집 앞까지 갔었어. 내가 도착하자 넌 인사도 없이 차에 스스로 잡아먹히듯 올라타서 내게 어렵게 물었어.

"그때 아프다고 했잖아. 그거 어떤 느낌이었어?"

나는 경험했던 걸 차분히 들려줬고 너는 고개를 끄덕였어. 그리고 넌 "내가 요즘 그래"라고 힘들게 입을 열었다. 마치 바람부는 밤 갈대밭에서 비밀을 쏟아내듯 너의 아픔을 내게 고백했지. 지금 당장 말하지 않으면 평생 그 아픔에 잡아먹히기라도 할 듯 말이야.

그때 내가 해줄 수 있는 일은 네 말을 들어주는 것밖에는 없었어. 내가 네게 약을 처방해주는 의사도 아니고 널 위해 대신 아파해줄 수 있는 것도 아니니깐. 그저 너의 아픔과 고독을 들어주는 게 내가 할 수 있는 일의 전부였어.

난 문득 백미러로 네 얼굴을 봤어. 거기에는 내가 안 좋았을 때처럼 너의 얼굴이 엉망으로 보였지. 그게 참 마음이 아프더라. 그리고 한편으로는 나도 너와 같은 표정을 지었을 거라고 생각하니 괴로웠다.

그 밤 이후 우리는 한편이 되었지. 어쩌면 우리의 고독이 더해지면 더 큰 고독이 되었을지도 모르지만 다행히 그러지 않고 너와 나는 우리의 고통과 고독 안에서 서로를 이해하기 쉬웠고 의지할 수 있었어. 구석진 카페 자리에 앉아 서로의 약을 비교하고 어디선가 들은 병에 대한 정보를 나누고 누구의 경험이 최악이었는지도 들려줬지.

그때 참 든든하고 마음이 편안했어. 아마 너도 그랬을 거야. 그동안 우리는 혼자 견뎌내야 했는데 이제 나의 곁에는 네가 있고, 네 곁에는 내가 있으니까. 우리는 이 시간을 함께할 수 있었어.

155

하지만 우리의 모임도 결국 끝이 나고 말았지. 넌 의지력으로 상태가 좋아졌고 약 조절에도 성공했지. 나는 마치 나의 일처럼 기뻐해줬어. 그것이 얼마나 힘든 일인지 알기 때문이었어. 너의 회복 이후 나는 다시 혼자가 되었지. 더이상 고통과 고독을 나눌 동지가 없어진 거야. 네가 부활한 것을 누구보다 축하하고 기뻐하지만 또다른 한편으로는 섭섭하고 너처럼 회복하지 못한 내가 너보다 의지가 없는 것 같아 참 못나 보이더라.

그래서 그런 걸까. 언젠가부터 나는 너를 피하게 되었고, 가끔씩 걸려오는 전화에 안부를 묻고 이야기를 나누긴 하지만 예전 같지는 않더라.

나도 기다리고 있어.

언젠가 나도 너처럼 다시 부활할 날을…….

그게 언제가 될지 모르겠지만 말이야.

그래도 축하한다.

(굳이 구체적인 유병률有病律 수치를 들먹이지 않더라도) 우리나라 사람 열 명 중 적어도 한 명은 정신적인 문제를 갖고 있습니다. 가족이나 가까운 친구 중에 공황장애나 우울증처럼 흔한 질환으로 고생하고 있는 사람 한두 명쯤은 있게 마련이고요. 요즘은 텔레비전에 나와서 자신이 공황장애를 앓고 있다는 이야기를 스스럼없이 털어놓는 세상이니, 정신과 질환으로 고통받는 사람 한두 명쯤은 누구나 알고 있는 셈입니다.

공황장애에서 비교적 어렵지 않게 벗어나는 사람도 있고, 치료가 잘 되지 않는 환자도 있습니다. 좋아진 줄 알았는데 재발하는 경우도 많고요. 공황장애 환자의 세 명 중 한 명은 재발 없이 좋아지지만 나머지 환자들은 호전과 악화를 반복합니다. 심지어는 공황장애가 치료되었다고 하더라도 잔여 증상이 남아서 그 사람을 괴롭히는 경우도 있습니다.

제가 개인적으로 잘 아는 의사 선생님 한 분도 공황장애 때문에 오랫동안 고생을 했습니다. 이분은 동료 의사의 지시대로 약도 잘 먹고, 술 담배 다 끊고, 매일매일 운동도 규칙적으로

157

했습니다. 정말 교과서처럼 치료를 잘 따랐던 분입니다. 모범적으로 생활하고 치료 규칙 역시 잘 지켰던지라 공황장애 증상은 비교적 빨리 호전되었습니다. 공황 발작은 더이상 나타나지 않았고, 약을 중단해도 되는 상태까지 이르렀습니다. 이렇게 좋아졌는데도 자신은 만족하지 못하겠다고 했습니다. '공황장애를 앓기 이전에는 느끼지 못했던, 뭔지 모를 찜찜한 느낌'이 자신을 계속해서 괴롭히고 있다고 했습니다. 공황장애를 앓기 전과 다른 사람이 된 것 같고, 후유증 같은 것이 남아버려서 이 병을 앓기 이전의 좋은 상태로는 영원히 돌아가지 못할 것만 같아 불안하다고 했습니다. 겉으로 보면 아무렇지 않고, 하루하루 그 누구보다 잘 지내는 것 같은데도 말입니다.

꼭 공황장애라는 질환을 갖고 있지 않더라도 공황은 누구나 생길 수 있는 증상입니다. 스트레스 받고 몸이 피곤하고, 수면 부족에 시달리는 상황에서는 공황장애가 아니라, 일시적인 공황 증상을 경험할 수 있습니다. 마감 시간은 다가오는데 기획서는 완성 못했고, 상사의 호통치는 목소리가 들릴 것 같을 때 갑자기 심장이 두근거리고 숨이 멎을 것 같다고 해서, 공황장애라고 단정해버리면 곤란합니다. 피로가 쌓인 상태에 압박감까지 겹치면 감각이 예민해져서 (큰 질병이 없어도) 누구에게나 이런 증상이 일시적으로 생길 수 있습니다. 이런 '정상적인 증상'을 비정상적 질환으로 오인해서 스스로 불안을 키우는 경우도 드물지 않게 봅니다.

많은 공황장애 환자들이 '나만 이런 것 아니야?' '왜 나만 이렇게 힘들지?' 하고 자기만 유독 비참하고 끔찍하며 용납될 수 없는 문제를 갖고 있다는 생각 때문에 괴로워합니다. "다른 사람은 다 멀쩡히 차도 타고 여행도 잘 다니는데 나는 조금만 스트레스 받으면 공황장애가 재발해!"라고 한탄하기도 하고요. 어떤 환자들은 자기 자신을 사회적으로 고립시켜버리기도 합니다. "나만 이상한 병에 걸린 것 같고, 나만 문제가 있는 사람처럼 느껴져서" 아예 스스로를 외부와 차단시켜버리는 거죠.

사람들은 근본적으로 크게 다르지 않습니다. 다른 사람들은 다 멀쩡한 것처럼 보여도 그 속을 한 꺼풀 벗겨놓으면, 약한 부분, 흠집난 부분, 모난 부분, 병든 부분을 누구나 갖고 있게 마련입니다. 겉으로 보면 건강하고 정신적으로 성숙해 보이는 사람이라도 속속들이 알아가다보면 '그 사람도 나와 별반 다를 것이 없네'라는 생각에 이르게 됩니다. 그 사람을 폄하하는 것이 아니라, '인간이라면 그 누구도 삶의 고통에서 자유로울 수 없다'는 것을 깨닫게 되는 것이지요.

정신과 의사 노릇을 한 지 십오 년이 되었습니다. 그동안 많은 사람들을 만나고, 많은 사람들의 이야기를 들었습니다. 영화에서나 있을 법한 일들이 현실에서도 일어나는구나, 하는 것을 깨닫게 해주는 사연들도 많이 접했습니다. 겉으로는 화려해

보여도 마음은 병들어 있는 사람들, 먹고사는 것은 문제가 없지만 마음은 언제나 허기진 사람들, '도저히 이겨낼 수 없을 것 같은 트라우마'를 겪고도 꿋꿋이 살아내는 사람들도 많이 봤습니다. 그러면서 이런 생각을 하게 되었습니다.

'사람들은 살아가는 동안 누구나 같은 양의 고통을 겪어야만 하는구나. 그리고 하늘이 자신에게 정해준 고통의 몫을 사는 동안 반드시 다 겪어야만 하는 것이 아닐까. 그리고 그것을 다 겪고 나면 죽음이 찾아오는 것 아닐까.'

자신의 고통이 유일하게 자기만 지닌 것이 아니라 다른 사람에게도 있는 공통적이라는 것을 발견하고 '같은 배를 타고 있다'는 안도감을 느끼는 것을 정신과 치료에서는 '보편성 universality'이라고 부릅니다. 심리적 문제나 괴로움을 가진 사람들이 둥글게 모여 앉아 자기 이야기를 하고, 다른 사람의 말을 듣기도 하고, 중간에 있는 치료자가 그 과정을 조율해나가는 모습을 영화나 드라마에서 한두 번쯤 보았을 겁니다. 이것이 치료적인 효과를 나타내는 이유도 집단으로 모여서 상담을 하는 과정이 사람들의 내면에서 보편성을 촉진시키기 때문입니다.

'내 고통은 다른 사람의 그것과는 비교할 수 없을 정도로 괴로운 것이다'라는 착각에서 벗어나지 못하는 것은 (의식적으로는 아니라고 하더라도) 자기 자신을 너무 특별한 존재로 여기고 있거나 특별한 존재가 되고 싶어하는 욕망의 삐뚤어진 표현일 수도 있으니까요.

내 모든 것이
당신을 위한 것이었으면
좋겠습니다

김동영

내 얼굴이 등 푸른 생선처럼 활기가 있어 보였으면 좋겠습니다.

내 목소리가 멀리 퍼져나가는 메아리였으면 좋겠습니다.

내 심장의 박동이 부드러운 울림이 되어 당신 가슴에 닿았으면 좋겠습니다.

내 표정이 우울하기만 한 것이 아니라 많은 이야기를 담고 있었으면 좋겠습니다.

내 말들이 당신의 불안과 우울을 몰아낼 주문이었으면 좋겠습니다.

내 인생이 결국 행복하게 막을 내렸으면 좋겠습니다.

내 가슴이 큰 파도를 몰고 오는 바다이기보다 잔잔한 강이 되었으면 좋겠습니다.

내 어깨가 아무나 오르기 힘든 산보단 나지막한 언덕이 되었으면 좋겠습니다.

내 온기가 누군가를 덮혀주는 이불이 되었으면 좋겠습니다.

내 웃음소리가 당신의 이름이 되었으면 좋겠습니다.

내 호흡이 모든 기억이 되었으면 좋겠습니다.

내 시선이 작은 길이 되어 당신에게까지 연결되었으면 좋겠습니다.

내 하얀 셔츠가 아무 구김 없는 평온한 마음이 되었으면 좋겠습니다.

내 입술이 어두운 골목길에서 키스하는 연인의 설렘이었으면 좋겠습니다.

내 곱게 모은 두 손이 당신을 위한 기도였으면 좋겠습니다.

그리고 내가 지금 쓰고 있는 이 글이 우리의 언어가 되었으면 좋겠습니다.

내 모든 것이 당신을 위한 것이었으면 좋겠습니다.

이렇게 나는 하고 싶은 일도 많고 되고 싶은 것도 많습니다. 하지만 언젠가부터 나는 스스로 젊은 날개를 접고 철창으로 된 새장 안으로 들어갔습니다. 그리고 '조만간'이라는 말로 모든 걸 내가 괜찮아졌을 때로 미뤄뒀습니다. 그것은 예쁜 나의 입을 다물게 만들었고 초롱초롱하던 내 눈을 멍하게 만들었고 깨끗하던 마음에 얼룩을 남겼습니다.

하지만 끝난 건 아닙니다. 이런 간절한 바람이 날 더욱 빛을 향하게 만들었고 언젠가 올지 모르는 '조만간'을 눈이 빠지게 기대하게 합니다. 그래서 어쩌면 나는 끊임없이 밝은 세상을 동경하고, 글을 쓰고, 사람들을 소중하게 생각하고, 그리고 더 간절하게 기도하는지 모르겠습니다.

난 계절의 첫날 불어올 바람을 타고 갈매기처럼 다시 창공을 가르며 날아오를 겁니다. 그럼 내가 동경만 하고 아등바등 따라가던 모든 걸 반드시 하게 될 것입니다. '조만간' 말이죠.

입원   김동영

한강이 내려다보이는 종합병원 17층 32병동은 하루종일 고요하기만 하다. 가끔 면회를 오는 보호자들이 있긴 하지만 다른 환자들에게 방해가 되지 않으려고 목소리 낮춰 이야기를 나눈다. 하지만 고요 속에서 그들의 목소리는 분명히 들린다.

32병동은 내과나 외과적인 병으로 오는 곳이 아니기 때문에 다른 병동에서 볼 수 있는 그 흔한 수액이나 깁스를 한 환자들도 없고 고통에 찬 신음 소리도 없다. 그저 수의 같은 하얀색 입원복을 입고 생기 없는 표정으로 자신의 침대에 앉아 멍하니 어딘가를 바라보고 있는 이들이 있을 뿐이다.

그런 곳에서 6주를 보내고 있었다. 내가 한 일은 아무것도 없었다. 책을 읽거나 병실 한쪽에 걸린 텔레비전을 보는 일도 없었고 다른 환자들과 이야기를 나눈 적도 없었다. 그저 나도 다른 환자들처럼 초점 없는 눈으로 창밖을 내다보다 지루해지면 유령처럼 병동을 걸어다니거나 아니면 1층에 있는 화단에 나가 연달아 담배를 몇 개비 피우는 게 하루 일과의 전부였다. 6주를 머물렀지만 내가 치료가 되어가고 있다는 걸 전혀 느끼

165

지 못했다. 그저 숨만 쉬고 있을 뿐이라는 생각만 들었으나 감히 무방비 상태에서 날카로운 세상으로 퇴원할 엄두를 내지 못했다.

간밤 내게 무슨 일이 있었는지 또렷하게 기억하고 있지만 그것에 대해 자세히 되새기고 싶지는 않다. 그저 엄마 배 속의 태아처럼 웅크리고 누워 불안감과 정체를 알 수 없는 공포 그리고 메스꺼움이 가라앉기를 기다렸다. 그녀가 이제는 내 세상에서 사라져버렸다는 상실감과 그 시간을 어떻게 채워야 할지 그리고 앞으로 어떻게 하루를 지내야 할지에 대한 두려움과 막연함으로 나는 돌아버릴 지경이었다. 일 분이 한 시간 같았다. 한 시간이 평생 같았다. 아무리 그녀 없는 시간을 모른 척하려 해도 그것을 회피할 순 없었다. 시간은 그림자처럼 날 졸졸 따라다녔다. 방 안에 있는 시계를 떼어서 세탁실에 뒀다. 휴대전화를 끈 채 거실 소파 위에 던져뒀다. 그래도 시간은 제 방식대로 흘렀다.

그때 내가 할 수 있는 일이라고는 '안 좋을 때'라고 쓰여진 임시약을 먹는 일밖에 없었다. 임시약을 한 알 삼키고 삼십 분을 기다렸다. 그 시간은 너무 더디게 흘렀다. 알 수 없는 떨림은 사라지지 않았다. 또 한 알의 임시약을 먹었다. 역시 떨림은 내 안에 그대로였다. 삼십 분은 되었을 거라고 생각했지만 오분도 채 지나지 않았다.

결국 나는 처방받은 몇십 알의 임시약을 몇 시간 안에 다 먹어버렸다. 그렇다고 내가 괜찮아진 것은 아니었다. 그때쯤 정신을 놓아버린 것 같다.

정신을 차렸을 때 나는 정체를 알 수 없는 소리에 둘러싸여 있었고 마음대로 발가벗겨져 목구멍으로 내 영혼까지 쏠려나올 정도로 구토를 하고 있었다. 그리고 어딘가로 실려갔다. 내가 도착한 곳은 바로 이곳이었다.

몸을 움직일 수도 없었고 겨울 나뭇가지처럼 몸이 떨렸고 이미 부풀어오른 마음이 터져버릴 것 같았다. 하얀 시트를 머리까지 뒤집어쓰고 덜덜 떨고 있었다. 주위로 아버지와 누나들의 걱정 어린 목소리가 들렸지만 나는 그것에 신경쓸 수가 없었다.

내 몸 내 마음마저 자폭했고 결국 내 세상이 끝장나버린 것 같았다. 얼마나 그렇게 있었는지 모른다. 하루, 이틀, 사나흘 아니면 그 이상.

상태가 호전되자 그들이 날 찾아왔고 내게 끊임없는 질문을 해댔고 가끔은 대안 없는 뻔한 말로 날 도발하기도 했다. 그렇게 난 정신병원에 입원하게 되었다. 그곳에 머무는 건 날 더욱 약하게 했고 결국 내가 미쳐버렸구나, 라는 생각이 들게 만들었다.

나는 이십대 초반 이 년 동안 정신병원에서 조무사로 일한 적이 있었다. 그때 내가 일했던 곳은 폐쇄병동이었다. 밖으로 나가려면 문을 세 번이나 열어야 했고 방과 복도 그리고 심지 어는 화장실이나 샤워실에도 CCTV가 있는 곳이었다. 그리고 문제를 일으킨 환자들을 격리시키는 집중치료실이라고 불리는 일인실도 있었다. 그나마 내가 입원한 곳은 폐쇄병동이 아닌 개방병동이라 모든 게 자유로웠지만 생기 없고 절망적인 분위 기는 비슷했다.

하루아침에 관리자에서 환자가 되어 정신병원에 입원했다 는 사실이 내게는 나름 충격이었다. 모든 일은 예전 나의 환자 들이 그러했듯 간호사나 의사와 상의해야 했다. 이런 내 모습 에 스스로 주눅이 들어버렸다.

나도 내가 이렇게 될 줄은 몰랐다. 믿을 수가 없었다. 모든 게 재미없는 농담 같았다. 그리고 처참했다. 그나마 위로받을 수 있었던 건 내가 복용하는 약도 아니고 상담 치료도 아닌 가끔씩 찾아오는 친구들이었다.

쌍욕을 하며 나를 책임져주겠다는 친구, 취침 시간이 넘은 늦은 밤 내가 배고플까봐 빵을 사 가지고 멀리서부터 온 친구, 며칠에 한 번씩 들러 특별한 대화도 없이 옆에 앉아 있어준 선 배, 병원 주변을 차로 열 바퀴도 넘게 돌면서 말없이 담배를 피 워준 친구, 불 꺼진 병동에서 같이 휠체어로 레이싱을 해준 동 기, 새벽 두시에 양주를 가지고 와서 이거 마시면 다 나을 거라며 술을 권한 커플, 시도 때도 없이 구토할 때마다 내 등을 두들겨준 친구, 그리고 몰래 탈출시켜 심야 영화를 보여준 친구까지 하나같이 평범하지 않은 배려였지만, 그들을 통해 내가 누군가에게 관심받고 필요 있는 존재라는 사실에 위로를 받을 수 있었다.

이런 배려 때문일까? 나는 7주째 되는 날 퇴원을 했다. 하지만 아무도 내 상태에 확신을 할 순 없었다. 내가 가진 병은 그런 것이기 때문이었다. 나는 그렇게 불안정한 모습을 하고 다시 집으로 돌아왔다. 병원 문을 나섰을 때 나는 두려웠다. 내게 무슨 일이 일어날지 몰랐기 때문이었다. 그래도 이번 일을 통해 친구들과 가족의 사랑을 봤다. 그리고 다시 한번 이런 일이 일어난다면 분명 그들은 날 외면하기보단 내 곁에 머물러줄 것이라는 걸 알기에 나는 조금이나마 안심할 수 있었다.

나는 천천히 부활했고 지금은 보통의 삶을 살고 있다. 물론 그 이후로 몇 번 더 입원했고 지금도 가끔은 아슬아슬한 순간을 보내고 있다. 하지만 첫 입원 때만큼 두렵지는 않다. 누구나 어떤 식으로 참을 수 없는 순간이 찾아오지만 시간이 멈추는 법이 없는 것처럼 그 역시 지나갈 테고, 어떤 식으로든 원래의 삶으로 돌아갈 수 있다는 사실을 알게 되었으니깐.

그리고 날 자폭하게 만들었던 그녀는 아이를 낳았다. 물론 다른 사람의. 하지만 난 이제 괜찮다. 가끔 가슴이 아려오는 건 사실이지만 그래도 그때만큼 최악은 아니다. 시간도 제대로 흘러가고 있다. 물론 가끔은 빠르게 또 가끔은 느리게 흐르긴 하지만 그것 역시 견뎌낼 수 있게 되었다.

결국 내가 알게 된 건 그 당시 세상은 내가 감당하기에는 셌고 나는 그보다 약했다는 것이다. 이제는 강하든 약하든 난 신경쓰지 않고 지금 순간을 즐기기로 했다. 슬프면 슬픈 대로 좋으면 좋은 대로.

삶이 막 헝클어져 있을 때, 컴퓨터처럼 껐다가 다시 켤 수 있으면 어떨까, 하고 상상할 때가 있다. 제대로 거절하지 못해서 이런저런 약속들이 쌓여갈 때. 내 입으로 차마 못하겠다고 하지 못해서 원하지도 않은 일을 맡게 될 때. 꼴도 보기 싫은 사람을 봐야만 할 때. 할 일은 쌓여 있는데, 몸도 마음도 따라주지 않을 때. 그렇지만, 이 모든 것에 대해서 "더이상 못하겠다"고 선포할 용기가 나지 않을 때. 삶에서 나만 쏙 빠져나와서 어디에 숨어 있다가 파도가 잠잠해진 뒤에 짜잔 하고 나타날 수 있으면 좋겠다고 바라기도 한다. 용기가 없고, 책임지기 싫고, 껄끄러운 일들을 내 손으로 처리하기 싫고, 그래서 모든 것으로부터 벗어나고 싶을 때가 있다. 마음의 짐들은 쌓여가는데, 그 마음이 무거워 꼼짝할 수 없고 그냥 어디론가 숨어버리고 싶을 때, 그럴 때가 있다.

입원한다는 것 자체가 갖는 심리적 의미는 사람마다 다르다. 입원한다는 것을 인생에 오점을 남기는 것이라고 여기는 사람이 있다. 메울 수 없는 흠집이 나고, 그것을 숨기려 해도 절대로 숨길 수 없고, 다른 사람들에게 커다랗게 드러나는 흉터처럼 여기기도 한다. 이런 사람은 입원을 사회적 죽음처럼 여긴다.

휴대전화 배터리를 재충전하듯 현실에서 다시 힘을 내 살아가기 위해서 입원이 필요한 사람도 있다. 그냥 내버려두면 망가질 것이 분명하니, 입원해서 삶을 재구축해나갈 수 있도록 도움을 받아야 하는 것이다. 일부는 도망치듯 입원을 선택하기도 한다. 현실이라는 가시에 찔리고 또 찔려서, 그곳에 계속 있다가는 마음을 더 다칠 것 같으니 어떻게든 벗어나고 싶어하는 것이다. 더이상 다치지 않도록, 보호받고 싶어서 입원을 원하기도 한다.

그에게 입원은 어떤 의미였을까. 자살하고 싶은 충동에 휩싸여 있었던 것도 아니었다. 죽고 싶은 마음이었던 것도 아니었다. 숟가락 하나 제대로 들지 못할 정도로 지쳐 있었던 때도 있었고, 그렇지 않았던 때도 있었다. 스스로를 감당하지 못해서 잠깐 정신줄을 놓듯 통제력을 잃고 입원했던 때도 있었고, 오히려 의식의 명암이 더 선명했던 적도 있었다. 어쩔 수 없이 입원했을 때도 있었고, 그가 원해서 입원했던 적도 있었다. 많은 일들을 감당하기 힘들어서, 잠시 내려놓고 싶다는 마음이었던 적도 있었다. 어느 쪽이었든 상관없이, 그에게 입원한다는 것은 어떤 의미였을까? 그가 바랐던 것은 무엇이었을까?

반드시 입원을 해야만 하는 상황도 있었지만, 그렇지 않았던 때도 있었다. 입원이 필수가 아니라, 선택의 문제였던 적도 있었다. 그에게 "입원을 통해서 얻을 수 있는 것이 없을 거다"라는 말을 했던 적도 있었다. 퇴원할 때 마음에 뭔가를 가지고 돌아갈 수 있을 것 같으냐고 물었던 적도 있다. 입원한다고 해서, 그리고 퇴원을 한 뒤라고 해서 삶은 달라지지 않을 것이며, 어쩌면 시간이 흐르는 동안 삶의 무게는 더 커져 있을 수도 있을 거라 말하기도 했다. 지금 당장 피한다고 해서 달라질 것은 없으니, 지금 그 자리에서 버텨내보라고도 했다. 그의 입원을 탐탁지 않게 여겼던 적도 있었다.

그는 매번 이겨내지 못할 정도로 잔뜩 짐들을 쌓아올린 뒤에, 감당할 수 없는 수준이 되면 어디론가 숨어버리곤 했다. 그것을 제 손으로 처리할 힘도 없고, 그리고 "나는 못하겠습니다. 죄송합니다" 하고 모든 책임을 혼자 감당할 만큼의 여유도 없었던 상황. 그래서 어디론가 사라지고 싶을 때, 입원이 그에게는 하나의 도피처였다. 그가 내 말을 어떻게 받아들였을지는 알 수 없지만, "현실에서 당신만 쏙 빠져나오고 싶은 것이냐"고 묻기도 했던 것 같다.

당당하게 맞서라고, 괴로워도 참아보라고, 견디는 힘을 길러야 한다고 말하지만 이게 말처럼 쉽지 않다. 어느 책 제목처럼 미움받을 용기를 가질 수 있다면 좋겠지만 이게 그렇게 쉬운 일이 아니다. 상처받고 괴로울 때는 모든 것으로부터 도망가고 싶은 마음이 먼저 드는 것, 이게 보통 사람의 마음이 아닐까. 당당하게 맞서 싸울 수 있다면 좋겠지만, 의욕도 없고 그럴 기분도 나지 않아 그냥 피해버리는 것. 주저하지 않고 용기 내어 부딪혀가며 견뎌내고 싶지만, 이미 닳을 대로 닳아버린 마음에 더 상처받으면 무너질 것 같아 도망가고 싶어지는 것. 강건한 마음으로 세상의 스트레스를 받아내고 극복하는 것보다 회피하고 도피하고 싶은 마음이 인간의 자연스러운 본능에 더 가깝지 않을까.

사람들은 모두 확인받고 싶어한다. 내가 잘 살고 있는지, 나의 삶은 어떤 의미가 있는지를. 내가 손을 내밀었을 때 내 손을 놓지 않고 꼭 잡고 있어줄 사람이 있기를 바란다. 힘들 때마다 그런 사람이 나를 외면하지 않고 받아주기를 간절히 바란다. 그리고 이런 바람들을 눈으로, 손으로 직접 확인받고 싶을 때가 있다. 마음이 약해지고 지쳤을 때, 가슴에 온기가 사라졌을 때, 이런 마음은 더 커진다.

그가 입원해야만 했을 때는 이런 확인이 그의 삶에 필요했던 순간이 아니었을까. 이래저래 마음이 다치고, 정신없이 일에만 빠져 있고, 감당하기 힘든 고통이 찾아왔지만 어떻게 해야 할지 앞이 잘 보이지 않을 때…… 그에게 사랑하는 가족이 있고, 손을 내어줄 친구도 있고, 온기로 감싸안아줄 사람도 있다는 것을 그는 너무 잘 알고 있었을 테지만 지치고 힘들어서 그 것을 몸으로 다시 한번 확인받아야만 했을 거다. 적어도 그에 게 입원을 한다는 것은, 그런 의미였을 것이다.

황홀하고
치명적인
알맹이들

김동영

비 온 후 날이 갠 하늘에 떠 있는 흰 구름색 알맹이는,

어느 날 텔레비전 속 그녀가 당신에게 사랑을 고백하거나 길 위의 모든 사람들이 당신을 힐끔힐끔 쳐다보는 것만 같을 때, 그리고 분홍색 코끼리가 아무도 간 적 없는 잃어버린 도시로 당신을 태우고 다녀왔다는 생각이 들 때. 가능한 한 빨리 이 알맹이를 삼켜야 합니다.

물론 당신이 글을 쓰거나 그림을 그리거나 다른 예술적인 창조 작업을 한다면 끝없는 영감을 내줄지도 모르지만 이 상태에 오래 빠져 있다보면 당신이 만들어내는 환각의 세계 안에 영원히 갇혀버릴 수도 있습니다.

하지만 이 알맹이를 복용하고 나면 우주인이 26개월 동안 우주정거장에 머물다 지구로 귀환한 것처럼 중력이나 시간에 적응하지 못하게 될 수도 있고 히트텍처럼 자체 발열작용을 하거나 입안이 마르는 증상들이 나타날 수도 있으니 틈틈이 껌이나 사탕을 이용하여 침이 분비되도록 합니다.

　* 하루 2번, 아침·저녁에 복용

잘 익어 이제는 썩기 직전의 살구색 알맹이는,

보통 사람에게는 고통이나 자극이라고 느껴지지 않을 미세한 것이 당신에게는 거대한 고통으로 다가올 때. 혹은 필요한 물건이 있어 슈퍼에 갔다가 순간 당신이 왜 이곳에 왔는지 잊어버려서 당황했을 때. 갑자기 모든 게 무너져내릴 것만 같고 그 자리에 당장이라도 쓰러져버릴 것만 같을 때 복용하십시오.

단, 이 알맹이를 복용하고 술을 마시면 당신이 기억하지 못하는 사이에 또다른 자아가 있다는 걸 경험하게 해줄 것입니다. 그리고 공부나 일을 할 때 절대 한자리에 십 분 이상 앉아 있지 못하게 만드는 아주 산만한 알맹이입니다.

우리집 맞은편 빌딩의 콘크리트색 알맹이는,

궂은 날씨에 태양을 가린 구름 때문에 우울하고, 맑은 날씨에는 눈부신 햇살 때문에 세상을 증오하고, 당신의 어깨를 툭하고 치고 간 남자를 미워하고, 또 복도에 울리는 여자의 구두 소리가 거슬려 그녀의 콧대 높은 힐을 부러뜨리고 싶다는 욕구가 100퍼센트로 상승했을 때, 그리고 그런 생각을 하는 자신이 한심하다 느껴져 스스로 머리통을 날려버리고 싶을 정도로 분노 조절이 되지 않을 때 이 알맹이를 권합니다. 그러지 않는다면 어쩌면 당신은 내일 신문의 사회면을 장식할지도 모르니까요.

이 콘크리트색 알맹이를 복용하고 나면 2주나 3주 후에 평소 같은 평온한 상태로 돌아가지만 독하기 때문에 대신 소화 불량, 이유 없는 구토, 본인도 모르게 침을 흘리거나 고무줄처럼 늘었다 줄었다 하는 체중 변화 등 별별 지질한 증상을 담보로 해야 합니다.

* 하루 2번, 아침·취침 전 복용

엄마가 해주신 하얀 쌀밥 같은 알맹이는,

언제 끊어져도 이상하지 않을 약한 신경을 질긴 고래 힘줄처럼 만들어줍니다. 잠자는 법을 잃어버렸거나 정체를 알 수 없는 두통과 소심함 혹은 예민함에서 비롯된 모든 증상으로부터 탈출하게 만드는 기적의 알맹이입니다.

하지만 너무 많이 먹거나 술이랑 같이 먹으면 당분간 눈을 뜨지 못할 수도 있습니다.

* 하루 3번, 식사 후 30분에 복용

스타트랙의 우주선 모양을 닮은 하얀색 알맹이는,

몸도 머리도 무겁기만 하다가 갑자기 엿가락처럼 늘어질 대로 늘어진 것만 같을 때. 아무리 자도 자도 잠에서 헤어나오지 못할 때 그리고 이런 처지를 스스로 혐오조차 하지 못할 정도로 무기력한 상태에 빠졌을 때 드십시오. 마치 카페인 높은 스타벅스의 블랙커피 여섯 잔과 핫식스 두 캔을 한번에 들이켠 것처럼 번쩍 눈이 뜨이고 온몸에 에너지가 충만해집니다.

하지만 그 에너지가 떨어지면 더 깊은 잠과 무기력함에 빠지며 좀더 많은 스타트랙을 먹어치워야 할 것입니다.

> * 아주 아주 아주 아주 가끔. 아니면 아예 시작하지도 말 것. 정 급하다면 이 스타트랙 우주선 모양을 반 토막 내서 복용하시길.

맑은 파란 하늘색의 알맹이는,

선악과처럼 치명적이고 매력적입니다. 당신에게 잃어버린 생기와 육체적 정신적 매혹을 선사하고 잃어버린 자신감을 되찾아줄 겁니다. 이 알맹이만 있으면 당신은 거리에서는 카리스마 있는 사람이 되고, 침대에서는 왕이 됩니다. 절대 쓰러지지 않고 마치 1,000년을 기다려온 화산처럼 활활 타오를 겁니다.

그러나 자주 이 알맹이의 마법을 빌린다면 당신의 심장과 뇌는 풍선처럼 터져버려 평생을 침대에서 보낼 수도 있습니다.

> * 당신의 사랑하는 이웃과 침대에 오르기 전

무조건 주의

이 알맹이들은 저마다 용량이 있습니다. 그렇기에 각각의 사람과 증상마다 다른 용량을 복용해야 합니다. 쉽게 구할 수도 없는 것들이지만 무조건 주치의와 상담을 통해 처방받으십시오! 반드시!

사람들은 정신과 약을 무서워합니다. 요즘은 인식이 많이 바뀌었다고 하지만, 정신과 약에 대해서는 여전히 두려움을 갖고 있습니다. 불안한 마음을 조금이라도 잠재우고 싶은 열망 때문에 "치매 걸리는 것 아니냐, 한번 먹으면 평생 먹어야 하는 것 아니냐, 약 먹고 오히려 사람이 이상해지는 것 아니냐" 하며 걱정을 쏟아내기도 합니다. 의사 입장에서는 환자들이 정신과 약에 대해 편견을 갖고 있다고 말하기도 하지만, 환자 입장에서는 단순하게 '편견'이라고 말하는 것이 오히려 불쾌할 수도 있을 것 같습니다.

그러다보니 (다른 의사들도 다 마찬가지이겠지만) 저는 약을 처방하면 많은 시간을 들여서 자세하게 설명해주려고 애를 쓰는 편입니다. 시간이 걸리더라도, 이 약은 왜 처방하고 저 약은 왜 먹어야 하는지 그리고 어떤 부작용이 있는지 환자가 충분히 이해했다고 느낄 때까지 반복해서 설명해주기도 합니다. 환자의 마음에 조그만 의문도 남지 않기를 바라는 마음에서 말이죠. 그리고 진료 끝에는 항상 "더 궁금한 것이 없냐, 무엇이든 물어보라"고 다시 확인합니다. 하지만 아무리 설명하고, 또 설명하고, 다시 확인해도 약을 받아든 환자가 느끼는 '정신과 약'에 대한 불안은 완전히 사라지지 않을 겁니다.

가끔은 제가 열심히 설명했다고 여겼지만 "기억이 나지 않는데요. 그런 말씀을 하신 적이 있으나요?" 하며 어리둥절하다는 표정을 짓는 분도 있고, 처음에는 제대로 이해하지 못했다가 나중에서야 "아, 그런 뜻이었나요?" 하고 의아해하는 환자를 만나기도 합니다. 그럴 때마다 '아, 그래도 내가 명색이 정신과 의사인데 이 정도밖에 설명을 못했나!' 하며 자괴감에 빠지기도 합니다.

물론, 압니다. 전달자와 수신자가 똑같은 메시지를 주고받는 일은 현실의 의사소통에서는 일어나지 않는다는 것을요. 그리고 의사소통에서는 항상 잡음과 오류가 끼어들게 되어 있다는 것도요. 그래도 의학에서의 의사소통은 이런 오류의 가능성을 최대한 배제시켜야 하는 것일 텐데, 이게 쉽지가 않습니다. 노인을 주로 보는 정신과 의사는, 이런 이해의 문제가 아니라 청력이 떨어진 환자가 제대로 듣지 못해서 답답해하기도 합니다. 귀가 잘 들리지 않는 환자에게 설명하느라 "갈수록 내 목소리가 커져"라며, 직업병이 생겼다고 푸념하기도 합니다.

그런데, 오류가 아니라, 약을 받아간 사람이 마음속에 약에 대한 자기 나름의 환상을 갖고 있다면 어떻게 될까요? 환상이라고 하면 과한 표현일 수 있으니, '기대'라고 바꾸어 표현하는 것이 맞겠군요. 그리고 그 기대가 긍정적인 작용을 할 수 있다면요? 이런 기대를 최대한 활용하는 것이 '플라세보 효과'입니다. 가짜약을 주어도 그것을 복용하는 환자가 강한 믿음이나 기대를 갖고 있다면 실제로 약의 효과가 나타나는 것이지요.

모든 약에는 플라세보 효과가 개입되기 마련입니다. 정신과 약에는 두말할 나위도 없고요. 때로는 플라세보를 활용하기도 합니다. 플라세보 효과는 단순한 심리적 믿음이 아니라, 뇌의 화학적 변화를 일으키는 생물학적 현상입니다. 플라세보 효과가 나타나는 경우, 뇌의 혈류와 화학 작용도 달라진다는 것이 뇌영상 연구를 통해 증명되었습니다.

새로운 약이 개발되면, 가짜약을 투여한 사람과 진짜 약을 투여한 사람의 치료 효과를 비교하는 연구를 합니다. 진짜약을 투여받은 사람이 가짜약을 복용한 사람에 비해 통계적으로 유의미하게 치료 효과가 좋은 경우, 그 약에 효능이 있는 것으로 증명되죠. 항우울제로 이런 임상 실험을 했을 때, 진짜 항우울제는 환자 중 약 70퍼센트에서 유의미한 반응을 보입니다. 그런데 가짜약을 먹어도 우울증이 호전되는 환자의 비율도 30~40퍼센트에 이릅니다. 놀랍지 않나요? (이것을 약을 먹지 않아도 좋아질 수 있는 것 아니냐며 단정적으로 받아들이지는 않았으면 좋겠습니다.)

이렇게 가짜약에도 효과가 나타나는 것은, 사람이 마음속에 어떤 기대를 품고 있느냐에 의해 결정됩니다. '내 손에 쥐어진 흰색, 살구색, 콘크리트색, 그리고 하늘색 알맹이들이 내 몸과 마음에 이렇게 작용하리라' 하고 기대하는 것이 실제로 그런 효과를 가져오는 것이지요. (무슨 종교도 아닌데) 믿으면 믿을수록 그 믿음이 실제가 될 가능성이 높아지는 겁니다. 그래서 저는 항상 기도하곤 합니다. '내가 처방한 약이 좋은 인상을 심어줄 수 있기를' 하고 말이죠. (좀 엉뚱한 상상이기는 하지만) '내가 처방한 작은 알맹이들을 손에 쥐고 있으면 마치 멋진 사람과 데이트하는 것 같은 느낌이 들기를' 하고 상상하기도 합니다. (물론 이런 생각을 하는 환자분은 없을 테지만요.)

하지만, 약에 대해서 조심조심하는 마음도 절대로 잊어서는 안 됩니다. 고대 그리스어에는 '파르마콘Pharmakon'이라는 말이 있습니다. 파르마콘은 인간에게 도움이 되기도 하지만 해가 되기도 하는 것을 일컫습니다. 철학자 플라톤은 글을 파르마콘이라고 했다고 하죠. 그는 문자나 언어는 인간에게 도움이 되기도 하지만 동시에 방해가 된다고 여겼기 때문입니다. 파르마콘은 약이라는 의미도 있지만 독이라는 모순된 뜻을 그 속에 모두 갖고 있습니다. 약국을 뜻하는 파머시pharmacy도 이 말에서 유래했죠. 약은 그 어원에서조차 약이기도 하고 독이기도 하다는 뜻을 모두 품고 있습니다. 어원만 그런 것이 아니라 실제 작용도 그렇습니다. 부작용 없는 약은 세상에 존재하지 않으니까요. 무엇이든 항상 좋거나 항상 나쁜 것은 없습니다. 내가 기대하는 작용이 나올 때도 있지만 예상하지 못했던 반응 때문에 괴로울 수도 있습니다. 이것은 그 누구도 피해갈 수 없는 현상입니다.

그래도 되도록 좋은 상상과 기대를 끝까지 품고 있었으면 좋겠습니다. 잊었던 삶의 활력이 다시 돌아오기를 간절히 희망하며 '황홀하고 치명적인 알맹이'들을 꿀꺽 하고 넘겼으면 좋겠습니다. 기대와 믿음이 약과 긍정적인 화학 반응을 일으킬 수 있었으면 좋겠습니다. 저는 그렇게 되기를, 항상 기도합니다.

정오의 우울

김동영

봄의 첫날. 겨울의 우울하기만 했던 구름은 걷혔다. 낮게만 불어오던 찬바람이 오늘은 사람들의 머리를 스치고 불었다. 그리고 햇살이 비춰 회색빛 도시를 모처럼 바닷가 모래알처럼 반짝이게 만들었다. 거리는 오랜만에 새 계절의 설렘으로 가득찼다.

나는 모든 거리를 걸었다. 몸은 가벼웠지만 한편으로 마음은 바람에 날아갈 것만 같은 빨랫줄에 걸린 하얀 침대 시트처럼 아슬아슬했다. 모든 것이 새롭게 소생하는 봄날에도 나의 우울은 여전히 내 안에만 머물고 있었다. 어지러웠다.

사람들이 만들어내는 들뜬 분위기 그리고 머리 위의 햇살이 날 그렇게 만들었다. 모두 마법 같은 이 시간에 탄성을 자아내고 겨우내 덮고 있던 모든 걸 내던져버린 것처럼 홀가분해 보였다. 하지만 나는 그런 분위기에 어쩔 줄 모른 채 입고 있던 검은 겨울 코트 안으로 몸을 더 파묻었다.

분위기에 휩쓸리고 싶었다. 그들의 미소가 마음에 들었고 얇은 옷차림이 부러웠다. 하지만 나는 여전히 지독히 길었던 파리의 우울에 머물러 있었다. 얼마나 더 시간을 보내야 나는 그들처럼 될 수 있을지 모를 일이었다.

　나는 생각했다. 나말고도 이 거리에 우울한 사람이 더 있을까?

　그 정오, 난 혼자 우울한 남자라고 생각했다.

　내 인생에도 봄이 오길 고대했다. 길고 더뎠던 겨울 동안 이 시간을 얼마나 고대했는지 모른다. 날이 따뜻해지면 다시 태어난 것처럼 괜찮아질 줄 알았다. 봄은 왔지만 나는 달라진 것이 하나도 없었다. 뭐가 그토록 날 우울하게 만드는지 알 수가 없었다. 언제부턴가 내 우울에는 이유가 사라졌고 나는 우울 그 자체였다. 그냥 태어나면서부터 우울과 나는 같이 나이를 먹고 있는 것만 같았다.

　그때 나는 세상 모든 것이 우울할 거라고 생각했다. 잘 곳을 찾아 어슬렁거리는 고양이들도 때론 우울할 테고, 앞만 보고 길을 걷는 오래된 연인도 때론 우울할 테고, 미용실에서 손님을 기다리는 헤어드레서도 때론 우울할 테고, 사무실에 앉아 창을 내다보는 저 사람도 때론 우울할 테고, 손톱을 붉은색으로 예쁘게 칠한 여인도 때론 우울할 테고, 매일매일 같은 길만 다니는 버스도 때론 우울할 테고, 스타킹 올이 나간 저 여자도 때론 우울할 테고, 폐지를 주우려고 동네를 다니는 허리가 굽은 할머니도 때론 우울할 테고, 그리고 도로에 심어진 가로수도 때론 우울할 것이다.

하지만 왜 유독 나의 우울만이 다른 것에 비해 거대하고 선명한지 나는 안다. 아프면 어리광이 심해진다. 모든 상황이 내게만 유난히 거대하게 다가온다. 아니 어쩌면 사람들이 말한 것처럼 혼자인 사람에게 냉혹할 정도로 파리는 우울하고 외로운 도시라 그럴지도 모른다.

파리는 절대 혼자 와서는 안 되는 곳이다. 이곳에선 누구나 옆에 누군가가 있다. 그들은 후회 없을 정도로 사랑을 하고 애정을 확인한다. 내가 파리에 머문 이후로 난 집을 같이 쓰는 몇몇 친구들과 함께 있을 때를 빼고 늘 혼자였다. 서울에 있던 여자친구와도 나의 무심한 때문에 심하게 싸웠다. 나는 잘 맞는 시계처럼 매일 혼자 카페에서 독한 커피를 마시고, 철학자의 길이 있는 공원을 고개를 숙이고 걷고, 늦은 밤 가로등 불이 반사되어 빛나는 센 강에 돌을 던지고, 오픈 시간에 맞춰 미술관에 가서 은퇴한 노인처럼 앉아 있었다. 그때 나는 뭔가 쓰고 싶었지만 내가 알고 있는 말들로는 그 어떤 것도 쓰지 못했다. 그래서 더욱 침울했는지 모른다. 루시드 폴의 노랫말처럼 혼자라는 사실이 때론 낙인처럼 느껴졌다.

봄날의 울렁임이 더 기승을 부리기 전에 집으로 돌아가야 한다. 외로움과 우울의 도시. 파리에 아무런 이유 없이 머문 지 이제 석 달이 다 되어간다. 일정 변경 벌금을 물더라도 가능한 빨리 가방을 싸서 돌아가고 싶다.

그리고 돌아가면 나의 사람들에게 확인하고 싶다. 나만 혼자 우울한 게 아니고, 나만 혼자 외로운 건 아니라고, 그들이 내게 진심으로 말해줬으면 좋겠다.

김병수

사람들은 자신의 기분을 어떻게 인식할까요? 자기 마음속에 있는 감정을 어떻게 인식할 수 있을까요? "내 기분, 내 마음인데 그냥 아는 거지"라고 할 수도 있을 것 같습니다. 그런데 의외로 사람들은 자기감정에 대해서 잘 모르는 경우가 많습니다. 아니 조금 더 정확히는 혼자서 스스로 자기감정의 실체를 파악하지 못하는 경우가 많습니다. 조용히 혼자 앉아서 '내 마음속에는 어떤 감정이 들어 있나' 하고 들여다봐도, 그것을 제대로 인식하지 못하는 것이지요.

봄이 되면 자살률이 높아집니다. 이 현상에 대한 여러 가지 설명들이 있습니다. 그중에 하나가 '봄이 되면 다른 사람들은 다 기분좋아 보이는데 내 마음은 왜 이렇게 우울한 거지' 하며, 눈에 비치는 다른 사람의 행동과 자기 기분을 대조해서 보기 때문이라고 합니다. '다른 사람은 잘 사는데, 내게는 희망이 없어'라고 비교하고, 이것이 자살충동으로까지 이어진다는 겁니다. 자신의 감정조차 다른 사람의 행동에 비추어 판단하는 것

189

이지요. 내가 정말 우울한지, 우울하다면 어느 정도로 우울한 것인지에 대해서 자기 마음의 기준으로 판단하는 것이 아니라 다른 사람의 모습을 통해 평가한다는 겁니다.

스스로는 자기 기분을 정확히 평가하기 힘듭니다. 그냥 우울해하는 것인지, 죽을 만큼 우울한 것인지, 제 스스로는 온당하게 판단하지 못하는 것이 사람입니다. "다른 사람은 어떨까?" 하고 사회적 비교를 통해 자기 정서를 평가하는 것이지요. 내가 잘 살고 있는지, 제대로 못 살고 있는지도, 스스로의 기준이 아니라 사회적 비교를 통해 판단하고요.

다른 사람의 마음을 이해하려고 할 때는 오히려 반대의 현상이 일어납니다. 우리는 다른 사람의 마음을 떠올릴 때 '나라면 그 상황에서 어떤 마음일까? 어떻게 행동했을까?' 하고 자신의 시각에 맞추어 다른 사람의 마음을 이해하려고 합니다. 자기 마음을 통해서 다른 사람을 바라보는 것이죠. 내 생각과 감정이 끼어들어 다른 사람을 있는 그대로 파악하지 못하게 됩니다.

이래저래 사람은 자기 마음도 다른 사람 마음도 있는 그대로 이해할 수 없는 바보 같은 존재에 불과한지도 모르겠습니다.

그녀와
담배

김동영

1

그것이 내 몸안에 자리잡은 이후로 담배가 늘었다. 담배를 피울 때만큼은 내 안 모든 것이 담배 연기처럼 부유하듯 사라지는 것만 같았다. 그래서 불안한 순간, 긴장의 순간, 공포의 순간이 오면 떨리는 손으로 어디서든 담배만 피웠다. 누군가는 그랬다. 그런 나의 모습이 오히려 더 환자 같아 보인다고. 하지만 상관없었다. 만약 그 말을 했던 누군가가 나였다면 한숨 같은 연기를 내뱉고 있을 테니깐.

손끝에 걸린 담배가 타들어간다. 입술로 담배를 가져가 깊게 들이마신다. 내 모든 감정도 깊은 곳까지 빨려들어간다. 그리고 다시 세게 내뿜는다. 연기가 몸안에 퍼지다가 식도를 따라 밖으로 뿜어져나온다. 연기가 공기중으로 퍼져간다. 그 연기를 바라보며 나는 내가 가진 모든 걸 뱉어버린 것만 같다. 그걸 보면 기분이 한결 차분해진다.

담배를 피우는 게 좋다. 불안을 사라지게 만들고 복잡한 마음과 머리를 정리할 수 있어서 담배가 좋다. 그리고 담배를 피

191

우는 순간 내가 주변 어떤 풍경 안에서도 자연스러워질 수 있다는 것 또한 마음에 든다. 또, 담배를 같이 피우는 사람들과 나누는 유대감도 매력적이다.

하지만 담배를 피우면 손끝과 몸 그리고 옷에 퀴퀴한 냄새가 밴다. 그 냄새가 어떤지 설명할 길이 없다. 마치 내 감정의 찌꺼기 같다는 생각이 든다. 아무리 손을 씻고 옷을 빨아도 역한 냄새와 내 몸에 밴 감정의 내음은 사라지지 않는다. 어찌되었든 손끝에는 늘 내 몸의 일부처럼 담배가 들려 있다.

2

담배를 늦게 배웠다. 내가 담배를 처음 피운 건 십여 년 전 예전 여자친구와 함께였다. 그때 난 지금 같은 문제를 가지고 있지 않았다. 그리고 그녀는 지독한 골초는 아니었다. 하루에 몇 개비 박하맛 담배를 피웠을 뿐이다. 나는 그녀가 담배 피우는 모습을 바라보는 게 좋았다. 그리고 그녀를 안을 때 그녀의 몸에서 배어나오는 박하맛 담배 향기를 맡는 것도 좋아했다. 그 냄새는 지금 나의 것과는 달리 은은하고 상쾌했다.

그녀가 내게 담배를 권한 건 아니었다. 우리는 교토와 서울을 오가는 장거리 연애를 했는데, 그녀가 보고 싶은 날에는 그녀가 피우는 박하맛 담배를 피웠다. 그리고 몇 달 만에 만나면 우리는 카페에서, 우리가 좋아하는 야세헤라는 절에서, 그리고 하얀 시트가 깔린 침대에서 서로를 안고 누워 담배를 피우곤 했다. 그녀와 나는 그 시간이 우리가 누릴 수 있는 가장 완벽한 순간이라고 말하곤 했었다. 그렇게 나는 담배를 피우기 시작했다.

3

어머니는 폐암으로 돌아가셨다. 그녀는 담배를 입에 댄 적도 없었고, 옆에 계신 아버지도 담배를 피우지 않았으므로 간접흡연을 한 것도 아니었다. 그런 그녀가 어느 날 폐암에 걸려 지독하게 돌아가셨다. 어머니의 소원은 내가 담배를 끊는 일이었다. 그녀가 생각하기에 담배는 곧 폐암이었기 때문이었다. 어머니는 폐암으로 고통받는 건 자신만으로 충분하다고 생각하셨다. 혹시나 나중에 담배 때문에 내가 그녀와 같은 병에 걸릴까봐 늘 걱정하셨다. 난 어머니를 위해 담배를 끊었다. 나를 위한 것이라기보단 어머니를 위한 일이었다. 당연히 어머니는 내가 담배 끊은 일을 진심으로 좋아하셨다.

결국 어머니는 내가 담배를 끊은 지 몇 개월이 되지 않아 돌아가셨다. 가을에서 겨울로 넘어가는 계절, 어머니의 장례식 날은 유난히 바람이 차갑게 불었다. 어찌나 추웠던지 어머니가 돌아가셨다는 슬픔보다 얼른 이 시간이 끝나고 집으로 돌아가 따뜻한 침대 속으로 기어들어가고 싶을 정도였다.

어머니를 마지막으로 보내드리고 그동안 잊고 있던 담배 한 대가 간절하게 생각났다. 담배 한 대면 내가 느끼는 모든 슬픔이 다 사라질 것만 같았다. 나는 친구들에게 담배 한 개비를 얻었다. 그리고 아무도 보지 않는 주차장 후미진 곳에 가서 쭈그리고 앉아 담배에 불을 붙였다. 오랜만에 피운 담배라 매캐했다. 기침을 했다. 연기가 눈에 들어가서 눈물이 찔끔 났다. 장례식 내내 울지 않았던 내가 담배 한 개비에 눈물을 흘렸다. 갑자기 어머니가 내 세상에서 영원히 사라졌다는 걸 실감했다. 슬퍼졌다. 그리고 두려워졌다. 이 세상을 어떻게 살아가야 하는지 알 수 없었다.

아버지가 계시긴 했지만 나를 있는 그대로 봐주던 어머니의 죽음으로 난 감정적 고아가 된 기분이었다. 울면서 담배를 끝까지 피웠다. 담배는 날 위로해줬다.

그날 이후 나는 다시 담배를 피우기 시작했다. 내가 담배를 다시 피우기 시작한 것이 돌아가신 어머니를 기억하기 위해서는 아니었다. 그저 예전의 이기적인 나로 돌아간 것뿐이었다. 내가 담배를 다시 피우기 시작한 걸 하늘에서 아신다면 분명 어머니는 슬픈 표정을 지으셨을 거다. 하지만 자식은 어떤 식으로든 부모를 실망시키는 존재이기에 나는 조금의 죄책감을 때때로 느끼며 여전히 담배를 피우고 있다.

누구나 마음속에 타임머신 하나쯤은 가지고 있게 마련. 된장찌개를 먹으면 어린 시절 어머니와의 추억이 떠오르고, 묵직하게 잡히는 만년필을 손에 들면 학창 시절 친구가 떠오르고, (조금 유치해 보여도) 〈Yesterday Once More〉를 듣고 있으면 어린 시절 늦은 밤 이불 속에 틀어놓았던 라디오가 눈앞에 아른거리기도 한다. 누군가에게 박하맛 담배가 옛사랑을 지금 이 자리에 소환해내는 것처럼 말이다.

내 마음속 타임머신은 뭐지? 특별히 떠오르는 것이 없지만, 과거의 나로 끌고 가버리는 그런 장소가 하나 있다. 화장터. 화장터를 떠올리면 나는 여섯 살, 그리고 스물세 살을 향해 섬광 같은 속도로 되돌아가버린다.

여섯 살 때 외할아버지께서 돌아가셨다. 생전에 치과의사로 열심히 일하시다 뇌출혈로 돌아가셨다. 여섯 살까지 내 삶의 기억은 외할아버지와 외할머니에 의해 만들어진 것이다. 할아버지 치과에서 장난치고 놀던 일, 그곳에서 나오지 않으려 하

195

면 할아버지께서 세발자전거에 나를 태워 놀아주시던 일. 내가 좋아하는 것이라면 그 무엇이라도 남김없이 내 품에 안겨주시려 했던 그분. 내가 반찬 투정이라도 하면 따뜻한 두 손으로 감싸며 달래주시던 기억. 그런 할아버지께서, 어느 날 갑자기 내 곁에서 사라졌다. 내가 아무것도 모르던, 여섯 살에. 아무 느낌이 없었다. 아무것도 느낄 수가 없었던 것 같다.

화장터라는 곳을 가본 것은, 그때가 처음이었다. 황량한 화장터, 제사상, 알 수 없는 사람들과 울음들 그리고 황량한 나무와 초라한 산자락의 모습, 휑하니 불어오던 바람. 그것들을 잊을 수가 없다.

스물세 살 겨울. 그해는 내 생애 가장 힘든 한 해였다. 그해의 지긋지긋함을 떨쳐버리려고 무던히도 애를 썼던 것 같다. 스물넷의 삶은 달라졌으면 좋겠다는 바람이었는지 (왁자지껄 어울리는 것을 지독히 싫어했던 내가) 과 겨울 엠티를 가게 되었다. 넓은 방에 모두 모여 술도 마시고, 수다도 떨고, 누군가는 기타도 치고, 노래도 불렀던 것 같다. 그때 문을 열고 여자 동기 한 명이 내게로 달려왔다. 그러고는 울먹였다. 선머슴 같긴 했지만 속마음은 여린 친구라, 나는 그 친구에게 무슨 일이라도 생긴 줄 알고 긴장했다. 그런데 그녀는 한마디 말만 하고 더 이상 아무 말도 하지 못했다. "○○이가 죽었대, 어제." 도대체 어떻게 된 일인가. 며칠 전까지 함께 이야기하고 술을 마시던 친구, "조금만 참으면 된다"며 고통 같은 한 해를 견디게 해주었던 그가 죽다니. 그해 늦은 겨울은 내 기억 속에 친구의 죽음으로 남아 있다.

그때 화장터라는 곳을 다시 가게 되었다. 차가운 시신이 든 관을 들고 가는 내내 친구의 어머니는 내 곁에서 울고, 관을 붙들고 놓아주지 않으셨다. 바람은 왜 그리 시리던지, 나무들은 왜 그리 마르고 비틀어져 있던지. 산은 왜 그리 황량한지.

그때 이런 생각을 했다. '너무 좋아하는 것이 있으면, 하느님이 질투해서 그것을 가져가버린다'고. 아무리 설명하려 해도 설명되지 않는 일, 받아들일 수는 없어도 어떻게든 이해해야만 하는 일, 그런 일이 일어날 때마다 나는 이렇게 설명할 수밖에 없었다. 하느님의 질투, 라고.

날 그만
내버려두자

잘하고 싶었다. 내가 원하는 모든 걸.

칭찬도 듣고 싶었다. 그럼 신이 나서 더 잘할 수 있을 테니까.

유명해지고 싶었다. 나의 성공한 친구들처럼.

부자가 되고 싶었다. 돈은 사람을 나이스하게 만들어주니까.

좋은 사람이 되고 싶었다. 그럼 모두 날 사랑해줄 테니까.

누군가에게 동경의 대상이 되고 싶었다. 내가 그들을 그렇게 생각했던 것처럼.

내가 원하고 도달하고 싶었던 것들에도 다가가고 싶었다.

결국 모든 걸 손에 넣고 싶었다. 그래서 더 잘하려고 노력했다. 실수하지 않으려고 발밑을 잘 살폈다. 오해를 만들지 않으려고 말을 아꼈다. 내 손에 쥔 걸 놓지 않으려고 더 꽉 잡고 매달렸다. 항상 내가 할 수 있는 일의 두세 배는 무리해서 했다. 모든 일은 내 손을 거쳐야 한다고 생각했다. 그리고 내 자신에 관대해지는 순간 모든 게 끝이라는 생각에 겸손했고 스스로에게 끊임없이 채찍질을 했다.

나는 교과서에 실릴 대단한 글은 아니더라도 유명해지고 싶었다. 가능한 오랫동안 서점과 도서관에서 찾아볼 수 있는 글이 되길 바랐다. 그리고 그걸 통해 부귀영화를 누리고 싶었다. 내가 만나고 싶어하던 가인도 만나고 싶었고, 좋은 차도 사고 싶었으며, 나의 강아지 오로라가 뛰어놀 수 있는 잔디 깔린 정원이 있는 집에서 살고 싶었다. 위시리스트에 담겨 있는 LP들을 모두 사고 싶었다. 그리고 원할 때 언제라도 어디든 떠나고 싶었다. 그리고 모든 사람에게 사랑받고 싶었다. SNS에 들어가면 사람들이 포스팅해놓은 내 글을 쉽게 발견했으면 좋겠다고 생각했다.

하지만 나의 꿈이 언젠가부터 야심으로 변했다. 그래서 그것에 스스로 내 발에 걸려 넘어지게 되었다. 성공에 대한 집착은 나 스스로를 괴롭혔고 결국 내 발에 내가 걸려 넘어져버렸다. 그건 그 누구의 잘못도 아니었다. 오로지 내 욕심과 야심이 만들어낸 결과였다.

어느 날 난 큰 구덩이에 빠져버렸다. 이제까지 이뤄왔고 가지고 있던 걸 놔버리고 주저앉아버렸다. 그리고 내게 남은 건 기약 없는 어둠의 시간과 줄어들지 않는 주머니 속의 약들뿐이었다.

그렇다고 큰 병에 걸려 모든 걸 잃고 나서야 건강이야말로 최고라고 말하는 사람들처럼 건강의 소중함을 뒤늦게 깨달은 건 아니다. 조바심 나게 긴 시간이었다. 아무리 발버둥쳐봐도 점점 깊숙이 들어갈 뿐이었다.

나는 약에 매달렸다. 오로지 매일매일 먹는 약만이 지금의 날 구원해줄 거라고 믿었다. 하지만 약은 아주 작은 순간 동안만 날 편안하게 해줬지 근본적으로 다시 일으켜세우진 못했다. 그도 백번 천번 내게 말했다. 언제까지 약만 가지고 치료할 순 없으니 스스로 일어나라고. 그러려면 그동안 해왔던 방식이 아닌 다른 방식으로 살아가야 한다고……. 너무 열심히 살 필요 없고 이기적으로 한번 살아보라고. 그동안 너무 위만 보고 살아온 나의 마음이 스스로를 구덩이에 빠지게 만들었으니 이제는 조금 천천히 즐기면서 살아가라고 했다.

이해할 수 없었다. 그 말의 의미가 무엇인지. 내가 뭘 얼마나 욕심을 부렸고 무슨 잘못을 했다고……. 그저 내 밝은 미래를 위해 나는 순진하게 노력했을 뿐이었다. 치질에 걸려 고생하면서도 하루에 아홉 시간씩 매일 글을 썼고, 부지런히 기나긴 여행을 다녔으며, 내 감정을 보호하기 위해 책을 읽고 음악을 들었으며, 친구들도 잘 만나지 않고 철저하게 세상과 날 고립시켰다.

남들도 그렇지 않을까? 저절로 이뤄지는 꿈은 없기에 사람들은 모두 저마다의 노력은 한다. 나만 유별난 건 아니다. 세상에 태어나서 이 정도 꿈을 가지고 살아가는 게 큰 욕심은 아니다.

하지만 나는 바꿀 때가 되었다. 지금까지의 내 삶을 대하는 태도를 바꿔 조바심 내지 않고 여유롭게 살 것이고 너무 위만 올려다보지 않을 것이다. 그리고 더이상 스스로를 괴롭히지 않고 내 자신에게 관대해질 것이다.

그럼 내가 꿈꾸던 것에 도달하지 못할지도 모르지만 그것들을 아쉬워하지 않고 봄바람에 나풀거리는 소녀의 치맛자락처럼 홀가분하게 살아가고 싶다. 이제까지 그렇게 살아오지 않아 그게 쉬운 일이 아니고 미련과 욕심이 남겠지만 앞으로는 그렇게 살아볼 것이다.

물론 나중에 아무것도 이루지 못해서 이 선택을 후회하고 원망할지도 모른다. 그런 때가 온다면 나는 그건 어쩔 수 없는 선택이었다고 스스로에게 정당화시키고 그게 내 운명이었다며 변명할 수 있길 바란다.

요즘은 (이전에 비해) 다른 사람이 뭐라 하든 확실히 신경을 덜 쓰게 되었습니다. 인정 욕구에서 감히 자유로워졌다고는 말 못하겠습니다. 그래도 이전보다는 인정받고 싶은 마음이 줄어든 것은 분명합니다. 회사나 사회에서 높은 지위에 있는 사람이 나를 인정해주든 아니든 그건 크게 신경쓰지 않게 되었습니다. 흐르는 시간 속에서 풍파에 시달리다보니 이런 사람이 저를 칭찬하듯 인정해주면 '저 사람이 나에게 뭐 필요한 게 있나보다' 하는 경계심이 생겨버리기도 했습니다. 단순히 의심이나 경계심이 아니라, 실제로 그렇다는 것을 현실에서 자주 경험하다보니 이제는 나보다 힘이 센 사람의 인정을 바라는 마음이 많이 사라져버렸습니다.

부작용도 생겼습니다. 사회생활하려면 굽신거리기도 하고, 다른 사람들에게 잘 보이려고 애도 써야 하는데, 그게 잘 되지 않더군요. 나답지 않다는 느낌이 들어서 이런 행동에 거부감이 들었습니다. 이런 마음 때문에 눈앞의 이익을 놓쳐버리기도 했습니다. 괜한 불이익을 당하기도 했죠. "정신과 의사가 유연

하지 못하다"는 비판을 받기도 했고요. 이런 일들을 겪으면서 이제는 이게 나의 숙명이려니, 하고 받아들이게 되었습니다. 벗어나려 해도 벗어날 수 없고, 그렇게 할수록 괜히 힘만 빠진다는 것도 알게 되었고요.

예전에는 다른 사람들에게 (특히 나보다 힘이 세고 높은 지위에 있는 사람들에게) 인정받으면, 그래서 그들에게 '나'라는 사람에 대한 승인을 얻고 나면 마음이 자유로워질 줄 알았습니다.

그러나 인정을 사회적 무기로 활용하는 사람들은 결코 진심으로 타인을 인정하는 법이 없다는 것을 알게 되었습니다. 타인의 인정 욕구를 충족시켜주지 않음으로써, 끝까지 타인을 지배하려 든다는 것도 체험으로 알게 되었습니다. 그들의 인정을 바라면 바랄수록 진짜 내 모습에서는 멀어지고, 어느덧 열정도 식고 원망만 쌓여 초라해진 '나'만 남게 된다는 것도 알게 되었죠. 이런 경험들이 쌓여가면서, 그냥 마음이 흘러가는 대로 살아가는 방식에 익숙해져버렸습니다. 이게 살아가는 방식으로 좋다, 나쁘다, 도움이 된다, 그렇지 않다고 누군가가 이러쿵저러쿵 말을 붙일 수는 있겠지만, 이 또한 안고 가야 하는 내 몫이 되어버렸습니다.

"아빠가 새로 쓴 이 글, 좀 괜찮지 않냐?" "이거 새로 산 모자인데, 잘 어울려?" "아빠가 살을 좀 뺐는데, 배가 좀 들어갔지?" 딸에게 이렇게 물으면 마지못해 기어가는 목소리로 한마디합니다. "응~ 그런 것 같네." 좋게 표현하면 시크, 제 입장에서는 무성의도 이런 무성의가 없습니다. 좋은 리액션까지는 바라지 않지만, 그래도 조금이라도 딸이 제게 관심을 보여줄 줄 알았는데…… 기대가 지나쳤나봅니다. 시간이 지난 뒤에 아내는 저에게 한마디 툭 던집니다. "자꾸 쓸데없는 걸 물어봐서, 딸이 귀찮대……."

다른 사람이 인정해주고 칭찬해주는 것에는 초연해졌는데, 딸에게 인정받고 싶은 마음은 시간이 흐르면서 더 커지는 것 같습니다. 조금 더 내 마음을 들여다보니, 딸뿐만 아니라 내가 진심을 다해 좋아하고 싶은 사람이 나를 인정해주었으면 하는 바람은 점점 더 커진다는 것을 알게 되었습니다. 세속적인 이득이 아니라, 그냥 마음이 끌리는 사람에게 인정받고 싶은 욕망은 나이가 들수록 점점 더 커졌습니다. 인간미 넘치고, 함부로 사람을 재단하지 않고, 가진 것을 이용해 사람을 지배하지 않으며, 타인의 다름을 있는 그대로 인정하는 사람. 저는 이런 사람에게 그냥 무작정 끌립니다.

인정 욕구의 총량은 나이가 들어도 변하지 않는 듯합니다. 하지만 내 마음에 끌리는 사람들을 향한 인정 욕구만큼은 줄어들지 않고 점점 커졌습니다. 나와 함께 아파해줄 사람에게 인정받고 싶은 욕심, 맛있는 음식을 나눠 먹고 싶은 사람에게 인정받고 싶은 욕심, 해 질 무렵 맥주 한잔에 고달픈 이야기를 털어놓는 사람에게 인정받고 싶은 욕심, 내 거친 마음을 열어 보여도 부끄럽지 않을 사람에게 인정받고 싶은 욕심은 영영 사라지지 않을 겁니다. 죽으며 눈을 감는 그 순간까지도 "이만하면, 나 잘 살았지?" 하며 그들에게 확인받고 싶어할 것 같습니다.

내
질병의
역사

김동영

항상 아픈 아이.

학교에서 가장 약한 아이.

동네 병원 의사 선생님이 이름을 외우는 아이.

그것이 나였다.

- '배고파'라는 말보단 '아파'라는 말을 먼저 배웠다고 함.

- 놀이터에서 놀기 시작할 때쯤부터 아토피 때문에 피가 날 때
  까지 긁기 시작함. 온몸이 긁은 자국투성이라 친구들의 부모
  님은 내가 옮는 병에 걸린 줄 알고 나랑은 놀지 말라고 함.

- 동네 형이 뒷자리에 태워준 자전거에서 떨어져 머리를 다침.
  그때부터 알 수 없는 편두통에 시달림.

- 신장에 병이 생겨 유치원보다 병원에 더 오래 머물렀음. 또래
  친구가 없다보니 혼잣말이 늘었음.

- 초등학생 때 등교하다가 자동차 뺑소니를 당해 갈비뼈 두
  개, 왼팔과 오른쪽 다리에 금이 감. 아직까지 미제 사건으로
  남았음.

- 5학년 때부터 본격적으로 알레르기 비염이 시작됨. 코가 뭉뚝해질 때까지 코를 풂. 그땐 지금보다 코가 3밀리미터 정도 높았음.

- 중학교 때 알레르기 결막염에 걸림. 항상 빨간 눈이어서 눈병으로 자주 오해받음. 심한 날은 담임선생님이 조퇴를 시켜줌.

- 학교에 가는 게 너무 싫어서 과민성 위염에 걸렸음. 아침마다 변기에 앉아 있었음. 매일 지각해서 맞음.

- 나중에 과민성 장염에 걸림. 아침마다 엉덩이가 저릴 때까지 변기에 앉아 있었음.

- 얼마 후 과민성 식도염으로 번짐. 아픈 배를 부여잡고 학교를 저주함. 지금도 학교를 저주함. (결국 엉덩이에 변기 자국으로 멍듦.)

- 그러다 이것들은 모두 만성으로 발전함. 그래도 학교는 억지로 끌려감.

- 중학교 때부터 빈혈로 쓰러지기 시작. 그래도 조회와 체육시간은 빠져서 좋아함.

- 역시 고등학교 때도 학교 가기 싫어서 신경성 두통에 걸림. 늘 두통약을 끼고 다님.

- 여름에는 더워서 겨울에는 추워서 자주 쓰러짐. 역시 학교를 저주함.

- 천식에 걸려 밤마다 호흡곤란으로 죽을 뻔함. 하지만 결국

죽지 않음.

- 대학교에 입학해서 다시 비염, 천식, 결막염, 위염, 장염, 식도염으로 고생함. 그래도 대학은 좋아함.

- 대학 2학년. 여름방학 때 스케이트보드를 타다 왼쪽 발목 탈골. 발목에 땀띠가 남.

- 대학 2학년. 또다시 스케이트보드 타다 앞니가 부러짐. 한동안 마스크 쓰고 다님.

- 대학 3학년. 원인을 알 수 없는 요도염에 걸림. 성병으로 추측됨. 하지만 대상이 누구인지 지금도 알 수 없음.

- 일본 교토에서 오토바이 사고로 엄지발톱 빠짐. 그래도 피를 질질 흘리며 15일 버팀.

- 이후 만성으로 엄지발톱이 살로 파고 들어가기 시작. 지금은 발톱을 빼는 게 연중행사가 되었음.

- 대학 4학년. 첫 불면증 시작. 처음으로 고독을 경험.

- 22세. 군대 정신과에서 조무사로 일하다 환자가 포크로 뒤에서 습격해 머리에 빵꾸가 남.

- 23세. 카페에서 타인의 싸움에 휘말려 목에 2도 화상. 범인 못 잡고 지금까지 미제 사건으로 남음.

- 24세. 첫 직장에서 동료들과 같이 스노보드를 타다 손목 탈골. 일주일간 모르고 다니다 손목이 허벅지만큼 부은 걸 보고 병원으로 이송.

- 25세. 두번째 불면증 발병. 마음은 심란했지만 덕분에 동이

틀 무렵 사진을 많이 찍을 수 있었음.

- 26세. 호주 시드니에서 첫 사랑니 수술. 하지만 과다출혈로 입원. 그 이후 그 치과는 폐업.

- 27세. 알 수 없는 구토와 공포가 시작됨. 더위 먹은 건 줄 알고 수박 한 통을 다 먹고 설사병 걸림.

- 29세. 미국 여행중 우울증 증상을 보임. 자꾸 길을 잃고 헤매기 시작.

- 29세. 미국 오하이오 주에서 열병에 걸림. 보험이 없어서 약을 받다가 혼자 주사를 놓음.

- 30세. 미국 오렌지 카운티에서 식중독에 걸려 입원 치료. 보험이 없어서 병원에서 수액을 맞다가 그걸 들고 이십 분을 걸어서 집으로 돌아오는 걸 닷새 동안 함.

- 30세. 첫 책을 내고 공황장애 발병. 정신과 치료 시작.

- 31세. 불안장애 시작됨. 정신과 약이 더 늘었음.

- 32세. 우울증 진단. 약이 더 더 늚.

- 32세. 태국 코사무이에서 야생 원숭이에게 공격 당해 치료받음. 아직도 이빨 자국이 있음.

- 33세. 태국 빠이에서 두번째 식중독에 걸림. 그 이후로 길거리 음식 절대 안 먹음.

- 33세. 섬유근육통 진단받음. 지병으로 발전.

- 34세. 러시아 이르쿠츠크에서 시베리안 독감과 동상에 걸림. 나를 병원까지 업고 달려가던 러시아 아저씨가 자꾸 생각남.

- 34세. 러시아 상트페테르부르크에서 강도를 만나 가볍게 칼에 손을 베임. (떨어진 피가 그렇게 아름다운지 처음 알게 되었음.)
- 34세. 아이슬란드에서 비타민 부족으로 치아가 빠짐. 그날 이후 비타민 꼭 챙겨 먹음.
- 34세. 라오스 루앙프라방에서 열대발열 피부병으로 입원. 간호사가 참 친절해서 천국 같은 시간이었음.
- 34세. 공황장애, 조울증이 양극성스펙트럼장애로 발전.
- 36세. 만성 위염이 위궤양으로 발전. 이제 이런 건 병으로도 안 침.
- 37세. 전립선비대증에 걸려 하루에 화장실을 열 번도 더 감. 이런 건 놀랍지도 않음.

대단치 않은 내 질병의 역사다. 그나마 다행인 것은 그동안 이렇다 할 큰 병에는 안 걸리고 잔병치레만 했다는 거다. 그리고 한번에 모두 아픈 것이 아니고 이곳저곳 돌아가면서 아팠기에 그나마 견딜 수 있었다. 물론 안 아픈 날도 있었지만 그럼 오히려 어딘가 또 아플까봐 마음이 불안했다.

아픔이 일상이 되어버린 내 몸 그리고 아파야 오히려 안심할 수 있는 난 내가 봐도 딱할 정도다. 내 짧고도 긴 인생은 병과 나를 분리해서는 이야깃거리가 없다. 내 병들은 나무의 나이테처럼 시간과 저마다의 이야깃거리가 있고 그것들을 통해서 나는 세상을 봤다.

그동안 충분히 다른 사람들에 비해 많이 고생했다고 생각한
다. 그러니 앞으로의 날들은 지금처럼 아프지 않았으면 좋겠다.

그리고 난 궁금하다. 아프지 않고 하루를 보내는 건 어떤 기
분이고, 약을 넣지 않고 다니는 가방의 무게는 어떤지 말이다.

이곳저곳 아픈 곳이 많았지만, 저는 아직까지 입원을 하거나
수술을 받아본 적은 없습니다. 매일매일 먹는 약도 따로 없고
요. 지금도 컴퓨터 앞에서 오랫동안 글을 쓰면 고질병인 목 디
스크가 도져서 왼쪽 엄지손가락이 저립니다. 심할 때는 팔뚝
에 전기가 통하는 느낌이 들어서 꽤 많이 주물러주어야 간신
히 몇 자 더 쓸 수 있습니다. 얼마 전에는 이게 심해져서 팔힘
도 약해졌습니다. 머리 감기가 힘들 정도였으니까요. 필요하면
약도 먹고, 물리치료도 받고 해야 할 텐데 그냥 참고 있습니다.
이런 저를 보고 아내는 어리석다고 핀잔합니다. 그래도 저는
그냥 이대로 지내고 있습니다. 웬만하면 참고 그냥 지내자는
것이 (의사답지 못한) 저의 인생철학이기도 하고, 무리하지 않고
스트레스 받지 않으면 조금 나아지기도 하고, 뭔가에 열중하다
보면 아픈 것을 잊어버리기도 해서요.

그러다보니 아프다고 호소하는 사람들의 마음을 제가 충분
히 공감해주지 못하고 있다고 느낄 때가 있습니다. 아무리 공

감하려고 해도, 제 질병의 역사가 제한적인데다 아픈 것을 참고 사는 것이 버릇이 된 제 습성 때문입니다. 더군다나 "코사무이에서 야생 원숭이에게 공격당해 치료받고, 러시아 이르쿠츠크에서 시베리안 독감과 동상에 걸리고, 아이슬란드에서 비타민 부족으로 이빨이 빠지고, 라오스 루앙프라방에서 열대발열 피부병으로 입원해 친절한 간호사의 간호를 받는 것"이 어떤 느낌이었을지는…… 공감하려 해도 어떤 느낌인지 도저히 상상이 되질 않습니다. "공감은 주로 직접 경험해본 사람만이 가질 수 있다. 어떤 일도 직접 경험하고 똑같은 상황에 처해보지 않고서는 처절하게 이해하고 느낄 수 없다"라고 한다면, 저는 더더욱 아픈 사람의 마음을 공감해줄 수 없을 것 같습니다. 이런 생각을 하다보면, 내가 하고 있는 일이 내가 기대하는 것만큼 아픈 사람들의 마음에는 다다를 수 없을 것 같다는 생각을 하게 되기도 합니다.

이래저래 아픈 사람을 이해하려면, 저도 조금 더 아파야 할 것 같습니다. 그것도 아주 다채롭게, 마음 아픈 경험들이 더 필요할 것 같기도 하고요.

칼 구스타프 융은 어린 시절 심한 노이로제와 발작으로 고생을 했다고 하더군요. 심지어 그는 수학시간만 되면 공포를 느끼고, 학교에 가려고만 하면 기절을 하거나 발작을 일으켰다고 합니다. 위대한 분석심리학자이자 정신과 의사였던 융은, 그 자신이 신경증의 고통을 온몸으로 체험했던 거지요. 어린 시절의 이런 경험들이 그를 인간의 본성을 탐구하는 길로 이끄는데 중요한 역할을 했을 것이 분명합니다. 어쩌면 그가 겪었던 고통들이 그의 인생을 더욱 단단하게 완성하도록 한 바탕이 되었을지도 모르고요.

동영씨가 조금 더 성실하게 의사의 지시를 따랐다면 질병의 역사가 조금은 더 짧아졌을 텐데, 하는 안타까움이 있습니다. 그는 지시를 잘 따르지 않는 환자였습니다. 최근에 와서 좋아지기는 했지만, 외래 예약 날짜를 어기거나 펑크를 내고(그는 예약부도율이 높은 환자 중 한 명이었습니다) 처방한 약을 제대로 챙겨 먹지 않을 때도 자주 있었습니다. 반면에 줄이는 것이 좋은 약임에도 불구하고, 줄이려는 의지를 보이지 않을 때도 있었죠. 받지 않는 것이 좋을 것 같았던 새로운 치료를 받고 와서는 증상이 더 악화되기도 했고요. 이렇게 지시에 따르지 않을 거면 '왜 나에게 치료받으러 올까' 하고 의아하게 여겼던 적도 있습니다.

무리하게 여행을 다녀온 뒤에는 매번 증상이 악화되었습니다. 도대체 여행 동안 어떻게 지내기에, 매번 장기여행만 하고 돌아오면 "힘들다, 공황이 재발했다, 우울증이 도졌다"고 하는지 궁금했죠. 작업을 하고 원고를 써야 한다며 밤을 새우거나 잠을 몰아서 자는 나쁜 습관에 젖어 있을 때도 있었습니다. 이

건 치료에 매우 나쁜 영향을 미칩니다. 감당하지 못할 정도의 일을 한꺼번에 하느라 몸과 마음을 지치게 만드는 것 역시 그의 병을 자주 악화시키곤 했습니다. 이런 습관을 고쳐야 한다는 조언은 그에게 유효하지 않았습니다. 그래도 근래에 와서는 이런 것들이 많이 고쳐졌습니다. 참, 다행스러운 일입니다.

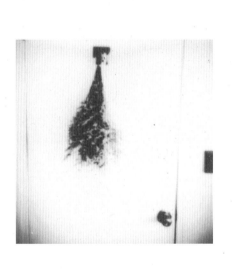

나의 어머니

김동영

어머니는 젊었을 때 꿈이 참 많은 소녀였다고 들었다.

오토바이를 타고 전국을 일주하는 것.

'나나 무스꾸리'처럼 긴 생머리를 하고 하얀 블라우스를 입고 공원에서 〈하얀 손수건〉을 연주해보는 것.

남진의 공연을 보는 것.

이모처럼 은행 같은 직장에 다니는 것.

그리고 대학에 다녀보는 것.

그런 어머니의 꿈들은 가난한 결혼 후 바뀌었다.

자식들이 아프지 않는 것.

그중 내가 아프지 않는 것.

이십칠 년째 모시고 사는 시어머니가 건강하게 사시는 것.

아버지 차를 좀더 좋은 것으로 바꾸는 것.

우리가 서울에 있는 대학에 들어가는 것.

우리에게 좋은 옷을 입히는 것.

가족들이 다 같이 바닷가에 가는 것.

내가 결혼하는 것.

그리고 내가 담배를 끊는 것이었다.

무엇 때문에 어머니의 젊었을 때 꿈이 이렇게 변했는지 난 알 것 같다. 그건 소녀에서 어머니가 되면서 자신보다 가족을 먼저 챙길 수밖에 없는, 모든 어머니들의 헌신 때문일 것이다. 어머니가 젊었을 때 가졌던 꿈들은 하나도 이루지 못하셨지만 대신 한 남자의 아내와 세 아이의 부모가 되면서 가졌던 꿈들은 대부분 이루셨다.

어머니의 꿈 덕분에 우리는 맛있는 음식과 좋은 옷, 아버지의 차와 할머니의 건강 그리고 남해바다로의 가족여행을 이루었다. 비록 그것이 마지막 여행이 되었다 해도.

그중 제일 간절하게 원했던 나에 관한 꿈은 이루지 못하셨다. 내가 아프지 않는 것과 담배를 끊는 일 그리고 결혼.

어머니가 이 땅의 중력에서 벗어나기 전 나는 어머니의 꿈을 위해 아파도 안 아픈 척을 했고 담배를 피워도 끊었다는 거짓말을 할 수밖에 없었다. 그리고 결혼은 하지 못했다.

상태가 좋지 않을 때는 주변 모텔에 가서 몇 시간 동안 누워 있었고 약을 과다복용해서라도 애써 아무렇지 않은 척했다. 그리고 담배를 피우고 나면 머리부터 발끝까지 샤워를 하루에도 몇 번씩 했다.

그래도 어머니는 다 알고 계셨을 것이다. 내가 여전히 약하다는 걸. 그리고 내 손끝에서 담배 냄새가 난다는 걸. 내가 결혼할 마음이 없다는 걸. 세상 모든 엄마들은 산타할아버지만큼 누가 거짓말을 했고 누가 착한지 다 알고 계시니깐. 하지만 어머니는 그것에 대해 한마디 말도 하지 않으셨고 나도 어머니에게 마지막까지 좋은 아들이 되려고 노력했다.

어머니가 떠나신 지 사 년이라는 시간이 넘었지만 난 여전하다. 때때로 아프고 여전히 담배를 달고 살며 그리고 결혼도 하지 않았다. 가끔은 이런 나도 어머니를 생각하면 죄책감이 들곤 한다. 정말 어머니라는 존재는 자식들을 바보로 그리고 미안하게 만드는 재주를 가지고 계신다.

온몸이 아프다고 했었죠. 진통제를 먹어도 가라앉지 않는다고
했었죠. 독한 진통제로 바꾸어도 통증은 줄어들지 않는다고
했었죠. 동영씨의 어머니가 돌아가신 뒤, 얼마 되지 않았던 때
로 기억합니다. 진료실 의자에 앉아 온몸을 웅크리며 아프다고
말했었죠. 어떻게든 이 통증에서 벗어나고 싶다고 간절히 말했
었죠. 그런데 저는 무심한 표정으로 "진통제에 의존하지 마라.
지금은 다른 어떤 치료로도 당신의 통증을 줄여줄 수 없을 거
다"라고 말했습니다. 아마 이런 말이 야속하게 느껴졌을 테죠.
의사라는 사람이 어떻게 그런 말을 할 수 있는지 화가 나기도
했을 것 같고요. 그래도 어쩔 수 없다고 생각했습니다. 그냥 그
아픔은 그가 감당해야만 하는 삶의 몫이니 어떤 방법으로도
벗어던질 수 없다고 여겼습니다.

　사람은 누구나 자기 몸에 어머니를 품고 삽니다. 저는 그렇
게 믿고 있습니다. 어머니의 자궁에서 떨어져나왔지만, 그래도
여전히 자기 몸의 일부분은 어머니와 연결되어 있습니다. 어머

니는 내 몸속 어딘가에 영원히 남아 있는 존재입니다. 아침에 일어나 샤워를 하고, 옷을 갈아입고, 차를 타고 출근해서, 컴퓨터 앞에 앉아 손가락을 움직이며 타자를 치고, 엄지로 종이를 넘기고, 눈으로 뚫어져라 모니터를 응시하고…… 입으로 점심을 삼키고, 커피가 식도로 넘어가고, 퇴근 후 피트니스 센터에서 트레드밀 위를 두 발로 열심히 달릴 때에도 어머니는 내 몸 어딘가에서 나와 같이 살아 숨쉬고 있습니다. 이 땅의 아들과 딸은 영원히 어머니와 분리될 수 없는 것이지요. 어머니가 살아 계시든 돌아가셨든, 어머니는 내 몸의 어느 부분으로 나와 같이 영원히 살아갑니다. 그래서 내가 아프면 어머니도 아파하고, 어머니의 고통이 내게도 고통으로 다가오는 것이지요. 내가 울면 어머니도 어디선가 울고, 내가 웃으면 어머니도 같이 웃을 테고요. 어머니가 행복할 수 있다면 그것이 나의 행복이고, 내가 행복하다면 어머니는 그것으로 자신도 행복하다고 느낍니다.

나이가 들어서도 엄마를 찾는 마마보이(마마걸)만 그런 것이 아니라, 사람이라면 누구도 자기 몸에서 어머니를 분리해놓을 수 없습니다. 그래서 어머니 하고 부르면 몸 어딘가도 같이 공명합니다. 어머니 하고 부르면 눈물이 나고, 어머니를 생각하면 가슴이 아프고 먹먹해지기도 합니다. 어머니만 생각하면, 어머니를 부르면, 어머니를 느끼면, 어머니를 그리면, 어머니를 느끼고 싶으면, 어머니를 사랑하면, 어머니가 그리우면, 어머니가 보고 싶으면…… 몸이 먼저 알고 반응합니다. 어머니에 대한 사랑이 크면 클수록 어머니를 향해 몸은 더 크게 반응합니다. 그래서 우리는 '어머니' 하고 부를 때마다 눈물이 찔끔하고, 가슴이 쿵쾅거리고, 말을 더듬기도 하고, 손을 떨고, 때로는 몹시 아픈 겁니다.

아픈 것은 어머니를 다시 느끼는 행위일지도 모릅니다. 몸이 아픈 것은, 그곳에 있던 어머니의 마음과 어머니의 숨결과 어머니의 말소리를 다시 듣는 행위일지도 모르고요. 어머니를 다시 만나는 행위의 과정, 그것이 몸이 아픈 이유입니다.

우리는 어머니가 꿈꾸었던 것만큼의 삶을 살아가게 됩니다. 어머니가 "이렇게 되어라, 저런 사람이 되어라" 말로 하지 않더라도 어머니의 꿈을 가슴속에 품고, 그것을 자신의 것으로 만들어 좇는 것이 자식의 삶입니다. 어머니가 좋아할 모습을 그리며 그곳을 향해 걸어가는 것이 우리의 삶일지도 모르고요. 그래서 어머니가 바라지 않았던 삶을 살 때 죄책감을 느끼고 죄인이 될 수밖에 없겠지요. 어머니는 "내가 잘 살고 있는지"를 가늠하는 삶의 기준이기도 한 것이니까요.

하지만 어머니가 바라던 그곳으로만 갈 수 없는 것이 현실의 고달픈 삶이니, 이 땅의 자식들은 죄인일 수밖에 없습니다. 글이 써지지 않을 때마다 담배도 피워야 하고, 바쁘다는 핑계로 식사도 거르고, 어머니가 하지 말라는 짓도 가끔씩은 해야만 살아갈 수 있는 현실. 팍팍한 현실에서 살다보면 죄인의 길을 걷지 않을 아들딸은 없을 겁니다. 그러니 이 땅의 자식들은 영원히 죄인의 굴레에서 벗어날 수 없는 겁니다.

어머니 앞에 죄스럽지 않은 아들이 세상에 어디 있을까요.
어머니 앞에 미안하지 않은 아들이 세상에 어디 있을까요.

생각 없는 생각

김동영

가끔 아니 자주 나는 진공상태가 된다. 마치 우주 공간 속에 머무는 것처럼 내 주변의 공기들은 어디론가 모두 빠져나가고 중력도 느끼지 못한다. 그런 상태가 되면 나의 색은 옅어지고 나의 존재도 공기처럼 뿌옇게 변한다. 나 어딘가를 바라보고 있다. 하지만 내가 반드시 그곳을 보고 있는 건 아니다. 뭔가 생각을 하는 것은 아니다. 그렇다고 생각을 아예 안 한다고 할 수도 없다. 생각 없는 생각을 하고 있다. 사람들은 이걸 멍 때린다고들 한다.

그렇다! 나는 자주 멍을 때린다. 운전을 할 때나 사람이 많이 모인 공연장 그리고 카페에서 심지어는 전화를 받거나 누구와 마주앉아 이야기를 할 때도 자주 그런다. 예전에는 고성능 첩보 위성처럼 모든 것에 주의를 기울였고 모든 걸 듣고 가능한 한 많은 걸 느끼며 보고 싶었다. 그래서 그런지 나는 많은 것을 매 순간 느끼고 나름대로 그것들을 내 작은 단어들로 표현할 수 있었다. 하지만 이제 나라는 위성은 우주 먼지에 뿌옇게 쌓인 채 지구로 쏟아지는 별조각에 여기저기 상처를 입어

225

제 기능을 하지 못하게 되었다.

그래서 집중을 해야만 하는 일을 할 때도 정말 좋은 음악을 듣거나 좋은 여자를 만나도 나는 멍하다. 연극 무대의 막처럼 시도 때도 없이 스르륵 의식이 내려온다. 자리를 하나두울 떠나는 관객들, 관객들이 두고 간 쓰레기를 치우는 청소부, 그리고 정적. 멍……

나는 모든 것을 보고 모든 소리를 동시에 듣고 있다. 다만 집중을 하지 않을 뿐이다. 어떻게 되든 뭘 하든 상관이 없다. 그리고 관심도 없다. 이런 상태가 자주 되풀이되다보니 사람들은 나의 집중력에 문제가 있거나 영혼 없다는 말을 자주 한다. 물론 나도 집중하고 싶다. 하지만 예전처럼 집중이 되질 않고 다른 사람 일에 관심도 가질 않는다. 그저 내가 만든 우주 공간에서 유영하듯 머무는 것이 편안하다.

그동안 너무 바빴다. 나만 바쁜 것은 아니겠지만 살다보니 그렇게 되었다. 뭔가 하지 않으면 내가 쓸모없는 인간이 된 것만 같아 부단히 뭔가 하려고 개미처럼 움직였는지도 모른다. 그리고 굳이 알 필요도 없는 모든 걸 내가 알아야 한다고 생각했다. 내가 그러고 싶지 않아도 나도 모르게 그렇게 하고 있는 모습을 발견할 수 있었다.

매사에 집중할 필요는 없을 것이다. 가끔은 내가 이 복잡한 세계가 아닌 저 먼 우주 공간으로 의식을 날려보낼 필요도 있다. 비록 그것이 생산적인 일은 아니더라도 생각 없는 생각을 통해 내가 그동안 알지 못했던 내 진심과 조각 같은 휴식을 얻을 수도 있다.

물론 그 진심 역시 내가 반드시 이해할 필요는 없지만, 그저 내 생각이 나의 의지가 아닌 생각의 의지만으로 어디까지 가는지, 거기에는 무엇이 있는지 지켜보고 싶다.

*

내가 이런 멍한 상태에 자주 빠지는 건 어쩌면 내가 몇 년째 복용하고 있는 안정제 때문은 아닐까? 다음에 그를 만나면 물어봐야겠다. 그에게는 질문이 항상 많다.

└→ 코스팅하며
다다를 곳

자전거를 타다보면 가장 기분좋을 때가 언제인가요? 제가 좋아하는 정신과 의사 한 분은 "종아리와 허벅지에 빡빡한 느낌이 들 정도로 업 힐을 할 때 가장 기분이 좋아!"라고 하더군요. 물론, 그분의 취향이니 이러쿵저러쿵 토를 달 필요는 없지만, 굳이 자전거 타면서까지도 저렇게 피학적일 필요는 없지 않을까, 하는 (쓸데없는) 생각을 한 적이 있습니다.

저는 페달을 밟지 않고 자전거가 흘러가듯 움직이는 그 순간이 가장 좋습니다. 그전에 열심히 페달을 밟아서, 잠시 동안은 힘을 들이지 않아도 자전거에 녹아든 관성의 힘으로 움직이는 그 순간이 제일 좋습니다. 스쳐가는 바람의 느낌에 온전히 집중할 수 있고, 페달 밟느라 힘들 때는 느끼지 못했던 것들을 오감에 하나하나 잡아둘 수 있어서요.

배가 엔진의 힘을 빌리지 않고 연안을 항해하는 것을 코스팅이라고 한다더군요. 연료를 써서 엔진의 힘으로 움직이는 것이 아니라 타력他力으로 흘러가듯 움직이는 것. 엔진을 끄고 항

228

구에 정박하거나 연안을 여유롭게 항해하는 것을 말합니다. 비행기가 하늘 높이 날다가 엔진을 끄고 원래 비행기를 움직여가던 그 힘을 활용해서 활주하는 것도 코스팅이라고 할 수 있겠지요. 자동차 기어를 중립에 놓고 타력으로 달리는 것도 코스팅이라고 부를 수 있을 것 같습니다. 연료를 태워가며 엔진을 열심히 돌려대던 힘을 잠시 꺼두고 물 위를 미끄러지듯 움직이고, 하늘 위를 날아가는 것이죠. '고성능 첩보 위성'처럼 항상 엔진을 켜두고 사방을 주시하며 에너지를 쓰는 것이 아니라, 자기 자신을 흘러가게 내버려두는 것. 이것도 코스팅이라고 할 수 있습니다. 마치 '우주에서 유영하듯 머무는 것' 그래서 '편안하게' 느끼는 것을 코스팅이라고 불러도 될 것 같아요.

코스팅에 나를 맡긴 채 흘러가듯 내버려두면, 오히려 불안이 밀려올 수도 있을 겁니다. 어딘가로 떠내려가버릴 수도 있으니까, 조심스럽기도 할 거고요. 그러다보면 "나의 색은 옅어지고 나의 존재도 공기처럼 뿌옇게 변하는" 것 아닌가, 하고 걱정이 될 수도 있을 테고요. 때로는 "생각 없는 생각" 속으로 빨려들어갈 수도 있지요.

먼바다에 나갔던 배가 엔진을 끄고 항구에 천천히 정박하는 것처럼, 생각의 엔진을 끄고 출발했던 그곳으로 돌아오기도 해야 합니다. 힘을 뺀 채 그냥 흘러가게 내버려두는 것이 아니라, 조금 더 적극적으로 퇴행을 해도 나쁘지 않을 것 같아요.

마치 어린아이가 된 것처럼 유치하게 행동해도 괜찮습니다. 지금 지쳐 있다면, 내 안에 있는 어린 마음들을 그동안 돌보지 않았다면, 건강한 퇴행을 해봐도 좋을 거예요.

어린아이처럼 누군가의 품에서 엉엉 울어도 좋고요. 하루종일 바삐 움직였다면, 온몸에 이불을 감고 침대에 웅크려 누에고치처럼 누워 있어도 좋겠지요. 따뜻한 물속에 들어가 어머니의 배 속에 든 태아처럼 아무 생각 없이 몸을 담그고 있어도 좋고요.

코스팅은 지적인 노력 없이, 잠시 휴식으로 들어가는 것입니다. 지친 몸과 마음을 치유하기 위한 시간을 보내는 것일지도 모르고요. 본능적으로 건강한 퇴행으로 들어가는 것일 수도 있지요. 많은 에너지가 소모되면, 코스팅의 시간이 필요합니다. 이런 시간 속에서 "먼 우주 공간으로 우리 의식을 날려보낼 필요"도 있고, "그동안 알지 못했던 우리의 진심을 알아차릴" 수도 있겠지요. 코스팅하며 다다를 곳이 어디일지 궁금하지 않으세요? 어디로 흘러가고 있는 것인지 지금은 몰라도…… 두려워할 필요는 없어요.

당신도
나와 같다면
나를
알게 될 거예요

남들보다 자유롭게 살았습니다. 남들이 사무실에서 한참 일할 때 안정된 직장을 대책 없이 그만뒀고, 어린 나이가 아닌데도 머리를 물들였으며, 몸에는 단어와 잎이 없는 겨울나무를 새겼습니다. 그리고 나는 여행이라는 긴 여정을 지금까지 반복하고 있습니다. 결국 남들보다 더 많은 길을 걷고 거기서 더 많은 사람들을 만났으며 내 인생을 풍성하게 할 기억들을 만들었습니다. 그리고 내 인생을 장식할 풍경들을 보았습니다. 그것이 날 특별하게 만들고 바다처럼 좀더 넓어지게 만드는 일이라고 생각했습니다.

하지만 솔직히 난 항상 이런 식으로 사는 것이 불안했습니다. 어디든 떠날 수 있는 한 마리의 새 같았지만 나는 내가 만들어낸 또다른 세상에 스스로 갇혀버렸습니다.

남들처럼 살고 싶었습니다. 하지만 남들처럼 사는 것이 더 힘들다는 걸 알게 되었고 내가 절대 그렇게 살지 못할 거라는 걸 알기 때문에 지금의 인생을 선택했습니다. 사람들은 저를

231

자유로운 새라고 말합니다. 그런 말을 들을 때면 나는 부담감을 느끼는 동시에, 사람들이 잘 알지도 못하면서 그런 말을 한다고 속으로 욕을 합니다. 그들이 나처럼 떠돌이 같은 인생을 산다면 어떤 생각을 하고 어떤 기분일지 궁금합니다.

아마 그들 역시 알게 될 겁니다. 내가 느끼는 불안과 슬픔, 외로움을 말이죠.

자유롭게 살기 위해서는 내가 알고 있는 한 세상과 다른 방향으로 가야 합니다. 예를 들어 보장된 미래, 은행 잔고, 결혼, 가정을 이루는 것 그리고 원치 않지만 내게 영향을 미치는 세상…… 이런 것들을 무시한 채 살아가야 하지만, 마음이 약한 나는 스스로 지금의 자유로움을 택했으면서도 저것들을 무시할 만큼 자유롭지는 않았습니다. 그래서 늘 내 앞날은 어떻게 될지 불안했고 아무도 내게 강요한 적 없는 책임감을 느끼며 살고 있습니다. 그러다보니 나이가 점점 들고 어느 날 현실이라는 파도와 내 자유로움이 부딪혀 큰 물보라가 일어났습니다.

혼란스러웠고 계속 아프기 시작했습니다.

이 시간을 이겨내려면 나는 좀더 단단해져야 하는데 그러기 위해 나는 자꾸자꾸 스스로를 의심했습니다.

'정말 이대로 괜찮은 걸까?'

'내가 잘하고 있는 걸까?'

언제까지 이렇게 살아갈지 모릅니다. 물론 내 인생은 내 손에 쥐인 자동차 핸들 같아서 내가 원하는 곳 어디든 갈 수 있지만 이제 와서 어디로 가야 하는지 어떤 식으로 살아야 하는지 나는 모릅니다. 그래서 가던 길을 계속 달리며 매 순간 확신 없이 두리번거리고 있습니다.

언젠가 우리는 알게 되겠죠. 당신은 나의 인생을 나는 당신의 인생을……. 다만 내가 바라는 건 결국 마지막에 가서 우리서로의 인생이 그리 나쁘지 않았다고 말할 수 있었으면 좋겠습니다.

아니면 영원히 우리는 서로의 인생을 부러워하며 살다 인생의 끝을 맞이할지도 모르겠지만 모든 걱정을 뒤로하고 서로의행운을 빌어주자고요.

지금껏 태어나서, 누군가를 증오해본 적이 없었다. 누군가를 증오하는 데 에너지를 쓰고 싶지 않았다. 정말 미운 사람이 있어도, 무시하고 피하는 쪽을 택하며 살았다. 그러니 미움이 증오로 바뀔 틈이 없었다. 그럴 새가 없었다. 그냥 미움은 미움이었고, 시간이 지나면 자연스럽게 잊혀져갔다. 이게 내가 싫은 사람을 상대하는 방식이었다. 좋고 즐거운 일로만 인생을 채우기도 아까운데, 미움과 증오로 낭비하고 싶지 않았다.

그러다 미치도록 증오해주고 싶은 사람이 내 인생에 침입해 들어왔다. 피하고 싶었지만 피할 수 없었고, 도망가면 쫓아와 마음에 상처를 주고 갔다. 그냥 잊고 싶었지만 그럴 수 없었다. 나는 미치도록 도망가고 싶었지만, 어느새 내 삶의 모퉁이 뒤에 숨어 있다가 불쑥 나타나 심장에 칼 하나를 꽂아 넣었다. 도망가면 어느새 나타나 심장을 도려내고, 피하려 하면 쫓아와 마음을 난도질했다. 태어나서 처음으로 사람을 향해 증오라는 감정을 갖게 되었다. 증오의 감정을 안고 지내다보니, 가만히 있어도 구멍난 항아리처럼 에너지가 줄줄 새어나갔다.

증오의 감정이 내 가슴 한켠을 차지한 채로 꽤 오랜 시간이 흘렀다. 불쑥불쑥 그 감정이 치밀어오를 때마다, '지금 여기서' 벗어나고 싶었다. 도망가고 싶었다. 틈만 나면 말했다. "자유롭게 살고 싶어"라고. 그리고 나를 달래기 위해 어디론가 떠나곤 했다. 떠나는 그날을 기다리며, 하루하루를 참고 지내기도 했다. 증오의 감정이 마음에서 요동을 치면, 어디론가 가고 싶어서 여행을 했다. 벗어나고 싶다는 욕구를 억누르기 위해서 떠나기도 했다. 그렇게 떠났다 다시 제자리로 돌아오면, 그럭저럭 얼마간은 버틸 만했다. 그렇게 증오의 감정을 눌러가며 살았다. 그게, 더러운 감정으로부터 벗어날 수 있는 유일한 길이었다.

발리 스미냑의 비치 클럽 쿠데타. 지는 해를 바라보며, 맥주를 마셨다. 내가 시한부 인생을 살게 된다면, 꼭 다시 한 번 더 와야 한다고 생각했다. 시끄러운 음악과 고요한 바다, 서양 음식과 바다 내음, 노을 지는 바다와 푹신한 쿠션. 어울릴 것 같지 않은 것이 조화를 이룬 곳이 쿠데타라고 느꼈다. 모순 덩어리인 삶이 조화로울 수 있다면, 바로 이곳이 그런 곳의 표상일거라고 여겨졌다. 바다를 바라보며, 흥청거리는 음악을 뒤로하고, 왁자지껄한 사람들의 소리 속에서 더러운 감정은 옅어졌다. 그리고 그곳에서 자유롭다고 느꼈다. 그 어떤 감정도 나를 묶어둘 수 없다고 느꼈다. 이런 곳에서 한 달만이라도 살 수 있으면, 증오의 감정도 모두 날려버릴 수 있을 것만 같았다. 감정의 찌꺼기가 사라질 것 같았다. 하지만, 나는 자유로울 수 있는 용기가 없는 사람이었다. 그냥 그렇게 거짓 자유로 나를 잠깐 마취시킬 수 있을 뿐, 진짜 자유를 누릴 수는 없는 사람이었다.

스톡홀름 슬루센. 어느 카페에 앉아 건물과 건물을 잇고 있는 줄에 매달린 가로등을 봤다. 허공에 매달린 가로등이 예뻐 보였다. 밤조차 따뜻하게 만드는 마법의 가로등이라고 생각했다. 그냥 넋 놓고 보고 있으니, 나란 사람이 존재하지 않는 것처럼 느껴졌다. 그 불빛 속에 내가 녹아들어가 사라져버릴 것만 같았다. 그렇게 사라져도 나쁘지 않을 것만 같았다. 그렇게 사라질 수 있다면, 따뜻하게 녹아들 수 있다면 꽤 괜찮을 것 같았다. 그러면 증오의 감정도, 그 속에 묶여 벗어날 수 없는 현실의 고달픔도 모두 증발해버릴 것 같았다. 하지만 눈을 깜빡이면, 다시 나라는 사람을 느껴야 했다. 그냥 현실에 매여 있는 사람. 좋은 감정 싫은 감정 모두 안고 가야만 하는 사람. 영원히 자유로울 수 없는 그런 사람. 그렇게 또다시 현실의 나로 돌아왔다.

내가 바란 것은 자유가 아니라, 그저 증오의 감정으로부터 벗어나고 싶었던 것뿐이었다. 자유를 원했던 것은 아니었던 거다. 아니, 자유를 원했을 수도 있지만, 그건 진짜 자유는 아니었다. 어쩌면 진정한 자유는 원하지도 않았을뿐더러, 그것이 존재하는지조차 확신하지 못하는 것일 수도 있다. 자유를 준다고 해도, 온전히 받아들일 용기도 없을 거다. 말로 하는 자유, 부러움에 가득찬 자유는 자유가 아니다. 자유를 선택한 사람이 얼마나 고통스러워야 하는지, 마음은 이미 알고 있다. 그래서 우리는 함부로 자유를 선택하지 못하고 자유 쪽으로 움직여가지 못한다. 이건 용기 있는 사람만이 할 수 있는 일. 우리는 대부분 거짓 자유, 마취약 같은 자유만 바랄 뿐 진짜 자유는 무서워하게 마련이다. 발리의 쿠데타에서, 스톡홀름 슬루센의 어느 카페에서 가짜 자유로 나를 위로하며 하루하루를 참아내며 살아갈 뿐이다. 그렇게밖에 하지 못하는 것이, 나라는 나약한 존재다.

기도보단 다짐

내가 보이지 않는 감정들에 휩싸여 있을 때. 언젠가 내가 일을 내겠구나, 라는 생각이 문득 떠오를 때마다 얼마나 그분을 찾았는지 오직 그분은 알고 계실 것이다. 그분에게 매달리는 게 내가 할 수 있는 최후의 방법이라 생각했다.

사실 나는 그렇게 대단한 걸 바란 건 아니다. 내게 많은 돈이나 주체하지 못할 영감, 천국으로 갈 수 있는 직행 티켓을 원한 것도 아니었다. 그저 내 작은 마음으로 감당하지 못할 매서운 감정의 바람이 불어올 때면 두 손을 모은 채 저 위에 있는 그분께 내게 안정을 달라며 간절하게 기도를 했다.

하지만 단 한 번도 응답을 주신 적은 없었다. 어쩌면 내 자신에 대한 이기적인 기도말고 좀더 인류를 위한 기도를 했어야 했는지도 모른다. 지구의 평화, 나날이 훼손되는 열대우림, 녹아내리는 빙하에 살 곳을 잃어가는 북극곰, 절망적인 실업률, 바다에 나갔다가 집으로 돌아가지 못한 사람들 아니면 담뱃값 인상에 대해서 말이다.

그래도 그분께서 나의 고통에도 귀를 기울여주시길 바랐다. 비록 내가 그의 예쁜 어린양은 아니더라도 그분이 가진 무한한 능력 안에서 0.00000000000000001 정도 나에게 마음의 평화를 베풀어주시길 바랐다. 하지만 그분은 내가 받아야 할 마땅한 시련이라도 되는 것처럼 내 고통을 보고만 계셨다.

그렇다고 내가 그분의 존재를 부정하고 원망하는 건 아니다. 그저 아주 작은 관심을 원할 뿐이다.

'신은 우리가 감당할 수 있을 만큼의 시련을 주신다'고 레너드 코헨은 노래했다. 그렇기에 지금 내가 가진 문제도 아마 내가 스스로 감당할 수 있는 것인지도 모른다. 어쩌면 인류를 구원하기 위해 매주 교회에 나가 바쁜 그분께 기도하는 편보다 스스로를 위로하고 약해지지 않도록 굳게 다짐하는 편이 낫다는 걸, 그리고 그분께서 우리를 만들었지만 결국 살아가는 건 우리의 몫이란 걸 말이다.

결국 지금 내게 필요한 건 기도보다 다짐일 것이다.

└→ 끝날
때까지
끝난 게
아니다

모든 사람들이 내 손을 놓아버린 것만 같았던 때가 있었습니다. 그렇지만 내 손을 잡고 있던 그(들)에게 부담 주고 싶지 않아서 "손을 놓지 말아요"라고 말로 하지는 못했습니다. 그냥 마음으로 간절히 바라고 바랄 뿐. 그런 마음을 알아주었으면 하고 바랄 뿐이었습니다.

모든 인연이 그렇듯, 그냥 툭 하고 끊어지는 순간이 오죠. 내가 아무리 손을 부여잡고 놓지 않으려고 해도 상대가 놓아버릴 수도 있고. 그도 나도 손을 잡고 있다가 힘이 빠져 누가 먼저랄 것도 없이 스르륵 놓아버리기도 하죠. 서로의 마음이야 어떻든 상관없이, 그렇게 인연은 끊어지죠.

"한번 놓았다고 끝은 아니잖아요? 다시 잡으면 되잖아요?" 이렇게 말하기도 합니다. 그러나 그러기는 힘들죠. 서로를 믿고 의지하며 잡았던 손은 한번 놓으면, 그걸로 끝. 다시 잡아도 이전과 똑같은 손잡음이 될 수는 없어요. 다시 잡는다고 해도 아무런 의미도 없어요.

십 년 전쯤이겠군요. 기운이 펄펄 넘치던 때였습니다. 박사 논문을 준비하느라 커피를 몇 잔씩 연거푸 마시고 밤을 새우기도 했고, 새벽에 차를 몰아 집으로 가서 샤워만 하고 다시 출근하기도 했고, SCI 논문을 한 편이라도 더 써야 한다는 불안감에 책상 앞에 붙어 있어야 안심이 되던, 그런 때였습니다. 뭔가를 이루고 싶은 마음에, 비록 작아도 세상에 뭔가를 오래 남기고자 하는 욕심에, 누군가에게 세차게 매달리기도 했습니다. 겉으로 드러나지 않았어도 내 마음은 간절했습니다.

사회생활 잘하려면 어떻게 해야 하는지, 어떤 말로 사람들의 기분을 좋게 해주어야 하는지 잘 몰랐습니다. 내가 원하는 것을 얻기 위해서 마음에 없는 이야기를 진심처럼 하는 법도 알지 못했고요. 그때는 요령도 없었고, 그것이 무엇인지도 잘 몰랐고, 이기심을 채우려면 어떻게 해야 하는지도 몰랐죠. 그냥 순수한 마음 하나면 된다고 믿으면서 누군가를 향해 손을 잡아달라고 매달렸습니다. 내 소중한 것들을 내어주면, 누군가가 나를 세상 속으로 끌어올려줄 것이라 순진하게 믿으며 살았습니다. 말하지 않아도 내가 보여주는 헌신 하나면 충분하다고 여겼던 거죠. 다른 요령이 무슨 소용이 있을까 싶었습니다. 세상에 넘쳐나는 아부의 말들은 순수한 마음으로 대신할 수 있다고 믿었습니다. 하지만 내가 믿었던 그 사람은 어느 순간 비수처럼 "너를 받아줄 수 없노라"라고 말하더군요.

그 말을 들었을 때, 나는 더이상 세상으로 다가갈 수 없을 것만 같았습니다. 그냥 나이만 먹었지, 세상이 어떻게 돌아가는지 몸으로 부딪혀본 적이 없었기에, 마냥 두려웠습니다. 어떻게 살지? 나락으로 떨어지지 않을까? 비루한 모습으로 살다가 사람들의 발에 이리저리 차이지나 않을까? 별의별 생각이 몰려왔습니다. 그가 "나를 끌어줄 수 없다"고 선언하던 그 말을 듣는 순간, 울컥 눈물이 날 것 같았습니다. 그가 미워서라기보다는 '내가 잘 살아갈 수 있을까?' 하는 두려움 때문에요.

그러고는 정신과를 전공한 뒤로 한순간도 놓지 않고 헌신했던 분야에서 밀려나고 말았습니다. 박사까지 공부했던 것과는 다른 분야로 새롭게 뛰어들어야 했습니다. 솔직히 말이 좋아 새로운 도전이지, 아무도 관심 갖지 않았던 곳으로 혼자서 발을 들여놓게 되었습니다. 그 이후로 또다시 내 자신을 앞으로 밀어붙이며 지금 이 순간까지 살아왔습니다.

그렇게 시간이 흐르는 동안 그전에는 상상하지 못했던 많은 일들이 찾아왔습니다. 정말 찾아왔다는 말이 맞는 것이 지금까지 한 번도 생각하지 않았던 일들이 내게 일어났기 때문입니다. 책도 쓰고, 어설프게 텔레비전에도 잠시 얼굴을 보이고, 신문에도 이름이 오르내리고…… (나의 무의식에서는 이런 것을 원했는지 모르겠지만) 한 번도 의식적으로 이런 것들을 목표로 하지 않았습니다. 그런데 어느 순간 이 모든 것이 제게 던져지듯 찾아왔습니다.

세상의 모든 일이 그렇듯, 끝날 때까지 끝나는 것이 아니지요. 레니 크라비츠의 〈It Ain't Over till It's Over〉가 생각나는군요. 이 노랫말 속에 담긴 것처럼, 사랑만 끝날 때까지 끝난 것이 아니라, 세상 모든 일이 그렇더군요. 정말 끝날 때까지는 어떻게 될지 아무도 모르는 일. 예측은 언제나 빗나가고, 예상은 예상일 뿐, 현실에서 그 꼴을 그대로 옮겨놓는 경우는 없죠. 나도 그랬습니다. 누군가 나의 손을 놓아버렸지만, 그러고 나니 새로운 사람들을 만날 수 있게 되었고, 그래서 새로운 인연이 시작되고, 그 인연으로 또다른 나를 발견하게 되고, 인연을 통해 '나에게 이런 재주도 있구나!' 하고 경탄하는 순간을 경험할 수 있게 되었고요. 그래서 현재의 내 모습에 이르게 되었습니다. 어쩌면 인연 하나가 툭 하고 끊어지고 나야 비로소 또다른 내 모습 하나를 발견할 수 있었던 거죠. 인연을 놓지 않았다면, 끝까지 몰랐을 새로운 삶을 비로소 찾을 수 있었던 것이지요.

세상으로 나아가기를 간절히 바랐던 기억들, 그러나 그가 무심히 내 손을 놓아버렸던 그 순간을 지금도 잊을 수는 없습니다. 하지만 그가 내 손을 놓아버려서 나는 또다른 인연들을 많이 만날 수 있었습니다. 그래서 지금은 괜찮다고 말할 수 있습니다. 그러고 보니, 아무리 악연이라도 '지금은 그럭저럭 괜찮은 인연'으로 남겨질 수도 있는 듯합니다. 인연의 끝이 아무리 좋지 않았더라도, 시간이 흐르면 '그럭저럭 괜찮아지는 것

243

같고요. 영영 끊어져버린 인연도 기억 속에서는 '꽤 괜찮은' 것으로 남게 되었습니다. 이런 과정을 거치며 자기 자신과 자신의 삶이 끊임없이 바뀌어나가는 것이겠지요. 이전보다 조금 더 나아진 모습으로 말입니다.

나라는
사람은
어떤
사람이지?

김동영

불안은 소나기에 젖은 셔츠처럼 축축하게 젖었다.

외로움은 소리 없이 내리는 눈이 푹푹 쌓여 허리가 굽은 당나귀 같다.

긴장은 두들겨서 더욱 단단해진 강철 같다.

우울은 겨울의 나뭇가지처럼 앙상하게 남아 얼어붙은 바람에 떨고 있다.

긍정이 앞서 걸어가고 난 그림자가 되어 뒤따라간다.

기억은 아무것도 찍힌 것 없는 필름처럼 까맣기만 하다.

그리고 고독은 늦은 밤 혼자 편의점을 지키는 알바의 피곤한 어깨.

나는 〈무한도전〉을 보았지만 전혀 재미있지 않았다. 그저 나사가 하나 빠져 삐거덕거리는 의자에 앉아 다리를 책상에 올리고 담배만 피워댔다. 한 개비 두 개비……. 나중에는 속이 쓰리고 목이 따가웠다. 하지만 그 사소한 고통에 불안, 외로움, 우울, 기억 그리고 고독은 잠시나마 내게서 물러났다.

그렇지만 무엇보다 참기 힘든 건 따뜻함에 대한 갈망이었다. 내 몸에는 따뜻함이 없어서 항상 떨며 다녀야 했다. 그래서 거리를 걸어갈 때 신호대기중인 자동차 엔진의 열기나 고양이의 작은 온기 그리고 스탠드 전구의 빛조차 내게는 커다란 위로였다.

　이 모든 게 나약한 소리인지 모른다. 유별나게 투정을 부리고 있는지도 모른다. 하지만 난 화산재에 묻힌 폼페이고 불에 타버린 금각사 그리고 기형도 시인의 빈집이다.

　나는 변했다. 나이가 들어서는 아닐 것이다. 예전의 대책 없는 활기나 봄바람 같은 웃음도 사라져버렸다. 그나마 다행인 건 내가 어땠는지 조금은 기억하고 있다는 것이다.

　하지만 지난 시간을 되찾는다 해도 내 감정은 너무 오래 그리고 멀리 와버려 예전의 내가 될 수는 없을 것이다.

　매일 스스로에게 묻는다.

　'이제 난 어떤 사람이 되었지?'

김병수

→ 다시,
눈물 앞에
앉았다

창문도 없는 작디작은 이 진료실에서 팔 년을 일했다. 그동안 나는 달라졌다. 내가 그걸 느낀다. 감정이 새어나가는 느낌. 어느새 눈물도 말랐다. 어떻게든 내 진심을 전달하고 싶은데, 마음이 움직이지 않는다. 우울해서 무거운 마음이 아니라, 마음이 꿈쩍도 하지 않아 무겁기만 하다. 마음이 멈춰서버렸다.

일하면서 가장 힘들고 곤혹스러운 순간. 내 바로 앞에 앉아 있는 그(녀)의 빰에 눈물이 흐른다. 세상에 이보다 더한 고통은 없다고 하면서. 하지만 소리치지는 않는다. 그냥 소리 없이 눈물을 흘리고 아주 작은 목소리로 운다. 그게 전부다. 그런데 내가 할 수 있는 것은 아무것도 없다. 무슨 말을 해야 할지도 모르겠다. 아무 말도 떠오르지 않는다. 이런 상황을 매일매일 겪어왔다. 아마 그사이 내 마음이 조금씩 닳아 조금씩 떨어져나가고 있었던 것 같다. 마음이 너덜너덜해져버렸다. 더이상 내어줄 감정이 사라져버렸는지 모르겠다. 무뎌져버렸다. 그리고 변해버렸다. 더이상 움직이지 않는 마음으로, 아무리 끌어당겨도

247

꿈쩍도 하지 않는 마음을 갖고 일하는 것. 조금이라도 같이 느끼고 싶은데, 어느새 그렇게 할 수 없을 만큼 지쳐버린 나를 발견했을 때, 어디론가 숨어버리고 싶었다.

아침이 새로 왔을 때, '오늘 해야 할 일은 뭐지' 하며 호기심과 열정으로 시작하던 때가 있었다. 행복했다. 하고 싶은 일이 있고, 그것을 할 수 있는 열정이 있었다. 고마웠다, 모든 것이. 보잘것없는 나를 찾아와 자기 삶을 내보여주는 사람들도 고마웠다, 진심으로. 그 무엇이건 조금이라도 도움이 되는 일이라면 어떻게든 다 하고 싶었다. 그렇게 할 수만 있다면, 무엇이든 할 수 있을 것 같았다. 원래의 나는 그랬다. 그런데, 지금은…… 달라졌다. 이제 나란 사람은 어떤 사람이지? 하고 나에게 묻는다.

김연수의 소설 속 '원더보이'처럼 동전을 만지면, 지금까지 그 동전을 만졌던 모든 사람의 모습이 떠오르고 그들의 삶을 머릿속에 그려낼 수 있다면 좋겠다고 원했던 적이 있다. 그런데 이제는 그 모든 것으로부터 달아나고 싶어졌다. 이 조그만 진료실을 뛰쳐나가고 싶어졌다.

"그냥 여기만 아니면 좋겠어" 하는 마음에, 갑자기 떠났다. 하라주쿠 캣 스트리트. 작은 가게 앞에 섰다. 숲속 통나무집 같은 가게. 이층으로 올라가는 계단도 나무둥치를 타고 오르는 듯, 작은 나무다. 한 발 한 발 디디면 삐걱대는 소리가 난다.

벚꽃 나무가 그늘을 만들고 있다. 벚꽃도 예쁘다. 그 앞에 한참을 서 있었다. 그냥 서 있었다. '햇빛이 이렇게 좋은데, 나는 뭐 하고 있었던 거지?' '벚꽃이 이렇게 예쁜데, 왜 내 기억 속에 남겨진 벚꽃은 없지?' 그냥 서글펐다. 눈물이 날 것만 같았고, 무어라 말하기는 어려워도 나에게 소중한 것들이 아무 말도 없이 그냥 사라져버린 것 같았다. 더이상 되찾을 수 없을 것 같아서, 그래서 슬펐던 거겠지. 변해버린 나란 사람을 어떻게든 이해하고 싶었다.

먹먹한 마음을 안고 다시 출근. 비밀번호를 누르고, 연구실 문을 연다. 책상에 앉아 컴퓨터를 켠다. 커피 한 잔을 마신다. 그리고 커피 한 잔을 더 마신다. 메일을 확인하고, 책을 잠깐 읽고, 멍하니 생각에 잠긴다. 아홉시다. 가운을 걸치고, 진료실로 내려간다. 하루가 시작된다. 나는 다시, 눈물 앞에 앉았다. 이전처럼 나는 그들 마음에 다가갈 수 있을까?

낯선 침입자

김동영

나말고 우리집에 다른 누군가 살고 있다. 그것은 유령이라고
하기에는 하는 짓이 너무 귀여웠고 우렁각시라면 개념 상실이
었다. 아니 만약 나의 고양이들이라면 단단히 한번 혼을 내줄
필요가 있었다. 어느 날부터 일어나면 제멋대로 흐트러져 있는
물건들과 옷가지, 책상에서 떨어진 메모 쪼가리들과 책들 그리
고 뭔가 먹어치운 흔적들을 발견할 수 있었다.

처음에는 그리 심하지 않았지만 날이 갈수록 수법은 대범
해졌고 그 빈도도 더해갔다. 그렇다고 내가 공포를 느낀 건 아
니었다. 그저 누가 다녀갔는지 궁금할 뿐이었다. 낯선 이의 방
문이 시작되면서 나는 자기 전에는 문단속을 꼼꼼하게 확인하
고 가능한 인기척이 느껴지면 일어나려고 노력도 했다. 그리고
CCTV를 달아볼까도 했다.

그렇게 나와 침입자의 숨바꼭질은 시작되었다.

도대체 무슨 이유로 내가 잠들었을 때만 우리집을 찾아오는
지 알 수가 없었다. 값나가는 물건을 가져가는 것도 아니고 나

250

에게 해를 끼친 적도 없었다. 그저 집 안을 조금 어지럽히고 음식을 먹어치우는 게 전부였다. 그래서 자다가도 무슨 소리가 들려서 바로 일어나 확인해보면 집에는 아무도 없었다. 그저 어둠과 고요 그리고 졸린 눈으로 날 바라보는 고양이들만 거기 있을 뿐이었다.

친구들에게 한밤의 침입자에 대한 이야기를 말하면 다들 귀신이나 분명 고양이가 했을 거라는 이야기만 해댔다. 아니면 내가 너무 예민해서 그런 거라고도 말했다.

어쩌면 친구들의 말처럼 내가 너무 예민한지 몰라도 내가 잠든 밤 집에는 분명 나말고 다른 누군가가 있는 것이 확실했다. 그렇게 몇 달이 흘러 나도 더이상 그 존재에 대해서 신경쓰지 않게 되었고 아침에 일어나면 밤새 누군가 먹고 남긴 음식물들을 당연한 듯 치웠다. 매일 밤 침입자가 다녀가는 건 아니었다. 어떨 땐 일주일 연속으로 다녀갔고 가끔은 몇 주 동안 오지 않았다. 그렇게 보이지 않는 존재는 나의 동거인이 되었다.

내가 그의 존재에 대해 알게 된 건 그녀와 몇 달간 같이 머물게 되면서였다. 누군가와 같이 산다는 건 꽤 신경쓰이는 일이었다. 그녀를 배려해야 하고 우리 사이의 보이지 않는 영역을 지켜야 하고 적당한 거리도 유지해야 했다.

그날은 그녀가 먼저 일어나 있었다. 그녀는 잠이 덜 깬 내게 물었다.

"어젯밤 배가 고팠어?"

"아니."

나는 여전히 잠이 덜 깨 가라앉은 목소리로 그녀에게 말했다.

"그래? 고구마를 아주 맛있게 먹던데. 껍질도 안 까고……."

그녀는 내게 말했다.

"고구마? 뭔 소리야?"

그녀를 바라보며 물었다.

"기억 안 나? 너 어젯밤 불도 안 켜고 거실에 앉아서 고구마를 먹던데."

나는 그녀가 한 말이 도대체 무슨 말인지 영문을 몰랐다. 아무런 기억이 나질 않았다.

그렇게 며칠이 지나갔고 이른 아침 그녀가 자고 있는 나를 깨웠다. 나는 베개에 얼굴을 처박고 그녀에게 "무슨 일이야? 나 오늘 출근 안 하는 날이야. 왜 이렇게 일찍 깨워?"라고 물었다. 그녀는 "어젯밤 너 오늘 일찍 깨워달라고 그랬잖아"라고 말했다. 나는 "무슨 소리야. 나 잘 거니깐. 깨우지 마"라고 말하고 다시 잠에 빠져들었다.

그날 오후 우리는 오랜만에 같이 저녁을 만들어 먹었다. 그녀는 날 빤히 바라보며 물었다.

"너 요즘 이상한 거 같아. 자다가 일어나서 거실에 한참을 앉아 있거나 뭔가 먹기도 하고. 너 괜찮은 거야?"

나는 그런 말을 하는 그녀가 오히려 이상하다는 듯 "내가? 난 기억이 없는데……"라고 말하며 쳐다봤다. 저녁을 먹으며 그녀와 난 밤에 내가 하는 행동에 대해 이런저런 이야기를 했지만 서로 말하는 부분이 달라서 정확하게 결론을 내릴 수가 없었다. 대신 다시 그런 일이 일어나면 그녀가 내게 바로 알려주기로 했다.

내가 기척을 느껴 눈을 떴을 때 나는 사방이 까만 어둠 속에 있었다. 그리고 그녀가 내 옆에 있었고 내 손에는 라면 봉지가 들려 있었다. 내 손안에 있는 라면 봉지와 입안 가득 있는 딱딱한 생라면이 날 놀라게 만들었다. 이게 도대체 무슨 일인지 몰랐다. 마치 최면에 걸렸다 깨어난 것처럼 나는 소스라쳤다.

나는 그 밤 모든 걸 어렴풋이 알 것 같았다. 그동안 집 안을 어지르고 뭔가 먹은 흔적을 만들어낸 건 보이지 않는 동거인이 아니라 나 자신이었던 것이었다.

자고 있는 무의식 상태에서 또다른 내가 의식이 있을 때 하지 않던 행동을 하는 것 같았다. 이러다가 '싸이코 영화에 나오는 주인공처럼 살인마가 되는 게 아닌가?'라는 공포가 몰려왔다. 도대체 어떻게 험난한 세상을 이 몸뚱이로 살아갈지 내 자신이 무섭기도 하고 불쌍하기도 했다. 의식이 있을 땐 조절이라도 할 수 있을 텐데 의식이 없는 무의식 상태에서는 내가 나를 컨트롤할 수 없으니 어떻게 해야 할지 답이 없었다. 정말 그녀의 농담처럼 문을 자물쇠로 밖에서 걸어 잠그거나 자기 전내 몸을 침대에 묶어놔야 할지도 모를 일이다. 그나마 다행인것은 내가 다른 사람과 자거나 여행을 떠나면 몽유병이 나타나지 않는다는 것이었다. 아마 그땐 내가 자면서도 긴장을 해서 그런 것 같다.

몽유병이라는 걸 알고 나서도 증상은 계속 일어났다. 이제는 잠을 못 자는 게 문제가 아니고 내가 무슨 짓을 할지 몰라서 잠을 자는 것을 두려워해야 했다. 그리고 언젠가부터 불쑥왔던 불청객 몽유병은 올 때처럼 소리 없이 사라졌다. 더이상아침에 그 흔적을 찾아볼 수가 없게 되었다.

그동안 의심해서 미안했다. 고양이들아…….

"선생님, 제가 이상해진 것 같아요. 가족들이 빨리 선생님을 만나 상의해보라고 해서 예약을 당겨서 왔어요. 어젯밤에 저는 하나도 기억이 나지 않는데, 글쎄 제가 갑자기 친구에게 전화를 걸어서 쓸데없는 이야기를 늘어놓고, 냉장고 문을 열어서 허겁지겁 빵을 꺼내 먹더래요. 내가 갑자기 미친 사람처럼 변한 것 같다며 옆에서 지켜보던 딸이 놀라서 빨리 병원에 가보라고 했어요."

이런 일이 생기는 가장 흔한 원인 중의 하나는 (몽유병도 아니고, 그렇다고 환자들이 걱정하는 것처럼 미친 것도 아니고) 수면제의 부작용 때문이다. 가끔 텔레비전 뉴스에서 나오는 졸피뎀이라는 수면제의 부작용.

그런데 이 약제와 관련되어 특징적인 부작용 중 하나가, 자신은 기억하지 못하는데 자다가 깨서 (혹은 약제를 복용한 뒤에 잠이 들지 않은 상태에서) 음식을 먹는다는 것이다. 자기도 모르게 냉장고를 뒤지고 먹을 것을 찾는다. 수면제의 부작용이라는

255

것을 모른 채 이런 일을 겪으면 본인도 당황하게 되지만 옆에서 지켜보던 가족이 무척 불안해한다. 낮에 멀쩡하던 사람이 갑자기 밤에 이상한 소리를 하고, 그러다 아침에 깨어보면 자신은 그 일을 하나도 기억하지 못한다고 하니까. 불면증만 있는 줄 알았는데, 정말 정신이 이상해지고 있는 것 아닌가 하고.

하지만 이런 현상은 약제만 조절하면 자연히 해결된다. 영원히 지속되는 것도 아니고. 약제만 중단하면 금방 없어진다. 걱정되고 불안할 수도 있겠지만 마음을 놓아도 된다.

*

그는 한동안 수면제 없이는 잠을 쉽게 이루지 못했는데, 지금은 수면제 없이도 잘 잔다고 한다. 자기도 모르게 밤에 일어나 먹을 것을 찾는 일도 없어졌다고 한다. 몽유병을 걱정하기보다는 불면증이 생긴 원인부터 해결해야 한다. 그는 한동안 일이 너무 많아 밤늦게까지 깨어 있어야 할 때가 많았고, 밤에 작업하는 것을 좋아했다. 그러다보니 수면 습관을 건강하게 바꾸기가 어려웠다. 지금은 밤을 새우는 일도 많이 줄었고, 비교적 일정한 시간에 일어나 하루를 시작한다고 한다. 건강을 위해 그리고 오래오래 자기가 원하는 일을 하기 위해, 지금의 습관이 잘 유지되기를 바란다.

이런
나라서
미안합니다

김동영

파리에 있다가 왜 갑자기 우크라이나 오데사라는 도시에 왔는지 뭐라 설명할 수 없습니다. 다만 집 앞 오데옹 역에 설치된 광고판에서 오데사 가는 티켓이 특가로 나왔기 때문에 나는 무작정 한 번도 가본 적 없는 오데사로 가기로 결정했습니다. 그리고 혹시 낯선 장소에서는 글이 잘 써지지 않을까 하는 마음에 온 것도 사실입니다. 정말 이것말고는 별다른 의미는 없습니다.

아주 오래전부터 사람들이 가지고 있는 개인사 중에서 어두운 면에 대해 쓰고 싶다는 생각을 가지고 있었습니다. 오래 만나온 연인처럼 누구보다 그걸 꾸준히 지켜봐왔기 때문에 누구보다 더 잘 안다고 생각했거든요.

하지만 작업은 쉽지 않았습니다. 이제는 괜찮은 줄 알았던 그 어둠을 매일매일 끄집어내야 했기 때문에 이제까지 해왔던 다른 작업들보다 더뎠고 스스로 몸서리쳐야 했습니다. 많은 포기의 순간이 있었습니다.

이 작업이 무슨 의미가 있는지 책으로까지 나올 만한 가치가 있는지에 대해서 고민을 했습니다. 그리고 이것들에 대해 이야기하려면 개인적인 이야기들을 쓸 수밖에 없는데 그 개인적인 이야기의 수위를 어디까지 표현해야 할지도 알 수가 없었습니다. 너무 솔직하게 쓰면 저에게 오히려 해가 되지 않을까 걱정을 했고, 그렇다고 미화시키거나 우울, 공황, 불안에 대해 본질적으로 쓴다면 분명 재미도 없고 의미도 없는 글이 될 거라고 생각했습니다.

결국 저는 온전히 저의 이야기를 통해 감정들 어두운 뒤편에 대해 쓰기로 마음먹었습니다. 이 글을 읽고 어쩌면 어떤 분들은 편견을 가지거나 저를 동정하실 수도 있습니다.

하지만 저는 당신이 어떻게 느끼든 상관하지 않을 겁니다. 왜냐하면 이 세상 모든 사람은 달의 반대편처럼 모두 어두운 면을 가지고 있다는 걸 알고 있으니깐요.

너무 아픈 사람은 정작 아프다는 말을 입 밖으로 꺼내지 못한다고 합니다. 제가 이렇게 글을 쓸 수 있는 건 어쩌면 덜 아파서 그런지도 모르겠습니다. 하지만 저는 당신들에게 말해주고 싶습니다. 우리가 이런 것들을 느끼며 살아가고 있지만 혼자만 아픈 건 아니라는 것을요. 모두가 같은 감정과 고통을 느끼며 이런 식으로 살 수밖에 없다는 거죠. 그래서 '힘들다'를 입에 달고 살지만 사실 그 말에는 좀더 밝고 건강한 삶에 대한 애착이 묻어 있는 게 아닐까 생각합니다.

저는 이제 돌아가려 합니다. 다시 일상으로 그리고 나의 도시 서울로 말입니다. 그곳에서 나는 여전히 어둠 속에 있겠지만 그렇다고 그 안에 갇혀버린 저를 미워하거나 조급해하지 않을 겁니다. 왜냐하면 제 옆에는 이런 날 그냥 지켜봐주고 마음 써주는 나의 친구들과 가족들이 있으니깐요. 설사 그들이 제게 아무것도 해주지 않아도 그냥 나와 같은 세상에 존재하는 것만으로도 저는 위로받을 수 있을 겁니다.

건강하십시오. 아름다운 날들을 보내세요. 힘들면 당신 주변을 둘러보십시오. 분명 거기에 누군가 있을 겁니다. 만약 없다 하면 시들어빠진 꽃이라도 있겠죠. 그걸 통해 위안을 받으십시오.

↳ '미안하다는
말

'미안하다'는 용서를 구하는 말이기도 하지만, 절박함을 전하고자 하는 말이기도 하죠. '나도 어쩔 줄을 모르겠다. 하지만 이런 나를 이해해달라'는 양해의 말이기도 하고요. '달라지고 싶지만, 그렇게 할 수 없어 나도 답답하다'는 호소일 때도 있습니다. '당신이 보기에 내가 못마땅하고 부족하더라도 나를 품어달라'는 간절한 부탁을 대신할 때도 있고요.

마음이 아픈 사람은 가족을 향해 "미안해" 하고 자주 말하곤 합니다. "이런 나라서 미안해요"라고. 건강하고 행복하게 사는 모습을 보여주지 못하고, 아프고 괴로워하는 나 때문에 가족에게 죄를 짓는 것 같다고 하면서요. 나 때문에 가족이 힘들어하고 있다는 생각은 사랑하는 가족을 힘들게 했으니 자신이 벌받아야 한다는 생각으로 이어지기도 합니다. 심하면, '자살'을 생각하게 되기도 하고요. 그래서 우울증 증상 중에서 제일 무서운 것이 바로 죄책감입니다. 죄책감이 심하면 심할수록 우울증도 심해지고, 죄책감이 있으면 우울증이 자꾸 재발하는 원인이 되기도 합니다.

때로는 약한 마음을 들키기 싫어서 상대를 막아서려고 '미안하다'고 선수를 치기도 합니다. 더이상 내게 다가오지 말라고, 미안하니 더이상 내게 다가올 필요 없다고 상대를 떼어놓으려는 손사래이기도 하지요.

미안하다는 말은 전염성도 강합니다. 사랑하는 사람의 미안하다는 말은 그를 사랑하는 사람의 마음에 '아픈 너를 돌보아주지 못해 내가 더 미안해'라는 생각의 파도를 일으키지요. 그 미안함은 또다시 내게 되돌아와 "미안해"라고 할 수밖에 없게 만듭니다. 그렇게 미안은 미안을 부르고, 또다시 미안한 마음의 파도를 일으킵니다. 그렇게 미안한 마음은 서로의 마음을 돌고 돌며 서로를 아프게 하지요.

"미안해"라는 말로 "당신이 원망스러워"를 대신하기도 합니다. "미안해" 속에 "당신 때문에 내가 아파" "나를 좀더 돌봐주었다면 이렇게 아프지 않았을 텐데"를 숨겨두기도 합니다. 그래서, "미안해"라는 말로 사랑하는 사람의 마음에 또다른 상처를 심어주기도 하지요.

"미안해"는 "고마워"라고 말하기 쑥스러워 달리 쓰는 말이기도 합니다. 그리고 "아빠, 이런 나라서 미안해요"는 "아빠, 이런 나를 키워주셔서 고마워요"라는 뜻이겠지요.

"미안해"라는 말처럼 세상에 쓸모없는 말도 없습니다. "미안해" 대신에 "나를 안아줘" 하면 되고…… "미안해" 대신에 "잠시 혼자 나를 내버려두었으면 좋겠어"라고 하면 되고……."미안해" 대신에 "이제는 나의 아픔을 온전히 혼자 감당해야만 할 것 같아"라고 하면 됩니다. "미안해" 대신에 "고마워"라고 하면 됩니다.

나의
글
때문에

내가 수줍게 써내려간 글들아.

지금은 그러지 못하지만 언젠가 너에게 생명을 불어넣어줄게.

그럼 온 세상 서점 가장 잘 보이는 곳에 네가 꽂혀 있을 거야.

그럼 다른 누군가는 널 읽으며 나처럼 그들만의 이야기를 만

들어갈지 몰라.

그건 참 의미 있는 일이지 않을까.

— 김동영, 『너도 떠나보면 나를 알게 될 거야』(달)

이 글을 쓰고 있을 때 내 인생은 앞뒤가 잘려나가 어디가 시
작이고 어디가 끝인지 알 수 없는 혼란과 애매함의 연속이었
다. 어제가 오늘 같았고 오늘이 어제 같았으며 내일은 깜깜하
기만 했다. 그때 내가 할 수 있는 건 어둠 속에서 더듬거리며
빛을 찾아 조심스럽게 길을 따라 달리고 무엇이 될지 모르는
글을 무작정 써내려가는 일뿐이었다.

결국 팔 개월 만에 그런 지랄맞은 여정은 끝났고 나의 글들
은 기적처럼 한 권의 책이 되었다. 그 책은 행운처럼 베스트셀

러가 되었고 내게 새로운 인생과 과분할 정도의 관심을 선물했다. 끊임없는 인터뷰에 내가 무슨 말을 했는지 기억조차 없었고, 갑자기 블로그 조회수가 폭발적으로 늘었고, 출판사로 집으로 손편지가 쏟아졌다. 서점에 가면 누군가는 날 알아보기도 했고, 유랑극단의 원숭이처럼 전국 방방곡곡을 다녔다. 거짓말 조금 보태서 근사한 사람들이 내게 먼저 손을 내밀었고 유명한 친구들도 늘었다. 또, 은행 잔고는 결코 마르는 일이 없었다. 무엇보다 그때까지 내가 하는 일은 무조건 못마땅해하시던 부모님이 진심으로 즐거워하셨다. 태어나서 처음으로. 아름답고 훈훈하게 끝나는 동화처럼 나는 행복한 결말을 맞이하는 듯했다.

하루하루가 달콤했고 앞으로 다가올 날들이 밝았고 주변에서는 새들이 지저귀었다. 삼십 년 만에 내가 꽤 괜찮은 사람이 된 것만 같았다. 그동안 아무것도 아니었던 나는, 길에서 보낸 시간 그리고 책을 통해 그렇게 갈망하던 특별한 존재가 되었다.

하지만 해가 뜨면 자연스럽게 어둠에게 자리를 내줘야 하듯이 그 시간은 오래가지 않았다. 또다시 나는 다른 밤을 맞이할 수밖에 없었다. 성공 뒤에 찾아온 건 이전보다 더 잘해야 한다는 부담감과 사람들의 대책 없는 기대였다. 정작 나는 자신이 없었다. 이 모든 것이 내가 잘해서 얻어진 건지 아니면 운이었는지 확신할 수 없었다. 그렇기에 나는 손에 쥐어진 것들을 놓치지 않기 위해 더 열심히 매달렸고 스스로에게 엄격해져갔다.

어느 날 찾아온 성공처럼 갑자기 나는 그 자리에 주저앉아버렸다. 평소에 아무렇지 않게 했던 쓰고 읽고 걷고 먹고 자고 그리고 사랑하는 사소한 일들도 다짐 없이는 할 수 없게 되었다. 병균에 전염이 되었거나 어떤 외부적인 충격에 의해서 생긴 건 아니었다. 이 모든 건 내 스스로가 만들어낸 실체가 없는 병이었다.

나는 다시 길 위에서 보냈던 고되고 암울하기만 하던 나의 서른 살로 되돌아오고 말았다.

성공은 늘 달콤하고 밝은 미래를 약속하지만 그걸 지켜내는 건 쟁취한 사람의 몫이다. 성공이라는 건 드래곤볼처럼 어떻게 사용하느냐에 따라 그 효과를 발휘한다. 어떤 사람은 성공을 통해 더 앞으로 나아갈 수 있다. 또다른 사람은 우물쭈물하다가 애써 얻은 걸 어리석게 놓쳐버리기도 한다. 나처럼 말이다.

나에게 글을 쓴다는 건 쉽지 않은 일이다. 천국과 지옥을 동시에 맛보게 해준다. 대부분 나는 괴롭고 고독하다. 하지만 가끔 아주 가끔 그 와중에 입안에 침이 고이는 달콤함을 느낀다. 그 찰나의 순간 때문에 나는 글쓰는 일을 멈출 수 없다. 그리고 믿는다. 그 일이 날 특별하게 만들고 지금보다 더 멋진 사람으로 만들어줄 거라는 것을.

나는 결국 쓰는 일을 멈추지 못한다.

물론 다시는 내게 성공을 맛보게 해준 글을 쓰지 못하겠지만 나는 계속 무엇인가 쓸 것이다.

여전히 멀미 같은 불안과 우울을 가지고…….

김병수

└→ 글을
   쓴다는 것

『리스본행 야간열차』를 읽다가 깜짝 놀랐습니다. 주인공 그레
고리우스는 어느 날 갑자기 포르투갈의 의사이자 저항운동가
였던 아마데우의 인생을 좇아가는 여행을 떠나게 되죠. 아마데
우가 남긴 글과 그의 인연들을 하나하나 찾아갑니다.

고통과 걱정거리를 안고 나에게 오는 사람들에게 내가 마치
완벽한 자신감과 용기를 지닌 의사라는 생각이 들게 한다. 불
안에 떨며 도움을 구하는 눈빛으로 나를 바라보는 그들의 신
뢰감은, 그들이 내 앞에 있는 한 나 스스로 이것을 사실로 믿
도록 강요한다. 하지만 환자들이 나가자마자 난 그들에게 소
리치고 싶다. 난 여전히 두려움에 떨며 학교 계단에 앉아 있는
소년일 뿐이라고. 내가 하얀 가운을 입고 이렇게 거대한 책상
앞에 앉아 환자들에게 충고를 하는 것은 정말 하찮은 일이고
사실은 거짓이라고. 우리가 같잖은 천박함으로 현재라고 부르
는 현상에 속지 말라고.

— 파스칼 메르시어, 『리스본행 야간열차』(들녘)

267

이십대의 레지던트, 삼십대 초반의 강사 시절보다 지금은 나아졌지만 여전히 진료실에 앉아서 사람들의 이야기를 듣는 것이 제일 힘들고 두려운 일입니다. 저보다 인생 경험이 많은 나이 지긋한 어르신의 이야기를 듣다보면, 제가 오히려 이분들로부터 '인생 한 수' 배우게 될 때도 있습니다. '아, 저게 진짜 삶이구나' 하고 말이죠.

아직 (비교적) 젊고, 이십 년이 못 되는 정신과 의사 경력은 세상의 일과 사람의 마음을 모두 헤아리기에는 턱없이 부족한 것입니다. 제 스스로 이걸 잘 알고 있으니, 매번 사람들의 살아온 이야기를 듣는 동안 두려움을 느끼게 됩니다. '내가 그 사람의 삶의 결을 제대로 따라가지 못하고 있는 것은 아닌가' 하고 긴장하게 됩니다. '그 사람의 우주를 조금이라도 알아가기에는 내 경험이 너무 일천하다'는 생각이 들 때도 있고요.

가족이나 연인을 저세상으로 떠나보낸 사람들의 사연을 듣다보면 저의 심장도 같이 멈추는 듯한 느낌이 들어 고통스럽기까지 합니다. 그러곤 저도 마음으로 소리칩니다. '난 여전히 두려움에 떨며 학교 계단에 앉아 있는 소년 같은 마음이라고요.'

아마 제가 일을 그만두지 않는 이상, 제 삶에서 불안과 두려움, 고통과 부끄러움은 사라지지 않을 것 같습니다. 어쩌면 저라는 사람과 제 인생을 완성하는 데에는 이런 나약한 부분들이 꼭 필요할지도 모르겠다는 생각도 듭니다. 마음에서 불안을 몰아내고, 두려움을 느끼지 않게 된다고 해서 나라는 사람이 더 완벽해지지도 않을 겁니다. 완벽이란 아무런 결점 없이, 하나의 약함도 남기지 않은 상태가 아니라 그 모든 것을 모두 품어 머금은 상태이니까요.

누군가는 글을 쓰는 동안, 불안의 저주에서 벗어나지 못할 것 같다며 두 손으로 눈을 비비기도 할 겁니다. 머리를 쥐어짜며 머리카락을 헝클어놓기도 할 테죠. 살아 숨쉬는 동안, 죽을 때까지 글을 쓰겠다고 작정한 이상 불안과 두려움에서 절대로 벗어나지 못하겠죠. 어쩌면 그런 숙명을 갖고 태어난 것인지도 모르고요. 글을 쓰면서, 자기가 좋아하는 일을 하면서, 불안이 동행하지 않기를 바라는 것은 너무 이기적인 생각일지도 모릅니다. 하고 싶은 일, 욕심내는 일을 하는 것은 영원히 '불안과 두려움을 친구 삼겠다'고 선언하는 것이니까요.

글을 쓴다는 것 자체가 그를 불안하게 만들었던 것은 아닐까, 하고 생각하게 되었습니다. 그리고 그것이 그의 삶을 불안하게 만든 것이기도 할 테고요. 그가 원하는 삶을 살기 위해서는 불안을 억누르거나 극복하는 것이 아니라, 그냥 편안하게 받아들여야 할 겁니다. 그리고 불안을 감싸안을 수 있어야 할 겁니다. 그 과정에서 제가 도울 수 있는 길은, 단지 기도하는 것뿐이겠지요.

불안이 없어지는 것보다 감미로운 불안을 느끼며 사는 것이 제대로 사는 것이라 생각합니다. 정신이 깨어 있을수록 긴장의 칼은 날카로워질 테고요. 불안이 커지면 감정의 깊이도 커질 테니, 불안을 완전히 버리지도 못할 겁니다. 어쩌면 마음 깊은 곳에서, 그는 불안을 사랑하고 있을지도 모르겠군요. 불안의 축복으로 감성의 깊이를 얻었으니까요.

당신의
눈을
쳐다보지
못할 때

김동영

매일 오전 열시 카페 문을 연다. 기분에 따라 다르지만 그날은 막스 리히터의 〈Vivaldi, The Four Season〉을 플레이한 뒤 창을 열어 간밤 숨죽이며 머물러 있던 어둠의 공기를 창밖으로 내보내고 대신 따스한 햇살을 안으로 들인다. 커피 머신을 예열하는 동안 테이블을 닦고 가만히 카페 안을 둘러본다. 거기에는 아무도 없다.

뭔가 불안하다는 표정을 하고 있는 나와 짙은 안개 같은 막스 리히터의 음악, 그리고 커피 머신의 예열음만이 있을 뿐이다. 하루가 또, 그렇게 시작되었다.

그럴 계획은 아니었다. 막연히 꿈꿔본 적은 있었지만 게으른 내가 카페를 하게 될 줄은 진정으로 몰랐다. 두번째 책 이후 전업작가가 되겠다고 마음먹었지만 나는 이 년 동안 빈둥거리며 시간을 까먹고만 있었다. 불안한 마음에 정체를 알 수 없는 글들을 꾸역꾸역 써내려갔지만 황사먼지 같은 뿌연 글만 흰 종이에 쌓여갔다. 아마 반드시 글을 써내겠다는 절박함이 없었을 것이다. 글을 써야 하는 나만의 이유가 절실히 필요했다.

작가는 어디에 속한 존재가 아니다. 5월에 소득 신고를 하는 개인사업자다. 자기 자신을 스스로 관리하지 않으면 아무것도 할 수가 없다. 특히 게으른 나는 더욱 그랬다. 그래서 직장인처럼 출근하고 일하는 규칙을 만들기 위해 무엇인가가 필요했다. 그러다 생각한 것이 작업실을 구하는 것이었다. 그곳에서 정해진 시간 동안 직장인들이 일하는 것처럼 글을 쓰려 했다.

하지만 막상 찾아보니 적당한 곳이 없었다. 공간이 마음에 들면 월세가 비쌌다. 그렇다고 가격이 적당하면 각종 소음에 해가 들지 않는 북향이었고 또는 벽지나 천장이 엉망이었다.

그러다 이곳을 보자마자 인스타그램의 사진만으로 열광하는 그녀들처럼 단번에 반해버렸다. 후미진 골목, 햇살이 잘 들고 작은 마당이 딸려 있는 곳이었다. 지내보지 않아도 글이 저절로 쓰여질 것만 같은 공간이라 느꼈다. 그래서 덜컥 계약을 해버렸다.

하지만 혼자서 감당하기에는 모진 월세가 문제였다. 그래서 나온 아이디어가 바로 카페였다. 개인 글을 쓰면서 간간이 손님을 받아 월세도 충당하고 내가 항상 그리던 햇살이 잘 들고 적당한 볼륨의 음악이 배경처럼 흐르는 공간을 만들면 좋겠다는 마음으로 나는 작업실 겸 카페를 열었다.

그게 바로 카페 '생선캠프'이다.

당연히 쉽지 않았다. 이상은 너무 허황되었고 현실은 문제의 연속이었다. 돈이 문제가 아니었다. 문제는 나만의 공간을 다른 사람들에게 빼앗긴 기분이 들었다는 거다. 이곳은 오롯이 나의 영토여야만 하는데 시간이 갈수록 오히려 내가 있을 자리는 점점 사라지고 다른 사람들이 그곳을 차지해갔다. 그리고 그들이 만들어낸 에너지에 압도당해 카페 일을 끝내고 집으로 돌아오면 기가 다 빨려서 빈 껍데기만 남은 매미 유충 같았다.

본 적 없는 사람들에게 먼저 웃어 보여야 했고 그들과 어쩔 수 없이 관계를 가져야 했으며 월세를 벌기 위해 그들의 얼굴과 취향을 기억해야 했다. 그러기 위해서는 그들과 마주해야 했지만 언제부턴가 나는 그들의 눈을 바라볼 수가 없었다. 이유는 모르지만 눈이 마주치고 조금이라도 이야기를 나눌 기회가 생기면 나도 모르게 긴장을 하고 식은땀이 흘러 손과 등 그리고 겨드랑이를 적셨다. 그래서 출근을 할 때면 진정제를 먹을 수밖에 없었다.

다른 카페 주인이라면 손님이 많아야 좋아했을 테지만 나는 오히려 손님이 없는 날, 예를 들어 평일 이른 시간 그리고 비가 몹시 내리는 날을 더 좋아했다.

우울과 공황의 스위치가 켜지는 날에는 도저히 카페에서 일할 수 없었고 사람들을 마주할 수 없었다. 그런 날이면 나는 카페 화장실이나 주방에 쭈그리고 앉아 사람들의 눈을 피해 숨어 울렁이는 가슴을 부여잡고 마음이 진정되길 기다릴 수밖에 없었다. 생각해보면 말도 안 되는 상황이지만 정말 다른 방법이 없었다.

손님을 피하는 사장. 오는 손님을 성가셔하고 질투하는 이기적인 사장. 나는 그런 사람이었다. 결국 이 년 만에 나는 초라한 모습으로 레닌그라드에서 퇴각하는 독일 병정처럼 카페를 정리해야만 했다. 카페를 그만두면 마음이 한결 가볍고 이제까지 받았던 스트레스도 덜어지고 신경을 쓰지 않아서 좋을 거라 생각했다. 하지만 막상 카페를 정리하던 마지막날, 나는 아무도 없는 카페에 앉아 지난 시간을 떠올렸다.

내 손길이 멍처럼 남아 있는 그 공간에서 내가 사라질 거라고 생각하니 쓸쓸해졌다. 그리고 이 세상에서 또하나의 내 자리가 없어진다는 생각이 들어 서글퍼지기도 했다. 난 스스로 이건 나의 모습이 아니라고 우기고 싶었지만 아무런 변명거리도 없었다.

*

생선캠프에서
결국 아무것도 쓰지 못했다.
결국 돈도 벌지 못했다.
결국 아프기만 했다.
결국 약만 늘었다.

하지만 이 년 동안 난 고질적인 청년 실업을 줄임으로써 경제가 건강하게 돌아가는 데 그나마 기여를 했다. 그동안 일곱 명의 청춘들이 나의 카페를 거쳐갔으니까.

"사람들과 눈을 마주치고 이야기를 나누게 되면 긴장하고 식은땀이 흐르는 것"이 우울과 공황의 스위치가 켜졌기 때문일까요? 원래 사람 좋아하던 성질을 불안과 우울이 어느 순간 단번에 바꿔놨기 때문일까요? 불안과 우울이 당신의 자신감을 빼앗아가버렸기 때문일까요? 당신이 알고 있는 문제의 원인이 정말로 그 원인이 맞을까요? 고칠 방법을 알고 있다고 했지만, 그 방법 또한 제대로 된 것일까요? 그렇다고 확신할 수 있나요?

당신 안에는 두 사람이 있습니다. 떠나고 싶어하는 당신과 머물고 싶어하는 당신. 생선캠프에 걸려 있던 잭 케루악의 사진처럼 '길 위에서' 있고 싶어하는 당신과, 나만의 공간에서 나만 바라보며 온전히 나로 머물고 싶어하는 당신. 이 둘은 끊임없이 서로의 목소리를 주고받을 테죠. 어디론가 떠나기를 원했다가 또다시 당신만의 자리를 찾아 돌아오기를 원하고. 그렇게 하라고 두 사람은 당신에게 끊임없이 속삭일 테죠. 당신의 자리를 지키다가 어느 순간 온몸이 근질거려 또다시 떠나지 않으면 안 될 것 같은 욕망이 일어나겠죠.

당신 안에는 두 사람이 있습니다. 고독하기를 원하는 당신과 끊임없이 누군가를 원하는 당신. 사람이 필요하고, 사람의 온기가 필요하고, 사람의 목소리를 간절히 원하지만, 어느 순간이 모든 것들이 짐처럼 느껴져 오롯이 혼자 남기를 간절히 원할 겁니다. 사람 곁에 머물고 싶다가, 어느 순간 사람이 싫어지기도 할 겁니다. 그 사람이 그립다가도, 그 사람을 멀리 떼어놓고 싶기도 할 겁니다.

당신은 끊임없이 누군가를 원했지만, 그 어떤 누구도 있는 그대로 당신 속에 받아들이지 못했던 것은 아닐까요? 누군가를 간절히 원하면서도, 그 사람이 당신의 삶을 집어삼키지는 않을까 두려워하며 가까이 오면 떼어두고 다가오면 달아나버리려 하지 않았나요? 사람의 마음을 원했지만, 당신 마음을 그 사람에게 모두 내어주고 싶지 않아하며 살아오지는 않았나요?

당신 안에는 두 사람이 있습니다. 자유롭고자 하는 한 사람과 현실의 삶을 온전히 책임져야만 하는 또다른 사람. 이 두 사람은 엎치락뒤치락하며 당신 안에서 뱀처럼 꿈틀거립니다. 인생이 당신에게 요구하는 것, 당신이 해야만 하는 일은 너무 많고 힘들어서 감정을 다치지 않고 그 모든 것을 해결할 수

277

는 없겠지요. 그런데 당신의 마음은 이미 많이 해지고 헐어 있어서 삶이 당신에게 요구하는 것들을 더이상 안고 갈 만한 여유가 없었을 테죠. 자유로운 삶을 살겠다고 현실에서 훌쩍 벗어나버린다면 더이상 마음 다칠 일도, 삶이 지워주는 짐을 감당할 필요도 없겠지요. 하지만 현실로 다시 돌아왔을 때는 더무거운 짐이 되어 당신을 짓누를 겁니다. 그사이 당신은 한 살한 살 더 나이를 먹을 테고, 당신의 젊음은 어느새 허공으로 조금씩 조금씩 사라져버렸을 테니까요.

당신 안에 있는 두 사람 중 어느 한 사람이 더 강해지기도하고 더 약해지기도 하겠지만, 어느 하나가 다른 하나를 영원히 눌러버리는 일은 결코 없을 겁니다. 어느 한 사람이 제 목소리를 크게 내는 순간도 있을 테고, 나이 먹는 동안 잠잠했던다른 한 사람이 목소리를 크게 내며 몸뚱이를 더 크게 키워나가기도 하겠지요. 그렇게 당신 안의 두 사람이 엎치락뒤치락하며 다투는 일도 많아질 겁니다. 그럴 때마다 당신의 몸과 마음이 아파지겠지만, 그럴 수밖에 없을 겁니다. 이유 없는 긴장을느끼기도 할 테고, 실체를 알 수 없는 공포가 당신을 덮쳐버리기도 할 겁니다.

그 아픔과 긴장과 공포가 단순히 당신을 괴롭히기만 하려고존재하는 것은 아닙니다. 당신이 느끼는 고통과 불안은, 당신이더이상 떠나기만 하는 존재일 수 없다는 것을 알려주는 내면의 목소리입니다. 당신이 느끼는 고통과 불안은, 당신이 더이상 혼자일 수만은 없다는 것을 알려주는 또다른 목소리입니다. 그리고 당신이 느끼는 고통과 불안은, 당신이 꿈을 좇아 어디론가 떠나더라도 현실을 더 많이 기억해두라고 알려주는 목소리인 겁니다.

생선캠프는 애초부터 영원한 베이스캠프가 될 수 없는 운명이었을 겁니다. 그곳은 영원히 머물기 위한 곳이 아니라, 당신 인생의 길 위에서 거쳐가야만 했던 하나의 정거장이었을 겁니다. 그곳을 거치지 않고는 또다른 곳을 향해 떠날 수 없는, 그런 장소였을 겁니다.

어쩌다보니 의사가 되어 있었다. 어쩌다보니 전문의가 되어 있었다. 어쩌다보니 책이 나왔고, 어쩌다보니 지금 이 원고도 쓰고 있다. (누군가는 재수없게 여길 테지만) 정말 어쩌다보니 어른도 되어 있었고, 지금의 내가 되어 있었다.

고등학교 때까지는 그냥 막연히 공부만 열심히 하면 '그럭저럭 살아가는 데는 문제없겠지' 하는 마음으로 책상에 죽치고 앉아 있었다. 집중이 되건 말건, 이해가 되건 말건, 그냥 꾸역꾸역 공부했다. 의사가 되고 싶은 마음은 털끝만큼도 없었다. 솔직히 의사라는 직업이 싫었다. 속 좁은 마음에 같은 반 의사 아들들을 끔찍이 싫어했다. 내 기억으로 같은 반에 두 명의 의사 아들이 있었는데, 그중 한 명은 한 학기 동안 다리가 부러져 목발을 짚고 다녔다. 그때 책가방을 들어주며 등하교를 도왔는데, 나중에 그는 내게 못된 별명을 붙여서 놀려댔다. 또 한 명은 도저히 가까이하고 싶지 않은 녀석이었다. 인상도 좋지 않았던 것으로 기억한다. 그 친구(친구라고 부르기도 뭣하지만)와는 거의 말을 섞을 일도 없었는데, 어느 날 무슨 기분 나쁜 일이 서로를 엮었는지 크게 한번 목소리를 높였던 기억이 있다. 여하튼 이런 경험도 한몫해서, 나는 의사가 되고 싶지 않았던 고등학생이었다.

하지만 어쩌다보니 의과대학에 들어가게 되었다. 그리고 그곳에서 벗어나고 싶었지만, 그럴 용기가 없었다. 의과대학 공부라는 것도 재미가 없었다. (도대체 고등학생도 아닌데) 강의 듣고, 필기하고, 그것을 누가누가 잘 외우나 시합을 하는 것 같은 느낌이었다. 기억력이 떨어지는 나 같은 사람은 도대체 적성에 맞을 수가 없는 공부였다. (지금은 유명 대학병원의 내분비내과 교수가 된) 선배가 내가 쓴 노트를 보더니 "야, 너는 이따위로 필기해서 공부 제대로 할 수 있겠냐"고 핀잔했던 기억도 난다. 그래도 유급당하지 않고 비교적 좋은 성적으로 졸업했다. 운이 좋았던 것 같기도 하고.

그나마 의사 같지 않은 의사가 정신과 의사라고 생각했다. 의사가 되고 싶지 않았던 내게 정신과 의사말고는 다른 선택지가 없었는지도 모르겠다. 하지만 나름대로 그럴듯한 이유도 있었다. 아주 어릴 적부터 '도대체 사람들은 무슨 생각을 하고 살아갈까?' '겉으로 드러나지 않는 사람들의 숨겨진 진짜 모습은 어떨까?' 하고 항상 궁금해했다. 심리학 책도 꾸역꾸역 읽었던 것 같다.

의과대학을 졸업하고, 시궁창 같던 인턴 생활을 마치고 전공의가 되려 했을 때, 정신과말고는 달리 하고 싶은 것이 없었다. 그 당시 일반외과 교수님들이 무척 멋있어 보였고 그들의 인격에 감동을 받아 나의 지질한 체력에도 불구하고 외과 의사가 되고 싶다는 생각을 살짝 하기도 했지만 외과 의사에게 쏟아지는 일들을 도저히 감당할 수 없을 것 같아 포기해버렸다. 그래서 또 어쩌다보니 정신과를 공부하게 되었다.

정신과를 선택했지만, 막상 전공의가 되고 보니 '이게 정신과 의사가 하는 일인가' 하고 회의감이 들 때가 많았다. 아무리 정성을 기울여도 좋아지지 않는 환자들이 수두룩했고, 조금 좋아지는 듯하다 나빠지는 환자도 많았다. 어렵게 치료해서 퇴원시켰더니 얼마 못 가 다시 입원하면 허탈하기도 했다. 인격장애 환자는 왜 그렇게 많은지. 그런 환자와 상담할 때면 속이 부글부글 끓어오르기도 했다. 그런데도 어떻게 해야 제대로 치료하는 것인지 그 누구도 제대로 가르쳐주지 않았다(고 나는 그 당시에 그렇게 느꼈던 것 같다). 지금 생각해보면, 그 누구도 제대로 가르쳐줄 수 없는 곳이 정신과라는 것을 깨닫게 되었지만. 그렇게 사 년의 전공의 시절을 보내고, 전문의 시험을 보고, 하늘이 도와 정신과 전문의가 될 수 있었다.

"왜 정신과 의사를 하려고 하셨어요?"라고 물어올 때가 제일 난감하다. 솔직한 마음으로는 "어쩌다보니 그렇게 되었어요"라고 말하고 싶지만, 너무 무성의하게 대답하는 것처럼 느껴질 것도 같고 그렇게 말하는 것이 예의가 아닌 것 같기도 해서 솔직하게 대답하지는 않는다.

그래도 정직한 대답은 "어쩌다보니 그렇게 되었어요"가 맞다. 요즘이야 『어쩌다 어른』이라는 책도 나오고, 같은 제목의 텔레비전 프로그램도 있지만, 나야말로 이전부터 어쩌다보니 어른도 되어 있었고, 의사도 되어 있었다. 어쩌면 지난 이십 년을 정신없이 살았고, 시간도 훌쩍 흘러버려서 지금은 '어쩌다'라고밖에 표현 못하는 것일지도 모르겠지만.

그래도 지금까지 큰 사고치지 않고 잘 버텨왔다. 명의는 아니지만 그래도 크게 부족한 의사는 아니니, 다행이라고 여기고 있다. 이 모든 것에 대해 하늘에 감사하고 있다. 어머니가 항상 나를 위해 기도해주셨고, 또한 아내가 마음고생 많이 하면서도 옆에서 지켜주었기 때문에, 그나마 여기까지 올 수 있었다.

삶이란 것이 계획한 대로 흘러가는 것도 아니고, 의도한 것과는 다른 일들이 항상 생기고, 오히려 예상하지 못한 곳에 정답이 있을 때가 많았다. 내 삶이란 것이 (계획이나 의도가 아니라) '어쩌다' 여기까지 흘러왔던지라 내가 할 수 있는 것은 매순간 최선을 다해 살아내는 것밖에 없다고 생각한다. 미래라는 시간을 향해 꿈을 투사하는 것보다 지금 눈앞에 주어진 것에 최선을 다하는 것이 맞다고 믿고 있다. 미래를 향한 바람을 앞으로 던져본들 그대로 이루어지는 법은 없다. 미래라는 것은 '어쩌다'라는 우리가 알지 못하는 우연들이 모여 완성되는 것이니까.

괜찮다
아니
괜찮지
않다

라디오 작가로 일한 재작년 봄과 여름, 난 유난히 아팠다. 하루하루가 지옥이었다. 두 발로 서면 땅이 요동쳤고 머리 위 하늘이 흑백으로 바뀌어서 빙글빙글 돌았다. 나 자신도 컨트롤할 수 없는 상황이었고 약도 도움이 되질 못했다.

동료들은 이런 나를 걱정해서 여러 도움을 주었고 많은 편의를 봐주었다. 하지만 삼 개월이 지나자 사람들은 내가 진짜 아픈지 아니면 그냥 아픈 척을 하는지 알 수 없게 되었고, 또 다른 삼 개월이 지나자 이제는 내가 아픈 것에 둔감해졌다. 오히려 아픈 것이 내가 나약해서 그런 거라 생각하는 것 같았다. 그때부터 나는 더이상 동료들에게 편의를 요구할 수 없었다. 내가 아프다는 핑계로 일하지 않으면 주변 사람들에게 피해가 가니 나는 꾸역꾸역 참고 일할 수밖에 없었다. 시간이 날 때면 몰래 스튜디오를 빠져 나와 화장실이나 비상구 계단에 쭈그리고 앉아 제멋대로인 마음이 진정되길 기다렸다. 그때 나는 이런 생각을 했다.

'나는 이제 일상생활도 할 수 없게 되었구나……'

아파본 사람은 알 것이다. 아픈 게 얼마나 서러운지. 거기에 아픈 걸 다른 사람이 공감하지 못하는 건 꽤 고독한 일이다.

여름이 끝나갈 때쯤 나는 달라지기로 결심했다. 스스로 아프다는 이름 아래 자기 최면을 걸지 않기로 말이다. 아파도 아프다고 말하지 않기로 했다.

그때부터 나는 아프다는 말 대신 '괜찮지 않다'라고 말하기 시작했다.

'괜찮지 않다'는 말은 내게 아프다는 말이었고 당신에게 해줄 것이 없다 그리고 아무것도 할 수도 없고 하고 싶지도 않다는 뜻이다. 그리고 '괜찮다'는 말은 아프지 않다는 것이며 당신에게 뭔가 해줄 수 있다 그리고 뭐든지 할 수 있다는 뜻이다.

괜찮다, 괜찮지 않다로 말하면서 나는 더이상 환자가 아닌 것만 같았다. 마치 감정이 풍부한 사람이 된 기분이 들었다. 그래서 그런지 요즘 나는 괜찮다. 비록 일 년 365일 중 280일 정도는 괜찮지 않은 날이고 나머지 85일이 괜찮은 날이지만 그리 지독하게 나쁘지는 않은 삶이라고 믿고 싶다.

⌐→ 절망적이라는
말

〈I'm desperate〉, 영국의 사진작가이자 비디오 아티스트인 질리언 웨어링의 1992년 작품이다. 그녀는 사우스 런던의 어느 곳에서 길 가는 평범한 사람들을 붙잡아 "다른 사람이 당신에게 듣고 싶어하는 말이 아니라, 진심으로 당신이 하고 싶은 말을 적어달라"고 한 뒤에, 자신이 쓴 글귀를 들고 있는 사람들의 모습을 사진에 담아냈다. 작품 속에는 슈트를 멀쩡하게 차려입은 잘생긴 금발의 남자가 "나는 절망적이야"라고 큼지막하게 적힌 종이 한 장을 들고 서 있다. 그런데 절망적이라는 이 남자의 표정, 온화하기만 하다. 살짝 올라간 입꼬리와 지그시 뜬 눈, 얼굴에는 은은한 미소가 흐른다.

누군가는 이 작품을 두고 감정 노동자의 전형을 보여주는 것이라고 했다. 속마음은 절망적인데 괜찮은 척하고 살아가는 사람들의 모습을 담고 있다고 하면서. 화가 나고 우울해도 속으로 꾹꾹 눌러야만 하는 직장인의 모습이라고. 그런데 내 눈에는 이게 좀 다르게 보인다.

절망적인 상황에서도 단정하게 자기 관리를 할 수 있다는 것은, 심리적으로 건강하다는 징표다. 자존심에 상처를 입었어도 여유 있게 서 있을 수 있다면 자기조절력이 강하다는 신호다. 스트레스 받아도 미소 지을 수 있다는 것은 성숙한 방어기제를 갖고 있다는 증거다. 마음은 괴로워도 아무렇지 않은 듯 자신의 목표를 향해 뚜벅뚜벅 걸어가는 사람, 자존심을 건드려도 쉽게 화내지 않고 평정심을 유지하는 사람, 지치고 힘들어도 다른 사람에게 친절을 베푸는 사람. 이렇게 할 수 있는 사람은 품격이 무엇인지를 보여주는 사람이다. 이런 사람은 고통이 찾아와도 의연하게 대처하는 자신의 모습을 통해 '힘든 상황에서도 나는 쉽게 무너지지 않고 버텨냈구나!' 하며 스스로를 대견하게 여긴다. 주변에 있는 다른 사람들도 의연한 그의 모습을 보면서 존경의 눈빛을 보낸다. 그래서 위기를 겪은 뒤에 자존감은 더 높아지고, 더 강해진다. 또다른 위기가 찾아와도 더 잘 견뎌낼 수 있게 된다.

"절망적인 마음을 억지로 참는 것을 어떻게 건강하다고 할 수 있느냐!" 하며 볼멘소리를 할 수도 있을 것 같다. "괴로운 것을 속으로만 참고 있다가 나중에 마음의 병으로 번지면 어떻게 하느냐"라고 할 수도 있을 것 같다. 스트레스가 쌓이면 풀어주어야 하고 속으로 참기만 하다가 폭발하면 어떻게 하려고…… 하면서 말이다.

하지만 스트레스 받고 괴로운 것을 모두 다 쏟아내버릴 수는 없다. 그렇게 한다고 해서 현실의 위기가 사라지지도 않는다. 자존심에 상처를 입고 화가 났을지언정 (다른 사람이 보든 말든 상관없이) 고함을 지르며 모욕으로 되갚아준다고 해서 위안이 되지도 않는다. 지치고 우울하다고 해서 아무렇게나 입고 하루종일 소파에 누워만 있으면, 우울은 더 커진다.

우리는 모두 매일매일 스트레스 받으며 산다. 아무리 착하게 살아도 불행은 닥쳐오기 마련이며, 믿었던 사람에게 배신당하는 일은 살다보면 누구나 겪게 된다. 이것이 (나를 포함해서) 누구나 안고 가야 하는 삶의 숙명이다. 어쩌면 나이가 들어간다는 것은, 괜찮지 않아도 괜찮은 척하는 법을 배워가는 과정일지도 모른다. 단순히 참는 것이 아니라, 마음속을 다 드러내지 않고 괜찮은 척하며 그럴듯하게 자기 모습을 유지하는 기술을 배워가는 것이 우리 삶일지도 모르고.

하지만 나 자신도 아직 이 정도 경지에 이르지 못했다. 앞으로 시간이 흘러도 금방 이렇게 될 수는 없을 듯하다. 불편한 질문을 받으면, 얼굴이 벌게져서 의지로는 괜찮은 척하고 싶지만 그렇게 하지 못할 때가 많다. 지금보다 나이들고 조금 더 성숙해져서 아파도 아픈 척하지 않고, 괜찮지 않아도 괜찮은 척하며 지낼 수 있었으면 좋겠다. (과연 언제쯤 이렇게 될 수 있을까?)

밥은
먹고
사는지

서른두 살에는 집을 떠나 독립하겠다고 오래전부터 생각해왔
다. 하지만 어머니가 아프시는 바람에 결국 나는 집에서 독립
하지 못했다. 대신 죽음의 그림자가 낮게 깔려 햇살 한 점 들지
않는 집에서 머물러야 했다. 그때 난 집만 벗어나면 지금보다
더 많은 기회가 있을 것 같았고, 어쩌면 어머니의 병간호로 보
내는 그 시간이 내 인생의 전성기였다고도 생각했다.

이런 생각을 하는 내가 스스로 밉고 패륜아처럼 여겨졌지만
내가 느끼는 솔직한 심정을 속일 수는 없는 것이었다. 세상 모
든 자식들이 그러하듯 나 역시 차마 멋대로 집을 떠날 수 없어
숨죽이고 집에 처박혀 지낼 수밖에 없었다. 그리고 어머니가
돌아가시고 나자 두 달 후 나는 양말 한 짝 남기지 않고 집을
떠나왔다.

내 짧은 인생을 보낸 집을 떠나 낯선 공간에서 새로운 생활
을 하는 건 설레면서도 고달팠다. 환경에 적응을 하지 못해서
인지 아니면 어머니를 잃은 슬픔이었는지 독립하고 한동안은
아프기만 했다. 하지만 아프다는 말은 차마 아버지와 누나들에

294

게 할 수 없었다. 분명 집으로 다시 돌아오라고 하실 테니까.

나는 침대에서 누워만 보냈다. 그때 머문 집은 북가좌동의 반지하여서 늘 깊은 바닷속처럼 어두웠다. 나는 마치 침몰한 난파선 같았다. 가끔 나의 상태를 보러 온 친구들 덕분에 몸을 추스르고 일어났지만 아무런 의욕이 생기지 않았다.

보이는 건 아직 짐을 다 풀지 못해 여기저기 쌓여 있는 책들과 정리가 안 된 옷가지들 그리고 예전 거주인의 흔적이 남아 있는 물때 묻은 싱크대와 화장실과 집의 역사가 담긴 얼룩진 벽지……. 이 모든 것들이 날 지치고 한숨 쉬게 만들었다.

언제나 시간은 모든 걸 익숙하게 만들어준다. 나도 그 시간이 지나고 내 공간에 익숙해졌고 침대에서 벗어나 일상으로 돌아갔다.

독립하고 나서부터 걸려오는 전화에서 빠지지 않는 말은 "밥은 먹고 다니니?"였다. 아버지와 누나들과 나누는 대화에서도 주제는 항상 밥이었다. 처음에는 성가셨지만 이내 그 말에는 참 많은 뜻이 있다는 걸 알아차렸다. 단순히 끼니를 궁금해하는 것이 아닌, 혼자 살고 있는 철없는 아들과 늘 건강이 염려되는 동생을 걱정하는 가족들의 마음이었다.

이제 혼자 살기 시작한 지 오 년이 넘었다. 청소하고 빨래하는 노하우가 생겼고, 밥을 꼬들꼬들하게 만드는 방법을 알게 되었고, 곰팡이와 먼지를 제거하는 방법 그리고 공과금을 스스로 처리하는 법도 알게 되었다. 그리고 서른일곱의 인생은 온전히 나의 것이 되었다.

하지만 여전히 아버지와 누나들 그리고 친구들과 대화를 할 때 빠지지 않는 말은 "밥은 먹고 다니니?"이다. 아마 그 말은 내가 지금보다 나이가 더 들고 내가 가족을 만들어도 영원히 듣게 될 말일 것이다. 그 말의 다른 뜻은 '사랑한다'라는 걸 알고 있으니까. 당신도 "밥은 먹고 다니죠?"

└→ 밥은
잘 먹고 다녀요,
그 너머

"밥은 잘 챙겨 먹고 다니니? 밥 잘 챙겨 먹고 다녀라." 어머니가 가장 자주 하시는 말이자 내가 환자들에게 제일 많이 하는 질문 중 하나다. "식사는 잘 하시나요?" "입맛이 떨어지지는 않으셨어요?" "제때 밥은 챙겨 드시는 거죠?" 밥을 제대로 챙겨 먹는다는 건, 그저 끼니를 때우고 있다는 뜻만은 아니리라. 밥 챙겨 먹을 정도로 여유는 있는지, 식욕이 떨어진 것은 아닌지, 하고 관심을 기울이는 것이다.

"밥은 잘 챙겨 먹고 다니니?" 하고 묻는 것은 "아픈 데는 없니? 바쁘지는 않니? 잠은 제때 자고 있니? 기운 없는 것은 아니니? 건강은 잘 돌보고 있니? 무리하는 것은 아니니? 끼니 거를 만큼 바쁜 것은 아니니? 귀찮다고 식사를 거른 것은 아니니?" 하고 묻는 것이다. 그것도 아니면 "옆에서 끼니 챙겨줄 누군가가 있니?"라고 물으며 대인 관계까지 확인하는 것이니, 만능 (간장은 아니고) 질문이기도 하다.

우울하고 불안해도 "밥은 제때 챙겨 먹어요. 그래도 아직 입맛은 괜찮아요" 하고 말하면 힘든 상황에서도 '잘 버텨내고 있

297

구나' 하고 여기게 된다. 아직은 안심해도 되겠다고 여기게 된다. "힘든 일이 많은데도 식사는 거르지 않으려고 애써요"라고 말하는 사람을 보면 '이 사람은 그래도 버텨내는 힘이 있구나' 하고 생각하게 된다.

정작 이런 질문을 환자들에게는 자주 하지만 나는 점심을 거르기 시작한 지가 벌써 칠팔 년은 된 것 같다. 그냥 점심시간만이라도 조용히 혼자 있고 싶어서다. 오전에 눈물 흘리고 간 사람들을 생각하면 식욕이 나지 않아서이기도 하고. 오후에 또 그런 이야기들을 들어야 할 것 같으니 점심시간만이라도 내 마음을 그냥 조용히 내버려두고 싶어서이기도 하다.

이런 내 자신을 돌아보면 조금 서글프기도 하다. 이렇게 해서라도 혼자만의 시간을 갖고 싶은 절박감 같은 것이 느껴지기도 한다. 그런데도 어머니가 "밥은 잘 챙겨 먹지? 점심은 거르지 않지?"라고 물으면 "네, 잘 챙겨 먹고 있어요"라고 한다. 괜찮은 척 그렇게 산다.

잘 가라
개새끼들아

매 순간 화가 나 있다.

텔레비전을 창밖으로 던져버리고 싶게 만드는 뉴스로 가득 찬 세상을 증오하고,

100만 대군의 아이돌과 쇼 프로그램에 나와 앉아 있는 의사들이 꼴도 보기 싫고,

인터넷에 올라온 음식 사진만 봐도 소화가 안 된다.

시도 때도 없이 공사를 하는 연남동 거리를 이해할 수 없고,

하루아침에 성공한 친구가 못마땅하며,

좋아하던 무라카미 하루키도 식상해졌고,

배려 없는 당신들도 밉고,

남南도 싫고 북北도 싫다.

그리고 우리를 어른으로 대해주지 않는 세상을 믿을 수 없다.

그중 나를 가장 화나게 만드는 건 바로 내 자신이다.

모든 게 증오의 대상이지만 그렇다고 해서 내가 감정을 실제 행동으로 옮기는 건 아니다. 그러기에 난 너무 소심하고 감

299

정만 앞서는 인간이기에 그냥 모든 화를 속으로 삭이고 입에 몇 마디 욕을 담을 뿐이다.

이 세상을 살기에 나는 너무 약한지 모른다. 시간은 모든 걸 아름답게 만들고 좀더 단단하게 만든다고 하지만 난 시간이 갈수록 점점 더 약해지고 모든 것들에 지쳐간다. 이 모든 건 내가 가진 어둠의 감정들 때문이라고 하고 싶지만 그건 비겁한 변명이다.

나에게 세상은 진정제를 먹지 않고는 참아낼 수 없는 곳이다. 그렇지 않으면 이곳에서 버텨낼 수 없을 것만 같다. 진정제는 분명 효과가 있다. 나의 분노도 사그라들고 내 몸도 그리고 내 멀쩡한 감정도 무기력해진다. 세상에 고분고분해진다. 마치 서커스의 훈련된 곰처럼······.

어쩌면 세상은 우리를 괴롭히고 고난에 빠뜨리기 위해 존재하는지도 모른다.

나에게만 그런 게 아니고 당신들에게도 말이다.

언젠가 우리가 용납할 수 있는 한에서 나는 폭발해버리고 싶고 타락해버리고 싶다. 참기보단 그것들에게 벽돌이라도 던져버리고 큰 목소리로 '개새끼'라고 소리치고 싶다. 그럼 내 안에 날 감싸안고 있는 것들과 작별할 수 있을 것이다.

그래, 잘 가라. 나의 분노들아!
잘 가라. 나의 미움들아!
그리고 잘 가라. 개새끼들아!

스트레스가 넘쳐나는 세상에 살다보면 충분히 생길 수 있는
'정상적인 증상'을 '비정상적 질환'이 생긴 것으로 잘못 알고 정
신과를 찾는 사람들이 있다.

 고객이 진상을 부려도 웃으며 응대하고, 상사가 고함을 질러
도 속으로 꾹 참으며 "예스"를 외치다가도, 집에 와서는 아내에
게 별것 아닌 일로 버럭 화를 내는 일. 누구나 한두 번쯤 경험
해봤을 거다. 이걸 두고 "우리 남편이 분노조절장애 같아요"라
고 하면, 조금 답답한 마음이 든다. 이건 멀쩡히 직장생활하던
남편에게 갑자기 분노조절장애라는 질병이 생겨서가 아니라,
온종일 감정 노동에 시달리며 쌓인 피로가 전두엽의 감정조절
기능을 잠시 마비시켜 생긴 일시적 현상일 뿐이다. 그런데 남
편을 분노조절장애라고 단정하면 부부 사이에 감정만 더 상할
수밖에 없다.

 주중에 계속 야근하다 주말에 늘어진 운동복 입고 소파에
누워 있으면 왠지 사는 게 재미없고, 아무것도 하기 싫고, 그
저 잠만 자고 싶다는 느낌에 빠져들기도 한다. 이걸 두고 "우울

증에 걸린 것 같아요"라고 걱정하듯 찾아오는 경우도 있다. 이럴 때 자기 자신에게 정신과 질환이 생긴 것 아닌가 하고 과민하게 반응하기보다는 '반복되는 업무에 번아웃된 것은 아닌가? 앉아서 일하다보니 체력이 약해져서 그런 것은 아닌가?' 하고 스스로를 돌아보는 것이 먼저다.

핸드백을 살지 구두를 살지 스스로 결정 못하고 주변 사람의 의견을 자꾸 물어본다고 해서 결정장애가 있다고 말해서는 안 된다. 이건 주말도 없이 열심히 일했지만 집세 내고 세금 내고 나면, 한 달 내내 고생한 자신에게 단 한 가지 선물밖에 해줄 수 없기 때문에 생기는 자연스러운 (어찌 보면 안타까운) 고민일 뿐이다.

경쟁과 효율, 성과와 이윤을 강조하는 사회에서 개인은 쉽게 지치고 탈진할 수밖에 없다. 우리가 정신적으로 건강하게 살기 위해서는 '가치 있는 활동을 하고 있다' '다른 사람과 연결되어 있다' '생존의 위협 없이, 안전하다'라는 세 가지 느낌이 반드시 필요하다.

하지만 나 아닌 다른 사람과 끊임없이 경쟁하고 비교당해야 한다면 '누군가와 연결되어 있다'는 느낌은 훼손될 수밖에 없다. 성과와 이윤을 좇다보면 자신이 할 수 있는 100퍼센트로는 부족하고 120, 130퍼센트로 오버드라이브를 걸어야 한다. 이렇게 살다보면 피로가 쌓이고, 마음은 메말라간다. 자신이 할 수 있는 만큼이 아니라 그 이상을 이뤄내야 쫓겨나지 않는다고 느낀다면, 매 순간 긴장하고 살 수밖에 없다. 그렇게 버티고 버티다가, 어느 순간 기운이 빠지면 '풀썩' 하고 주저앉고 만다. 쉬지 않고 노력해도 미래는 보이지 않고, 자기 삶이 의미 있게 흘러간다고 느껴지지 않으면, 아무리 건강한 사람이라도 '비정 상적인' 증상 한두 가지쯤은 갖고 사는 것이 당연한 일일지도 모른다.

그렇다고 굳이 타락하고 싶어하는 마음까지 가질 필요는 없지 않을까. 화가 나더라도 때로는 두 눈 질끈 감고 참기도 해야 하는 것이고, 나를 괴롭히는 사람이 있어도 '도대체 누가 당신을 그렇게 덕이 없는 사람으로 키웠나요'라며 (곽정은씨가 『내 사람이다』에서 추천한 마음의 주문을 활용해서) 측은하게 여기며 그냥 넘길 줄도 알아야 하지 않을까.

우리가
스스로
터득한
것

김동영

아는 드러머는 연습실에서 스틱이 부러질 때까지 드럼을 친다
고 했다.

아는 코미디언은 진정제 세 알을 먹고 사람들을 웃긴다고
했다.

아는 뮤지션은 무대에 오르기 전 반드시 선글라스를 쓴다
고 했다.

아는 라디오 DJ는 아무도 없는 스튜디오에 들어가 소리를
지른다고 했다.

아는 형은 정신을 잃을 때까지 술을 마시고 또 마신다고 했다.

아는 동생은 싫다는 고양이를 꼭 껴안고 침대에 누워만 있
는다고 했다.

아는 작가는 피를 보면 괜찮아져 손을 딴다고 했다.

아는 친구는 맥도날드 종이봉투에 얼굴을 처박고 깊이 숨
을 쉰다고 했다.

아는 후배는 화장실 불을 끄고 변기에 몇 시간이고 앉아 있
는다고 했다.

아는 사람은 입안에 손가락을 넣고 토한다고 했다.

아는 또다른 사람은 설거지를 한다고 했다.

아는 또또다른 친구는 세면대에 찬물을 받아 머리를 담그고 숨을 참는다고 했다.

아는 또또또다른 친구는 얼음을 입에 물고 있는다고 했다.

아는 또또또 그리고 또다른 친구는 좀머 씨처럼 마포대교를 한없이 왔다갔다한다고 했다.

너는 좁은 방 안을 실험용 쥐처럼 돌고 돈다고 했다.

그리고 나는 울면서 연남공원을 달리고 달린다.

그렇게라도 해야 이 불안에서 벗어나 잠시나마 살 것만 같다.

오랜 시간이 걸리고 나서야 우리는 저마다 그 순간을 넘기는 방법을 스스로 터득했다.

정말 다행히도······.

내가 아는 어떤 환자는 창문 밖 나무에 앉아 있는 새가 몇 마리인지 센다고 합니다.

내가 아는 어떤 환자는 밖으로 나가 걸으며 길가에 핀 꽃을 바라본다고 합니다.

내가 아는 어떤 환자는 콩나물 머리를 딴다고 해요.

내가 아는 어떤 환자는 털실로 양말을 짜고,

내가 아는 또 어떤 환자는 새로 산 러닝화를 신고 잠수대교를 달리고,

내가 아는 또 어떤 환자는 사라 브라이트만의 〈Ordinary Miracle〉을 듣고,

내가 아는 또다른 환자는 김남조의 시 「생명」을 읊는다고 합니다.

내가 아는 어떤 이는 몰튼브라운 샤워젤로 목욕을 한다고 하고,

내가 아는 또 어떤 이는 소파에 누워 〈무한도전〉을 본다고 합니다.

내가 아는 다른 누군가는 반려견과 대화를 하고,

내가 아는 또다른 누군가는 수면잠옷을 입은 채 침대에 누워 하루키를 읽고,

내가 아는 또다른 누군가는 색깔별로 속옷을 정리해서 옷장에 넣고,

내가 아는 또다른 누군가는 종이에 낙서를 하고,

내가 아는 또다른 누군가는 성당에서 기도를 한다고 합니다.

그리고 마음이 안정되지 않을 때 나는,

책장의 책들을 모조리 끄집어냈다가 다시 정리합니다.

난 취한 배
그리고
바람에 흔들리는
나뭇가지

김동영

우린 가을이라고 하기에는 여전히 더운 계절 안에 있었다.

무슨 생각으로 그랬는지 지금은 잘 기억나지 않지만 나는 네게 이제 약을 끊기로 했다고 말했어.

넌 "그럴 수 있겠어? 그래도 괜찮은 거야?"라고 물었고

나는 확신 없이 "아마 힘들겠지만 노력해볼래"라고 했다.

그렇게 난 약을 끊었지.

며칠은 불안했고 또다른 며칠은 도통 잠을 이룰 수가 없었어.

젖은 빨래처럼 축 늘어진 몸, 시도 때도 없이 올라오는 구토와 현기증 그리고 불안불안 우울우울.

난 끝을 알 수 없는 곳으로 표류했고

밀물처럼 쏠려왔다 썰물처럼 빠져나갔지.

좋은 것이든 나쁜 것이든.

내 모든 것이 그리고 내 것이 아닌 다른 것들까지.

일 분이 600초, 한 시간이 600분 같았어.

하지만 나는 믿고 있었지.

이게 약과 작별하는 과정이라고, 이 시간이 지나면 나는 다시 부활할 거라고.

무엇보다 평생 약을 먹으며 부작용과 몽롱한 상태를 반복하고 싶지는 않았기에 나는 다시 군대에 들어간다는 굳은 각오로 약을 끊었다.

불안에 휩싸여 잠들지 못하는 밤 나는 찬장 안 약을 떠올리곤 했어.

한 알만 삼키면 모든 건 사그라들고 내 안에 몰아치는 폭풍도 잠잠해질 거라는 유혹을 느꼈지.

그러다 내 처지가 너무 궁상맞고 지긋지긋해졌을 때 찬장 밑에 있는 누군가 선물로 준 위스키를 보았어. 저거라면 약보다는 괜찮겠지. 그걸 벌컥 마셨다.

몇 분도 지나지 않아 혈관을 따라 돌던 불안도 무뎌지고 스르륵 나른해져 잠이 왔어.

그날 이후 잘 마시지도 못하는 술을 매일매일 마셨지.

처음에는 밤에만 마셨는데 어느 순간부터 약이 필요한 순간마다 술을 찾기 시작했어.

나는 하루종일 취해 있을 수밖에 없었지.

난 외딴 섬 분교 총각 선생님처럼 혼자 마셨지.

거실 의자에 기대어 앉아 텔레비전을 보면서, 때로는 멍하니 창밖을 내다보며, 그리고 고양이들을 무릎 위에 올려두고 마셨어. 그렇게 가을이 지나고 겨울이 왔어.

두 계절 동안 이제까지 마시지 않았던 술을 그때 다 마셔버린 것만 같았지.

술은 불안도 우울도 그리고 모든 감정을 취하게 만들었어.

술은 피가 되고 머릿속은 술로 채워졌지.

나는 취한 배였고 바람에 흔들리는 나뭇가지였어.

매일매일 찾아오는 숙취는 지독했지만 견딜 만했어.

하지만 그후 찾아오는 몇 배의 불안과 우울은 예전보다 더 거대했지.

마시고 취하고 깨고 마시고 취하고 깨고 그리고 기절하듯 잠들고……

술병은 싱크대에 차곡차곡 줄지어 있고

시간도 그 옆에 나란히 줄지어 있었지.

술 걱정할 필요는 없었다. 술은 어디에든 널려 있으니까.

냉기에 일어난 아침 아니 이른 오후.

닫는 걸 잊어버린 창으로 밤새 들어온 겨울바람에 집 안은 얼음계곡처럼 차가웠고,

빈 사료통 앞에서 날 나무라듯 바라보는 고양이들,

레코드가 다 돌아가 잡음만 내는 턴테이블,

무음으로 틀어져 있는, 한물간 배우가 출연한 케이블 영화,
종유석처럼 녹아 굳어버린 촛농,
그리고 책상에 널브러져 있는 영수증과 담뱃재……
나를 포함한 집 안 모든 게 엉망이었어.

숙취가 남아 있는 몸으로 그동안 챙기지 않았던 집을 치우
며, 이런 식으로 약을 끊을 수는 없다고 생각을 했다.

어쩌면 약을 끊기 위해 술을 마시다간 곧 알코올 중독이 될
지도 모른다는 불안이 몸에 빠르게 퍼졌어.

뭔가에 꽂히면 앞뒤 안 가리고 그것만 하는 내 성격으로 봐
서는 난 그러고도 남을 위인이었으니까.

더 빠져들기 전에 그 끈을 끊어야만 했다.

나는 남은 술들을 하수구에 흘려버렸고 빈병을 모두 내다
버렸어.

다시 내게 돌아오지 못하도록…….

다음날 술이 깨고 그동안 취해 있던 모든 것들도 깨어났다.

어떻게 시간이 가는지, 내가 뭘 해야 하는지도 알 수 없었어.

그때 생각난 게 너였어.

나는 너에게 와달라고 했지.

기억나지?

눈이 내리려는지 하늘이 회색 구름으로 덮여 있던 그날을?

312

네가 왔을 때 나는 침대에 눌어붙어 있었지.

나는 엄마 고양이에게 버려져 병든 새끼 고양이 같았어.

그저 너를 바라만 봤고 그런 내게 너는 아무 말 없이 찬장의 약을 내밀었어.

그제서야 나는 달리 방법이 없다는 듯 항복의 뜻으로 손 내밀어 네가 준 약을 삼키고 눈을 감았지.

그렇게 다시 약을 먹기 시작했어.

다른 사람들은 마음만 먹으면 쉽게 약을 끊을 수 있다던데.

내게는 너무 힘들고 어려운 일이더라.

난 이렇게 약해빠졌다.

내 불안과 우울 그리고 나약한 의지 때문에 스스로에게 수만 번 실망했어.

마치 내가 이제는 빠져나올 수 없는 약 중독자가 된 것 같아.

지금은 더이상 술을 마시지 않아.

여전히 약은 끊지 못하고 매일 챙겨 먹고 있고

나는 스스로 조절할 수 없는 감정의 외줄을 아슬아슬하게 타면서 지내고 있어.

그리고 자주는 아니지만 내 감정을 밑천 삼아 다른 사람에게 동정받으며 살아가.

누구나 버려진 새끼 길고양이는 동정해주는 법이니까.

그해 가을과 겨울,
넌 취한 배가 가라앉지 못하도록 잡아줬고
나뭇가지가 흔들리지 못하게 바람을 막아줬고
버려진 새끼 길고양이를 따뜻한 품에 안아줬다.

다시 도전해보고 싶어.
빠르면 올해 아니면 내년 가을에는 약들과 작별하겠다고.
그럴 수만 있다면 그때도 네가 내 옆에 있어줬으면 좋겠다.
이번에는 좀더 건강한 방법을 찾아볼게.
그래서 새로운 나를 보여주고 싶어. 자기의 갈 길을 떠난 건
강한 한 마리의 고양이처럼.

혼자보다
좋은 둘이
되기 위하여

김동영

까만 밤 모든 걸 어둠 속으로 빨아들인다.

그 어둠 속에서 전등빛으로 침대를 은밀하게 밝히고 톰 웨이츠 1집 〈Closing Time〉을 듣기 시작한다. 그리고 마지막 담배를 한 대 피운다. 노래가 끝나기 전에 담배를 다 피워서도 안된다. 그렇다고 노래는 끝났는데 불씨가 남아 있어도 안 된다. 반드시 노래가 끝나는 때 담배를 다 피워야 한다.

이건 하루를 마감하는 나의 강박적 의식儀式이다.

그리고 난 가만히 누워 있다. 약이 몸에 퍼져 날 재울 때까지.

옆에 누군가 누워 있으면 좋겠다고 생각하지만 아무도 없다.

그때 난 결혼을 해야겠다는 생각을 했다.

그리고 이내 결혼에 대해 생각을 한 내 자신에게 놀랐다.

이제까지 그런 생각을 해본 적이 없었다. 결혼은 내게 늘 무겁고 회피하고 싶은 주제였다.

하지만 그 밤 그 노래를 들으며 결혼하고 싶다는 생각을 처음으로 했다.

결혼을 하게 된다면 내 옆의 그녀에게 잠 못 이루던 밤들에 대해 이야기해주고 꼭 이 노래를 들려주고 싶다. 그리고 내가 가봤던 도시들에 대해 이야기해주고 거기서 만났던 사람들에 대해서도 들려주고 싶다. 마지막으로 서로 담배 한 개비를 나눠 피우며 고백하고 싶다. 내가 하고 싶었던 건 카페도 바bar도 그리고 글을 쓰는 일도 아니었다는 걸. 나는 밴드를 하고 싶다고 말해주고 싶다. 그럼 그녀는 내게 물을 것이다.

"웬 밴드?"

그러면 나는 혼자 하는 싱어송라이터보다 가능한 한 멤버가 많아 외롭지 않은 밴드를 하고 싶다고 말할 것이다. 그리고 '닉 케이브'처럼 옷을 입고 '마그네틱 필즈'의 목소리로 노래를 부르고 음악은 '일렉트로닉'을 할 거라고 이야기해줄 것이다.

상상만 해도 마음에 든다. 정말 그런 밤이 오면 얼마나 좋을까?

하지만 한편으로 걱정도 된다. 우울과 불안 그리고 하품은 전염되기 쉽다고들 한다. 그리고 기쁨과 평화는 구겨지기 쉬운 것이다. 내가 컨디션이 좋지 않은 날에도 내색하지 않고 미소를 지어 보여야 하고 흔들리는 눈동자로 눈을 맞춰야 할 것이다. 이내 그녀는 내가 괜찮은 척한다는 걸 알아차릴 것이다. 처음에는 걱정과 동정을 해줄 것이다. 하지만 이 상태가 계속 반복된다면 그녀까지 어둠으로 물들여버릴지도 모른다. 그런 날

이 쌓이고 쌓이면 그녀도 지쳐버릴 것이다. 그러다 어느 날 '더 이상은 너랑 있을 수 없을 것 같아'라는 말을 남기고 떠나버릴지도 모른다. 그럼 혼자 남겨진 나는 더욱 깊고 깊은 곳으로 갈 것이다.

아니 어쩌면 주변에서 조언해준 것처럼 누군가 옆에 있다면 오히려 불안정한 내 상태가 좋아질 수도 있겠다. 그녀로부터 안식을 얻고 같이 끼니를 챙겨 먹고 서로를 의지하면서 말이다. 그가 말하길 나와 같은 많은 사람들이 결혼과 아이를 통해 이 상태에서 벗어난다고 하니깐. 결혼에 기대를 걸어볼 수도 있다. 이런 생각을 하니 결혼이 내가 할 수 있는 마지막 선택으로 느껴졌다.

하긴 이제 나는 혼자 카페에서 차를 마시고 혼자 음악을 듣고 혼자 담배를 피우고 혼자 끼니를 챙겨 먹고 혼자 장을 보고 혼자 잠들고 그리고 혼자 비행기를 타고 여행을 하는 일에 완전 지쳤고 질려버렸다. 나도 이제 모두가 하는 결혼을 하고 싶다. 결혼을 통해 영원히 행복한 건 바라지도 않는다. 그냥 적당히 의지하며 서로의 취향을 이해하며 살아가보고 싶다.

물론 함께할 그녀부터 찾는 게 순서일 것이지만.

지금 난 내 인생의 절반을 산 기분이다. 난 끝없는 여행을 통해 남들이 좀처럼 가보지 않은 길을 걸었고 다양한 사람들과 많은 음악을 듣고 책을 읽어봤지만 다른 전환점이 필요하다.

어쩌면 어리석은 생각일지 모르지만 이제 나는 그것을 결혼에서 찾아보려 한다. 비록 내가 지금 이 모양이라도 누군가를 만나 지금과는 다른 인생을 살아보고 싶다. 물론 아무런 확신도 없지만 그래도 이제까지 내가 무모하게 도전했던 것들처럼 해보고 싶다. 후회할 수도 있다. 친구의 농담처럼 내가 결혼하는 건 모두가 불행해지는 길일지도 모르지만, 나는 할 것이다.

그리고 하얀 청첩장에 새길 것이다.
'우리는 혼자보다 좋은 둘이 되기로 했다.'

가로수길 뒤에 있는 어느 꽃집에 들어갔다가 그곳에서 만들어 파는 CD를 한 장 샀다. 그걸 내 아이서티 자동차 CD 플레이어에 꽂아두고, 한참을 반복해서 들었다. 그러다 17번 트랙에 담겨 있는 노래에 꽂혔다. 요즘은 아예 그 노래만 반복해서 듣고 있다. Communist Daughter의 〈Golden Slumbers〉. 비틀즈의 원곡보다 이들이 부른 것이 나는 훨씬 좋다. 그룹의 이름도 마음에 든다. 공산주의나 사회주의 사상에는 별 관심도 없지만, 그룹의 이름을 '공산주의자의 딸'이라고 지을 수 있는 유별남이 마음에 든다. 이 노래는 비틀스가 부른 〈Golden Slumbers〉와 〈Carry That Weight〉가 한 곡으로 묶여 있다.

예전에는 과거로 되돌아갈 수 있는 길이 있었죠
예전에는 집으로 되돌아갈 수 있는 길이 있었죠
잘 자요 아름다운 내 사랑
울지 마요
내가 당신을 위해 자장가를 불러줄게요

당신의 눈에 잠이 가득하네요

잘 자요 내 사랑 자장가를 불러줄게요

당신이 일어났을 때 웃음으로 깨워줄게요

이제는 더이상 과거의 나로 돌아갈 수 없어졌다. 예전의 나는 사라져버렸다. 얼마 전까지만 해도, 그래도 되돌아갈 수 있었다. 마음만 먹으면. 하지만 나는 인생의 어느 다리를 건넜고, 그러고 나서 그 다리를 불태워버렸다. 이제는 돌아가고 싶어도, 그렇게 할 수 없다.

내가 할 수 있는 유일한 일은 사랑하는 사람에게 자장가를 불러주는 것. 지금 곁에 있는 사람을 향해 "울지 마라"며 위로해주는 일. 웃음으로 그녀를 깨우고, 그녀와 함께 앞으로 뚜벅뚜벅 걸어가는 것. 이것밖에 없다. 이 노래를 듣고 있으면, 드럼 소리가 나를 그렇게 살도록 조금씩 앞으로 밀어주고 있는 것처럼 느껴진다.

그렇게 흐르던 노래는 이렇게 이어진다.

아이야, 너는 그 무게를 감당해야 할 거야

오랜 시간 감당해야 해

여기서 말하는 무게는 무엇일까? 삶의 무게를 의미하거나 사랑하는 사람을 곁에 두기 위해서 견뎌야 하는 무게를 뜻하겠지? 그렇다면 그건 얼마나 무거울까? 누군가를 위해 자장가를 불러주고, 울지 말라고 위로하고, 웃음으로 잠을 깨워줄 수 있으려면 나라는 사람이 짊어져야 하는 삶의 무게는 얼마만큼일까? 나라는 사람이 얼마만큼 강한 사람이 되어야 할까? 도대체 얼마나 오랫동안 짊어지고 가야 하는 것이기에 이렇게 노래하는 것일까? 이 노래를 듣고 있으면, 과연 나는 그럴 준비가 되어 있는 사람인지 되묻게 된다.

인도게르만어로 자유freiheit, 평화friede, 친구freund의 어원은 모두 사랑하다fri라고 한다. 자유와 평화, 그리고 친구와 사랑은 모두 같은 뿌리에서 나온 셈이다. 그래서일까? 진정한 자유는, 혼자가 아니라 나 아닌 누군가와 함께할 줄 아는 사람만이 누릴 수 있는 것이다. 진정한 평화는, 혼자가 아니라 사랑과 우정의 관계를 맺을 수 있는 사람만이 누릴 수 있는 것이다. 우리는 묶여 있지 않음으로가 아니라 묶여 있으므로 자유를 느낄 수 있고, 혼자보다 둘이 되어야 평화로워질 수 있는 존재다. 혼자보다 좋은 둘이 아니라, 반드시 둘 이상이 함께 가야만 하는 길이 우리 삶이다.

우울의 역사

김동영

1

할아버지는 살면서 자신이 조금 손해보는 것이 당연하다고 생각하셨다.

할머니는 자신의 기억을 잊지 않으려고 살아오면서 만났던 수많은 사람들의 이름을 하나하나 되뇌셨다.

외할아버지는 늘 조용히 뭔가 적고 계셨다.

외할머니는 호탕한 분이셨다.

어머니는 늘 상냥하고 꿈이 많으셨다.

그리고 아버지는 언제나 과묵하고 표정이 없기에 오해를 많이 사는 분이다.

남원 연안 김씨 집안 장손이었던 아버지가 전주 양씨 집안의 8남매 중 둘째 딸인 어머니와 결혼해서 슬하에 3남매를 두셨다. 그중 난 막내이자 장손이었다. 그래서 나는 누나들에 비해 귀하게 자랐는지 모른다. 우리는 당신 가족들이 그러하듯 평범한 가족이었다. 너무 평범해서 그럴듯한 거짓말을 몇 개

덧붙여도 아무도 알아차리지 못할 것이다.

우리는 명일동에 살았다. 함께 살 때는 비좁던 집도 내가 어른이 되어가면서 천천히 비어갔다. 할아버지가 감기로 돌아가시고 외할아버지도 감기로 돌아가셨다. 외할머니는 이름 모를 암으로 돌아가셨고 일 년이 지나지 않아 어머니 역시 암으로 돌아가셨다. 그리고 할머니가 107세의 경이로운 나이에 잠들듯 돌아가셨다. 그리고 오래 키우던 개 두 마리도 저마다의 이유로 죽어버렸다. 누나들과 나도 몇 년 전 독립을 했다.

이제 그 집에는 아버지 홀로 남았다. 혼자 지내기에는 큰 집이지만 아버지는 다른 곳으로 가는 것을 거부하시고 그 집에서 친인척보다 더 많은 숫자의 화분들을 돌보며 살고 계신다.

사람들이 이야기해주길, 나는 어머니와 아버지를 반반씩 섞어놓은 것 같다고 한다. 얼굴에 있는 점부터 엄지발가락이 휘어진 것까지 그리고 아버지의 과묵함과 표정 없음 그리고 어머니의 상냥함과 꿈 많은 것까지…… 그래서 그런 건지 나는 가끔은 침울함에 가깝게 침묵하고 또 가끔은 도가 지나친 상냥함을 가졌다. 이걸 집안 내력이라 생각했다. 이런 나의 성향이 말이다.

나중에 알게 되었지만 정신과적으로 나는 우울증과 조울증을 넘나드는 사람이었다.

그동안 나의 성향을 질병으로 생각해본 적이 없었다. 모두가

다 이런 감정을 가졌을 거라 생각했다. 하지만 감정 기복이 반복되면서 나는 통제 불능 상태가 되었다.

전구가 나가 불안정하게 깜빡이는 상점가의 쇼윈도처럼 나는 꺼졌다 켜졌다를 반복했다.

나는 그런 불안정한 날들을 보내고 있었다. 그런 날 보시고 아버지는 '네 엄마를 닮아서 네가 그런 병이 있나보다'라고 안타까워하셨다.

난 어머니의 우울을 알지 못한다. 어머니는 단 한 번도 자신의 바닥을 우리에게 보이지 않으셨다. 그렇기에 나는 항상 상냥하고 에너지 넘치는 모습만 기억하고 있다. 하지만 아버지의 말씀을 듣고 보니 가끔 겨울 늦은 오후 침대에 앉아 멍하니 창밖을 바라보시던 어머니의 쓸쓸하고 처진 어깨가 생각이 났다. 그때 나는 어머니에게 아무 말도 걸 수 없었다. 그녀가 늦은 낮잠에서 덜 깨서 그랬다고 생각했다. 그래서 방문을 조심히 닫고 나왔다.

그게 내가 기억하는, 어머니가 가진 어둠의 전부다.

2

본가에 다녀온 날
난 어머니에게 조용히 말을 걸어본다.
어머니, 내 어머니.

324

큰 사랑과 많은 것을 베풀어주셔서 고마워요.

하지만 우울까지 물려주시다뇨.

시도 때도 없이 몰아치는 무기력감 같은 우울은 어떻게 해야 하나요?

당신은 어떠셨나요?

아무리 물어도 역시 대답은 없다.

가끔 내게 이상한 날이 찾아올 때면 겨울날 어머니의 처진 어깨를 떠올리곤 한다.

그리고 내 뒷모습도 아마 어머니처럼 쓸쓸하게 보일 거라고 생각한다.

우울은 유전된다고 한다.

어쩌면 나의 어머니의 어머니 그리고 그 어머니의 어머니…… 짧게는 몇십 년 길게는 몇백 년 동안 이어져 내려왔을지도 모를 우리 집안의 우울함에 대해서 생각한다. 또 내 아들, 그 아들의 아들에게까지도 이 우울이 피를 통해 전해질지 모른다고 생각하니 갑자기 현기증이 났다.

만약 그렇게 된다면 우리는 모두 같은 쓸쓸한 뒷모습을 가지고 있겠지?

김병수

다시
돌아갈 수
있다면

본과 1학년을 마치고 유럽 배낭여행을 다녀온 뒤에 무척 혼란
스러웠습니다. 자유로운 여행 뒤에 오는 여운을 억누르지 못
한 채 계속 그렇게 살고 싶은 마음이 강하게 일어났습니다. 학
교를 휴학하고 일 년 정도 외국에서 살아봤으면 (말로는 유학이
지만, 솔직한 심정은 그냥 떠나고 싶었습니다) 하는 욕심도 생겼습
니다. 휴학은커녕 그냥 학교를 꾸역꾸역 다녀야 했지만, 여행의
후유증은 오랫동안 남았습니다. 일 년만이라도 자유롭게 살
수 있기를 간절히 바랐지만, 그렇게 할 수 없었던 상황을 원망
하기도 했습니다.

그때의 여행은 잊을 수가 없습니다. 영국에서 보냈던 며칠이
특히 기억에 많이 남습니다. 영국의 눅눅한 분위기가 이상하
게 좋았습니다. 밤에도 네온사인이 번쩍이는 우리나라가 싫어
졌습니다. 영국의 밤처럼 묘하게 어두워야 그게 진짜 밤이라고
생각하게 되었습니다. 지금까지 살면서 런던에 들를 일들이 더
있었는데, 그때마다 지내기는 고역스러워도 (한번은 기차역에서

팔던 샌드위치를 먹고 정확히 세 시간 뒤에 구토와 설사를 동반하는 식중독에 시달리기도 했었습니다) 런던에서 한번 살아봤으면 하는 열망은 사라지지 않은 채 마음에 남아 있습니다.

런던의 햄스테드 히스는 제 마음을 두고 오고 싶은 곳입니다. 정신과 의사, 베스트셀러 작가, 비즈니스맨 등이 모여 사는, 런던의 북쪽 지역입니다. 디킨스, 컨스터블, 몬드리안, H. G. 웰스, D. H. 로런스뿐만 아니라 스팅이나 보이 조지처럼 유명인들의 집이 모여 있는 곳이지요(그들이 지금도 살고 있는지는 잘 모르겠습니다). 이곳은 불안의 고향이라고 할 수도 있을 것 같습니다. 프로이트가 1938년 6월 빈을 떠나 이곳 햄스테드 20 메어스필드 가든스에 정착했고, 지금은 박물관으로 변한 그의 집도 있으니까요. 그의 딸, 안나 프로이트가 영국의 고아들을 돌보기 위해 1940년에 햄스테드 전쟁 보육원Hampstead War Nursery을 열었고, 지금 그곳은 세계적으로 널리 알려진 소아청소년 정신상담 클리닉이 되었습니다.

여름휴가 동안 런던에 머물 때 들른 햄스테드 히스 공원의 풍광도 잊을 수가 없습니다. 길게 펼쳐진 수풀 속에 아무렇게나 자리를 펴고 누워 공원 앞에서 산 맛없는 피자(분명 맛집이라고 했는데)를 먹어도 기분좋았고, 바로 옆에서 개가 누워 뒹굴어도 쫓아내지 않았지요. 하늘에 떠 있는 (우리나라에서 요즘은 보기 힘들어진) 뭉게구름에 이름을 붙여주던 기억도 납니다.

수영장인지 그냥 몸을 담그기 위한 곳인지 구분이 잘 가지 않는 베이딩 폰드bathing pond에 뛰어들어갔다가 젖은 몸으로 다시 잔디에 누워 샴페인을 마시는 사람들을 보고만 있어도 내 마음이 살짝살짝 들썩였습니다. 불안과 여유, 우울과 기분좋음, 눅눅함과 화사함이 공존하는 곳이 바로 햄스테드 히스라고 여겼습니다.

지금도 가끔 인터넷으로 햄스테드 히스를 쳐서 그곳 이미지를 컴퓨터 화면 가득 띄워놓고, 제가 그곳에 있는 상상에 빠져들곤 합니다. 그곳에 있으면 글도 더 잘 써질 것 같고, 깊은 사색으로 들어갈 수도 있을 것 같고, 유명인이 될 수는 없어도 왠지 조금 더 창조적으로 살 수는 있을 것 같은 느낌이 들어서요. 꿈이라도 그렇게 꿔보려고요. 그리고 상상합니다. '그때 내가 학교를 그만두고 의사를 하지 않았더라면, 어떤 삶을 살고 있을까?' '정해진 인생보다 흐트러진 인생이 더 아름다운 것은 아닐까?' '마음의 눈으로 그려볼 수 있는 인생보다 예측할 수 없이 흘러가는 인생이 더 즐겁고 충만한 것은 아닌가?' 하고 말입니다.

삶은 우리에게 설명해주지 않습니다. 내가 누구인지, 왜 이렇게 태어났는지, 지금의 내 모습은 왜 이래야만 하는지, 충분한 설명을 해주지 않습니다. 누군가가 지금 닥친 일들은 이러저러한 이유 때문에 생긴 것이라고 설명해줄 수도 있겠지만, 그것이 과연 정답일까요? 삶은 그렇게 흘러가도록 이미 정해져 있었던 것일까요? 아닐 겁니다. 우리 삶에서 일어나는 일에는 그 어떤 설명도 유효하지 않습니다. 내가 누구인지, 어떻게 변해갈지, 왜 이렇게 힘들어야 하는지, 그 어떤 설명도 정답일 수 없습니다. 단지 변명만 있을 뿐입니다. 우리는 단지, 사후적인 변명으로 설명을 대신하며 살아갈 뿐입니다. 그걸로 이해했다고 믿으며, 스스로를 속이며 그렇게 살고 있을 뿐입니다.

epilogue

그간
하지 못했던
말

얼마 전 강연을 하고 난 뒤에 (부끄럽지만) 책 사인회라는 것을
했습니다. 많은 분이 보잘것없는 제 강의를 들으러 와주셔서
고마웠습니다. 한 시간이 훨씬 넘는 강의 후에 (또 보잘것없는)
제 책을 들고 사인을 받기 위해 줄을 서 계셨습니다. 무척이나
고마웠고, 미안한 마음도 컸습니다.

　한참 동안 익숙하지 않은 사인을 하고 있는데 어떤 중년 남
자분이 다가와 말을 건네더군요. "의사가 저는 앞으로 육 개
월 정도 살 수 있을 거라고 하더군요. 선생님, 제가 앞으로 남
은 시간 동안 잘 살 수 있도록 힘이 되는 한마디를 해주세요."
갑자기 심장이 쿵쾅거렸습니다. 그리고 저는 아무 말도 해드릴
수가 없었습니다. 어떤 말씀을 드려야 할지 도무지 머릿속에
떠오르지 않았습니다. 함부로 입이 떨어지지 않았습니다. 섣부
른 위로의 말이 마음을 더 다치게 하지는 않을까 하는 두려움
이 앞섰습니다. 그리고 절감했습니다. '나는 마음을 파고들어
삶에 힘이 되는 위로의 말을 건넬 줄 아는 재주를 가진 사람
은 아니구나.'

제가 하고 있는 일이 기대만큼 마음 아픈 이들에게 도움을 주지 못한다고 느낄 때도 있습니다. 아픈 마음에 주파수를 맞추는 일에는 노이즈가 끼어들기 마련이고, 불안을 낮게 해주겠다는 희망도 부질없는 메아리에 불과한 것 같고요. 언제 어떻게 찾아올지, 얼마나 고통스러울지 알 수 없는 것이 불안증의 본질인데 그깟 몇 알의 알약과 가냘픈 위안의 말이 무슨 소용이 있을까, 하는 생각에 서글퍼질 때도 있습니다.

이런 말을 하고 보니, "그러면 도대체 정신과 의사의 역할이 뭐냐? 제대로 된 위로조차 해주지 못한다면, 너는 도대체 뭐 하는 사람이냐?" 하고 물으실 것 같기도 합니다.

치유는 사람을 어떻게 변화시켜놓겠다는 목표 지점에 도달했을 때 완성되는 것이 아니라, 이야기를 주고받는 과정 그 자체라고 저는 믿고 있습니다. 치유는 어떤 목적을 갖고 행하는 것이 아니라, 사람과 사람 사이에 풍부하고 활발한 화학작용이 일어날 때 생기는 부산물이라고 생각합니다.

그가 진정으로 하고 싶은 이야기는 무엇이었을까? 하고 다시 생각해보게 되었습니다. 그의 진심은 무엇이었을까? 하고 다시 고민하게 되었습니다. 저는 그가 그의 삶을 모두 다 이야기했다고는 생각하지 않습니다. 많은 부분은 의식 아래에 가라앉아 있어서 아무리 애를 써도 말로 다 이야기해내지 못했을 겁니다. 많은 부분은 드러내고 싶지 않아 숨기기도 했을 겁니다. 자신이 꿈꾸는 삶 때문에 숨겨야만 했던 것이 있을지도 모르고요. 이건 저 또한 마찬가지입니다. 차마 다 말할 수 없는 것도 있었고, 보통의 정신과 의사라면 하지 않았을 이야기를 조심스럽게 꺼내놓기도 했습니다. 숨기고 싶었던 것이 드러나기도 했고요.

이 책을 통해 그와 나는 많은 이야기를 주고받았습니다. 창도 없는 작은 방에서 의사와 환자로 만났을 때는 하지 못했던, 그리고 할 수 없었던 이야기를 서로에게 조금 더 내보였습니다. 이것이 그에게 어떤 의미로 다가갔을지 저는 다 알 수 없습니다. 하지만 저와 나눈 이야기들이 그의 삶을 앞으로, 앞으로, 그리고 또 앞으로 움직여가는 힘이 되었기를 바랍니다. 비록 어디로 흘러가고 있는지 지금은 알 수 없지만 힘들다고 주저앉아버리지 말고 앞을 향해 계속 걸어갈 수 있는 힘을 갖기를, 간절히 바랍니다.

당신이라는 안정제

1판 1쇄 2015년 11월 25일
1판 12쇄 2022년 5월 30일

지은이 김동영 김병수
사진 김동영

기획 김소영
편집 김소영 이희숙
모니터링 이희연
디자인 이보람
제작 강신은 김동욱 임현식
마케팅 채진아 황승현
브랜딩 함유지 함근아 김희숙 정승민

펴낸이 이병률
펴낸곳 달 출판사
출판등록 2009년 5월 26일 제406-2009-000034호
주소 10881 경기도 파주시 회동길 455-3
전자우편 dal@munhak.com
페이스북 /dalpublishers
트위터 @dalpublishers
인스타그램 dalpublishers
전화번호 031-8071-8682(편집) | 031-8071-8673(마케팅)
팩스 031-8071-8672

ISBN 979-11-5816-015-9 03810
